一本写给这个时代的书
写在你我命运的背面
写尽边缘人的烟火流年和歧路多艰

世间所有的路

王选 著

作家出版社

目录 CONTENTS

归去 / 001

寄居 / 065

殊途 / 125

借过 / 171

萍踪 / 216

归去

1

我说的秦岭,不是山,是个小镇。为什么叫秦岭?好像是解放以后的事吧,我看过介绍,但忘了。

2011年春天,我辞掉了第一份工作,一个在我所在城市的媒体当记者的行当。说不好吧,还行,同事多是刚毕业的屌丝群体,聚在一起,吃喝游逛,没有理想,没有未来,没有房子,没有爱情,更没有什么热水和空调,我们寄居在城中村,然后在城市的大街小巷跑出跑进,寻觅着所谓的新闻。日子就这么匆匆过了四年,也不错,天是蓝的,风是绿的,后青春的尾巴是透明的。说好吧,也未必多好,在那里,有人自嘲道,"女人当男人用,男人当驴用"也并非言过其实。此外,人还被分成三六九等(薪资待遇),什么正式的、招聘的、全额的、差额的、台聘的、部聘的,根据有无正式编制、工作期限、学历等,再用绩效考核,把工资档次拉开。

我是一名普通师范生,大专文凭,无疑,是部门聘用,加之工作年限短,只能领到最低工资,可问题是我并不比其他人干得少。当然,各种福利,也是最低档。当正式员工领着一沓钱蘸着唾沫数的时候，我正为交过房租是喝东南风还是西北风而犯愁。于是觉得不公，感到拥有一份正式工作的必要性和迫切性。

那时候，我就决定了参加事业单位考试。可问题是我们是"3+2"大专生，后娘养的，无法报名，不能考试。后来，我同学串联到一起，去政府上访了几次，换来了考试机会。我搭上便车，参加了考试。第一年，没考上。不过当时也实在没有下多少功夫。一本书临到考前，粗略翻了翻。临时抱佛脚，佛脚早已无影无踪。不过当时抱的是，考上更好，考不上，至少还有混饭吃的地方。

第二年，也就是2010年，考上了。当时，看着同学一个个前赴后继，跟敢死队一样，踏进了体制，我也略有焦急，加之对某种不公深有体会，到后来，也不喜欢某些人事，有了赶快逃离的心态。

我是一边上班，一边复习的。采访任务重，颇为忙碌，早上六点醒来，看两小时书，再去上班。中午，自己胡日鬼一顿饭，吃毕，赶忙翻几页书。晚上，八点到十二点，再看四个小时。如此日复一日，整整一月。复习的书有《教育学》《心理学》《教育心理学》，还有教育法规。我最反感的就是《教育心理学》，那些定律、现象、人名、观点、著作，实在看得人反胃、排斥。我把这几本书从头到尾看了很多遍，抄了两本笔记，还做了一堆试卷。真是铁了心。初三参加完中考以后，我就再未如此点灯熬油学过了。到最后，把几本平展展的书都翻胀了，虚哄哄一堆。不过比起我那些同学，也不算什么。他们有的把书翻成了破烂，更有甚者，几乎能把整本书背下来。

笔试结束，成绩尚可，面试，好像是第二名。反正上台一堆谝，大话、空话、套话一堆，评委们只要被说服，就行了，他们要的就是那套东西。毕竟我当过几年记者，场面也算见过一些，面试自然不在话下。

然后就是分配了。我们"3+2"师范生，从比我高一届开始，就考试了，不过当时仅是形式，绝大多数师兄师姐通过了考试，分配到各地当乡村小学教师去了，除非个别没笊捞的，混迹于社会，隐没于体制外的江湖中。分配是大事，一辈子，就被那张纸"判刑"了。分得好，在城郊，或交通便利的乡镇（进城是不可能的，按政策，我们这一届，全部下乡，城里一个不留）。分不好，在偏远的深山老林，连个班车也没。进趟城，得两三个小时。没几年，估计就成了"野人"，说不准还成了光棍汉。所以，远近，对一个人的命运意味着什么，不言而喻。于是，分配，这个时候就需要各显其能。怎么分？往哪里分？谁远谁近？里面有很多门道，说白了，就是后门。

当时，我也备了"东西"，背在黑包里，提着打印出来的个人简历和文学作品，三番五次找某领导。这领导是我一个亲戚的朋友。亲戚给打了招呼。当然，领导很忙，见面真难，一而再，再而三，最后终于见了人，他收下了我的简历和作品，拒绝了我的"东西"。我硬塞，他不要，几番推诿，他装出一副生气的样子，无奈之下，我只好拎起东西，出门时，他说，好好干，小伙子，好好干。我云里雾里，没搞清他让我好好干什么。他又说：你去吧，我知道了。我背着沉甸甸的东西，出了办公室，心里发虚，毕竟他没有收任何我的东西，他帮，是人情，不帮，是本分。一会儿又安慰自己，他说知道了，意思是这事他答应了。再说我给他放了一堆我的文学作品，我文章写那么好，我才情万丈，文思泉涌，提笔有神，下笔成文，他总得重视一个人才、一个笔杆子吧。如此一想，心里踏实了八九分。

我边上班，边等着分配。

就在分配消息出来的上午，亲戚还说，你放心，说好了，就是郊区。可当我下午领到分配单时，傻眼了——秦岭乡。我霎时就蒙了，不是事情说好的吗？不是郊区吗？为什么是秦岭？为什么不是别的乡镇？我旁边，舍友攥着分配单，浑身发抖，正在打电话咒骂那个给他办事的人，因为这几年，为了帮他搞份工作，那人已拿走了他家四五万元，这次分配，那人信誓旦旦说，事已办妥，一定分到郊区。结果，我的小伙伴和我一样糟糕，分到了另外一个偏远乡镇。

我们两个走在春寒料峭的街道，欲哭无泪，无能为力，如丧家之犬，看着狗屁一样黄的太阳，把万物涂抹得肮脏不堪。我们对未来的恐惧像一条河流，已经卷来，我们已被淹没了。我们这群农村出生的孩子，有些事，命中注定，我们曾挣扎过一阵，试图改变前程，但无济于事，结局还是回到那莽莽大山之中。我们走了许久，有些乏了，有气无力地坐在马路边，诅咒着那些人，以泄私愤。

最后，我们一致认为，这是命吧。于是，从那时起，我们就认领了各自的命运，就像在某只手中接过了属于自己的未知的包袱。

很长一段时间，我对那亲戚很有怨言，甚至觉得他耽误了我的前程。后来，我才知道，亲戚压根就没给那个领导说上话，虽然他们十年前曾在一个乡镇当过同事，但十年以后，那个高升的领导早已不念旧情，说虽说到了，但他不尿曾经同事之情了。所以，我那亲戚给他说话，已是高攀不上了。况且，他又没拿分文，事情可以不办。再后来，我听说，那领导因为其他分配之事，拿了别人钱财，但又没有办成，被举报，换了闲职。而他没有收我东西，主要是我送的现金太少，烟酒又那么招摇，不便笑纳，所以拒绝了我。不过，最后，我一直私下偷偷庆幸，幸亏那领导没拿我的血汗钱和烟酒，要不我鸡飞蛋打、人财两空啊。至于我为什么会分配到秦岭，人社部门解释说，这次是属地分配原则，哪里来的，回哪里去（可有人是偏远乡镇的，为何分到了郊区，怎么解释？可这样的疑问我又不知该问谁去，于是，也不再问了，只怪自己人财匮乏），我家是秦岭的，就该回到秦岭去。

于是，如此这般，我回到了秦岭。那个我并不大喜欢的，生我养我的，山大沟深路远的，冬冷夏凉的，浅山半干旱山区。

2

我是在四月回到秦岭小镇的。

四月,秦岭最好的季节,万物脱胎换骨完毕,焕发生机。我背着包,提着用退回的三千元押金(刚入职记者时,按单位规定,要交押金,我们自然没有这笔钱,单位就在工资里每月扣除)购买的笔记本电脑,坐上了前往秦岭的班车。躺在满是油渍的靠背上,在能颠出心肺、颠烂屁股的公路上,思绪万千。我从一个体制外的城市记者变成了一名体制内的乡村教师,这真的是我想要的吗?我想了很多,喜忧参半,喜的是挤进了体制内。用同事的话说,在体制内哪怕做一条狗也好,至少不用担惊受怕每月被绩效考核。当老师,虽不是金饭碗,但至少有一只饭碗了,哪怕是铁的铝的塑料的甚至纸的。忧的是从城里回到了乡下,老家人常说"宁做城里的狗,不做乡下的鼬"。故乡的人,都在设法离开这片土地,挤进城市,而我却在逆行。以后,我将在这穷乡僻壤里像一株蒿草一样度日了,直到最后,在寂寂无声中被苍老收割,被黄土掩埋。至于别的,我还想了什么,我都忘了。我只记得那条归去的路上,两侧长满高大梧桐,梧桐开着淡紫色花,像一串申喇叭,吹着绵长的春风,为我送行。梧桐后面,是雪白的梨花、樱花、杏花,还有黄到流蜜的油菜。粉红的桃花谢了,落英遍地。远山上,绿柳飘荡,洋槐吐叶。川道里,地膜泛着白光,横横竖竖。

大地把最灿烂多情的色彩和盘托出。大地不知道在这色彩缤纷里,一个少年的万千思绪,并不比它逊色多少。

我就在这样一个季节回到了秦岭。

小镇依然。黄牛套着犁具,被牵着去种洋芋。黄牛拉着稀里哗啦的粪,在水泥路面上开出了一溜黑黄的花。三条腿的野狗在街道上一瘸一拐走着，寻觅食物。路边的土坯房刷了白灰，用以遮羞，但依旧掩不住院内的衰败。正午的阳光泼在小镇上，像刷着一层亮漆。

小镇依然，还是我回家时经过的模样。一副半死不活的样子，横在两山一沟中间。一千七百米的海拔，让这里的植物比川里晚了半月。

小镇不知道一个人回来了。回来与否，似乎与它无关。它活在年复一年的疲惫当中，哪有心思去过问我呢。

我走进秦岭中心小学的校门时，是正午，学生已放学，回家吃饭去了，只有乒乓球案上，团着几个学生，正在摔画片玩。我认识的一个老师接待了我，放下行李，寒暄了一阵，然后去镇子上吃饭。臊子面，没有臊子，一碗六块，很扎实。

下午，我见了校长，把干部派遣表啥的，交给了他，他没说什么。当我走出办公室时，男教师们站在二楼护栏边，齐刷刷瞅着校门口，原来同时新分配来的一名女教师也来报到了。学校的男教师总是对新来的女教师充满好感，因为学校光棍不少。但遗憾的是，紧随其后的是女教师的男朋友，扛着一堆被褥。男教师绿着眼珠，唉声叹气，怨声载道，颇为失落，陆续回了办公室。

我们同时分配进来的有三个人，我，刚才那女的，还有一个男的。女的，学校给分了一间宿舍。男的，本就是镇子上人，回家去住。唯独我，没有宿舍。因为校长说，学校住满了，让我自己想想办法。我给父亲打了电话。几番联络，最后联系到镇子上一个亲戚，他们两口子都进城打工了，长年在外，孩子也在城里念书，大门长期锁着，让我去住，顺便给他们看门。在那个亲戚家，我念初三时，曾吃过半学期饭。

教导主任给我们安排了工作，我们一边协助其他教师整理"两基"迎国检的材料，一边暂时代替有事的教师上课。给我安排了五年级一个班的语文和三年级的美术。

从那天起，我就成了一名教师。我从来没有想过我会成为一名教师。即使在师范上学时，站在台上试讲，我也没想过，有朝一日我会成为教师。教师对我意味着什么，我搞不清楚，或许，唯一能说清的就是有了个正式编制的饭碗，再无其他。

四月的风，开始暖了。春光万里，无限辽阔。

春风会把我吹成什么模样？我搞不清楚。

3

我们村子，只有学前班和一到四年级。五年级，就要到十里外的附中去上，那里有一到五年级、初一、初二。我在附中上了三年，三年，早晚来回走的路，加起来，能否绕地球一圈，真不好说。上初三，就得到秦岭的镇子去。初三前半学期，我吃住在姑姑家。上学，也要走将近一个小时山路。后来，表哥结婚，我住的那间屋子要用来当新房，我就到表姐（姑姑二女儿，嫁到镇子上）家里吃，在她一个朋友家里住。吃住虽在两处，但也不远，十分钟左右就能走到，毕竟在镇子上，省了早晚跋涉。就这样，度过了初三后半学期。

中考，我考上了师范。如果考不上，计划上高中。如果上了高中，我会成为什么样子，又会走上哪条路，想不来。同样想不来的还有，我在初三那年生活过的院子，会于九年后再次回去。

在秦岭小镇，我忘了是在哪里拿到表姐家院子钥匙的。

那个院子在街道北侧，进巷道，百米左右，右手有个院子便是，红漆铁门，门口有斜坡，水泥硬化过，但多有破裂，缝隙中生满野草。开门，铁门哐当有声，吓人一跳。铁锈如沙，簌簌落下。推门而入，满院疯长的野草，扑面而来，紧紧将我抱住，差点摔倒。院子只有春节时住过几天，其余日子就这样荒芜着，任由尘土覆盖，任由野草生长，任由野猫出入，任由山鸟起落，任由空寂弥漫。院内，正房是一层平房，贴了瓷砖，坐北朝南。地基很高，近一米，得上三个台阶。中间客厅，两侧厢房，一间当卧室，一间当库房。西边，一间平房，也贴了瓷砖，当厨房用。东边，是一间土坯老房。

除去荒芜，院子还是几年前的模样。时光似乎从未走远，九年，九年在院子只是长了一些毛边罢了。

猫儿草、天萝卜、苦苣、苍耳、艾蒿、牛筋草、车前子、蒲公英、灰灰菜、荠荠菜……这些野草此刻忙着把院子填满，它们无法抵达的地方，都空着，空得让人心惊胆战。

我睡在他们住过的厢房。除去大门，我仅有一把钥匙，仅能打开这间厢房，其余房间，门都锁着。我开始守着偌大的一座院落。我成了野草和山鸟的伙伴。我觉得自由，这么大一处院落，可以任我走动，任我坐卧。我似乎成了这院落里孤独的王。

初三后半学期，中午、晚上，放学后，我背着书包，回到这个院子，吃过饭，就到另外一户人家去睡觉。那户人家和表姐男人关系颇好。女主人三十出头，很年轻，也很健壮。生有一儿一女，名字我实在想不起了。家门口总是拴一头牛，牛粪成堆，有干有湿。我住的屋子，是间厢房，很窄小，除去一盘土炕，仅有一条通道，供人进出。炕平日是那女主人填的。用的干牛粪，真烙，靠窗口烙得搭不住脊背，我只得挪到炕沿处。女主人一家跟我非亲非故，但对我很好。我穿过的衣服，她会拿去洗。做了好饭，会打发孩子端给我一碗。也没有收我一分租金，还帮我整理屋子。有时，儿子不会的作业，她打发过来，让我指导。女儿小圆脸，腮帮两坨红二团，憨憨笨笨，很是可爱，平时总喜欢跟我玩，她还没上学，我用笔在她手腕上画了块手表，她嫌少，又让我在另一只手腕上画。玩一会儿，女主人喊，快过来，哥哥要学习，你窝在那边，打扰什么啊。女儿嘟着胖乎乎的小嘴，悻悻出门，然后一回头，说，哥哥，明晚你还给我画表啊。我盘腿坐在炕桌前,摊开作业,说,行。

表姐家里,当时有六口人。他们夫妻,一儿一女,还有太公太婆。我念初三那会儿,太婆身体还好,太公瘫痪在炕,不能动弹。表姐和男人下地劳作,每天的饭,便由太婆做。太婆信佛,平日穿一身黑,斜襟黑布衫,粗布黑裤,脚上黑布鞋,头上黑帽子。大方脸,手脚麻利。每天,饭做好后,用洋瓷碗盛满满一碗,端到老伴前,喂着吃。他伸着干瘦的胳膊,咿咿呀呀,在空中画着圈圈,告诉婆婆盐多醋少。他饭量很大,一顿一大老碗,连汤带面,可人依旧瘦得皮包骨头,卷在被褥里。他就这样卷了很多年,有没有卷出一丝火星呢?我趴在方桌上吃饭,不知他认识我不。他是什么病,我也不知道,他就那样一直躺着,从我出门,再到进门,天天如此,从我初去他家吃饭,再到我毕业离开,月月如此,甚至年年如此。

后来,我进城上师范去了,二位老人也相继过世了。具体哪年过世的,我不大清楚。

坐在廊檐下,看着蒿草掩映着的土房子,木门锁着,还是那把老旧黑锁。房子久不修缮,快要坍塌了,像一个人,站久了,弯腰裂胯,稍不留心,就跌倒一般。那屋里,我有九年没有进去了,虽然时光流逝,老人故去,可那曾经生活过的场景,依旧历历在目。

我常想,是不是当我推门而入时,太婆依旧黑衣黑帽,坐在炕沿上打盹。供桌上的香,青烟缭绕,香灰积了半截,落下了,悄无声息。太公依旧瘫在炕上,两眼睁着,空洞而寂静,他举了举瘦胳膊,又放下了。他听见骨头睡去的声音,像一张黄纸,盖在了碗上。

这般想得一久,便有些害怕了。尤其晚上,空旷的院落,如一口井,装满了星辰和风声。青草深处,藏着蟋蟀,对月弹琴,琴声低沉。除了小镇上偶尔传来的狗叫,一切,安静极了,静得可以听见草木生长的声音,听见月光落在台阶的声音,听见风把蛛网揭起的声音,听见我的心跳,像手指叩打着胸膛。

我一个人睡在宽大的炕上，满屋漆黑，恐惧弥漫开来，生怕过世的太婆推开门，喊着我的名，叫我吃她做的馓饭。或者，太公突然站下炕，拄着拐棍，颤巍巍走进来，向我借火点烟。想着想着，鸡皮疙瘩便落了满炕，头发都直愣愣竖起来了。

有时下雨，闪电划破苍穹，锋利的光，钻进窗户。我躺在炕上，被闪电映亮。闪电也映亮了光秃秃的墙壁和屋顶。好久没有一个人听雷声了。那些闪电，像一双手，伸进来，一瞬间，翻开我的肉体，像翻开一本书，它要寻找什么呢？有时天晴，透过没有窗帘的窗户，能看见挂在南边的星辰，一颗，两颗，三颗，风吹着，闪闪烁烁，像灯芯一般，风大点了，就会被吹灭了。那一颗一颗的星，孤独极了的样子，多像我。

这样的夜晚，我会想些什么呢，我忘了。

我不知道我要在这里住到什么时候，我不知道我在这里会活成什么模样，我也不知道未来会用什么样的方式铺开。一切都像蒿草，不为什么，只是生长罢了。

就这样，九年后，我再一次回到这个院落。那些曾健在的人，已经离开这里。在世的，去了远方，寻谋生路。离世的，也去了远方，远得我们再也无法相见。唯有我，还在这世间，活于青草中。时光从我身上画了一个圈，或者打了一个盹。抑或只是我，在时光的侧面，出了一趟门，捉了一次迷藏，而后，又回到了时光的正面。

是命么？我被齐腰深的草锁住，难以脱身。

4

在学校教书，日子是被切割成块的。几点上课，几点下课，都是固定的。人如同一架对好的闹钟，到时到点，就响，过点了，便悄无声息。

每天，早上七点，起床。院子围墙边，有自来水。接水，蹲在廊檐下，刷牙，牙膏沫落在花坛里的一棵玫瑰和一棵一人高的山丹丹花下，时间一久，地上白花花一层，返碱一般。旁边滴水窝里，住着一家蚂蚁，我刷牙，它们就在牙膏沫里洗漱。顽皮的，跳进去，洗个澡。洗漱毕，去学校。五分钟路程。出巷道，沿小镇的街道向东走，左手，就到了。

我出巷子时，住巷口的男人背着一装粪（背篓）青草回来了。装粪口，青草的穗子均匀铺下来，芦苇、冰草、猫儿草、紫花苜蓿，随着人的步子，一起一落，很有节奏。他的头窝在青草下，只能听见走路的吭哧声。他是头上长了一山草的人。街道上，阳光透过湿漉漉的洋槐叶子，湿漉漉地泼在湿漉漉的水泥路上。驴粪是新鲜的，牛蹄印是新鲜的，就连肥公鸡带领的一群"嫔妃"也是新鲜的。在小镇，七点多出门的都是懒人。我也是懒人。

到校门口时，校园已塞满了学生的喧哗声和朗读声。

七点半吧，我记不清了。跑操，全校师生，在校外的大戏楼场，喊着一二一，绕圈圈跑，头咬着尾巴。校长也跑，在圈子中间，退着跑。我们是新人，无班可跟，随在队伍尾巴上，跟着跑。

早操结束后，在语文组办公室，泡茶，倒水。去校门口小店买个鸡蛋夹饼。偶尔也有烤串，但太油腻，我吃不惯。饼子皮烤得微微发焦，一刀两半，夹上油煎鸡蛋，挺好吃，也不贵，一块五。店里还经营着凉粉。一碗两块，也算便宜。要一碗，坐下来，调上醋，泼上辣椒油，放上盐、蒜，淋几滴茌油。一碗酸爽可口的凉粉下肚，感觉整个上午都是舒畅的。生意是街道边上这户人家的儿媳妇做的，反正闲着，便给临街一间屋开了门，拾掇成早餐店。店很小，三五张桌子，八九把凳子。吃的，多是老师和学生，偶尔有过路人。店虽小，不过在这样的小镇，也算是独此一家了。

随后是跟自习、上课。

第二节课后，做广播操。值班老师站在校园吹哨子。一声接一声，催命似的。学生按班级，排成两溜，跟着广播做。各班班主任和代课教师站在最后，也跟着做。两遍操，结束后，值班老师喊：解散！学生疯了一样涌往教室，真是万马奔腾，尘土飞扬。我们上学时，也是如此，解散后，没命一般，往教室冲，冲个第一名。现在想来，就算冲了第一名，有何意义，实在想不明白。

十一点五十，放学。镇子上的孩子，吆喝着，三五成群，回家吃午饭去了。家远，回不去的，在教室就着凉水，啃干馍馍，然后写作业。写毕，到操场打乒乓球。我从小学五年级开始上附中，直到初二，中午都是回不去的，也是喝凉水，啃干馍。看着他们沾满泥浆的手上举起的碱面放多了有点发黄的馍馍，我就想起了童年时的我。恍惚间，那个背对黑板、啃馍写字的少年，或许真是叫王选的孩子。十多年了，时光在重复，在循环，一切皆是旧时模样，一切都未改变，就连记忆，也藏于时光深处。

教师是有灶的。三分之二的教师上灶，三分之一，自己做。上灶方便，到点去，提着饭缸去，一吃，嘴一抹，厨房门口的水龙头把缸子筷子一涮，就可以走人了。上灶，每月伙食一百二，一天五六元，够便宜的，那时城里一碗牛肉面，都快六元了。做饭的大师傅是一个民办教师，以前教课，后面，不知什么原因，做起了饭。后来有一段时间，她生病，丈夫顶替她。她丈夫做饭油重肉多量大，毕竟是男人嘛，大手大脚，但味道就粗糙多了。每月有两名老师值班，一是收伙食费，一是周末在城里采购下周用的食材。购买了什么菜，就决定了这一周吃什么饭。伙食还算不错，中午面条，什么臊子面、炸酱面、凉面、西红柿鸡蛋面，换着花样做。晚上一般是炒菜、馒头。炒两盆，一盆一个样。隔三岔五会来顿肉，解解馋。每天，端了饭，隔壁餐桌太小，挤不下，加上有校长，很多老师便端着缸子蹲在厨房门口吃。排一排，吸吸溜溜，呼哧呼哧，叮当作响，好有气势。一个月下来，我竟肥了五斤。

吃罢饭，我就回住处。四五月，天气好，抱出被褥，搭在铁丝上晒。晒好被褥，上炕睡觉。

下午两点起来，把被褥抱进屋，怕晒得太久，晚上放学收时，会受潮。刚晒过的被褥，温腾腾、虚哄哄，一股棉花混合着阳光的味道，香极了。

下午，上课，老样子。

五点多，放学。灶上吃饭，吃毕，回院子。有时会在其他老师宿舍待一阵，谝一阵。我基本不说什么，听他们说。男老师，说的最多的，还是昨晚上挖坑或者打麻将的事，谁赢了二十，谁输了三十，能说半天。女老师，说班上的学生，谁又打了谁，谁又没写作业。学校是个小圈子，没啥新鲜事，一个话题，能说半天。月亮挂在西山树梢上，星辰起，炊烟落，我又回到了院子。

在院子，我一个人，没人说话。我像一个闲人，在浓密的暮色里，把院中的这株草看看，把那株草瞅瞅。最后，拔一根，塞进牙缝，嚼着，嚼出了青草的液汁，一股酸涩，弥漫开来。有时，我就给那些草量身高，用一根竹棍，测量它们一两天能长多高。有时，跟那些草说话，逗它们玩，起名字，唱歌听。有时想，我是不是傻了，或者疯了。但人总得要说话啊，总得干点事啊。当我闭上嘴，那些语言的舌头就伸出来，顶破了我的嘴皮。当我闭上嘴，我就觉得孤独像铲子，在身体里挖洞，似乎要钻出来。

夜黑透了，一只黑猫翻墙进来，叫一声，消失在了老土房后面。夜空是一只粗瓷大碗，倒扣过来。村庄渐渐陷入巨大的寂静，村庄的耳朵，挂在草尖上。我也该回屋了。一个人守着一座院子，也守着无所事事的长夜，时间是漫长的，悬挂着，像一根棉线，摸不到头。我窝在炕上，翻书，或者看电影。把从朋友处借来的上百张碟片都看完了，最后看的电脑像牛一样哞叫。

十一点，锁好门，该睡了。

一天，就这么开始，又这么结束。如同一把手，翻过来，手心，翻过去，手背，又翻过来，手心……

5

我在学校待了三个月，就放暑假了。这三个月，我一直当替补。

八月底，秋季开学。学校给我安排了班主任，四年级二班。同时，带两个班语文，还有一些副课。一周下来，差不多二十节课。

我已想不起我第一次走进那间教室时的情景了。我只记得，我站在讲台上，四年级的学生，十岁左右的孩子，睁着新鲜的、明亮的眼睛看着我——一个清瘦、戴着眼镜的人，一名新教师，成了他们班主任。从那时起，我第一次意识到，我成了一名人民教师，站在了三尺讲台上，我的一生将在粉笔和书本之间度过，我不知道是高兴还是悲观，或许无喜无忧吧，没有可感恩的，也没有可抱怨的。就这样干吧，干成那些老教师的模样。我介绍了我自己，让学生推荐了班干部，然后交代了一些班级注意事项。

在我班上，有四十多个学生，男女差不多各占一半，男生略多两三人。

每天早晨，到校第一件事，就是跟自习。我在教室来回巡视着，看他们背诵课文。然后是语文课。我的教室，正好是学校多功能视频室，配有电脑、投影仪。有些课，我直接就利用起了这些"资源"。我是怀有私心的，给一班的学生看得少，怕他们考试超过我们。有些课，我专门找了视频，让学生看。比如钱塘潮那篇课文，我上学时，也有，但作为一个只见过高山黄土的西北孩子，连个大海都没见过，更别说钱塘江的大潮了。那时，老师讲得迷迷糊糊，他也没见过，讲不出个所以然，我们听得也迷迷糊糊，没听懂个所以然。误以为钱塘潮就是发暴雨后，我们村涝坝里的水哗啦啦往外溢。老师说钱塘潮很壮观，我们觉得我们村涝坝溢了就已经很壮观了。老师说比那还壮观。我们摸着小蒜头，实在想不出世界上还有什么更壮观。还有爬山虎的脚，我们村没有爬山虎，一开始我一直以为爬山虎是一只绿色的老虎，可能爱爬山吧。后来才知道是一种像葡萄一样的植物。可爬山虎的脚是啥样的，又咋爬山的，挤破我那小蒜头也想不来，只能理解成老虎的爪爪，一步一步抓住墙壁，往上爬。

有电脑，就方便多了，再也不用费尽口舌也说不出个所以然。只要网上一搜，钱塘江大潮的视频很多，点一个，学生一看，多壮观雄伟，多气势磅礴，什么海天一线、万马奔腾，一目了然。再搜，爬山虎生长的动画，很细致地展现了爬山虎的脚是如何爬墙的，直截了当。真是嘴说千遍，不如眼看一遍，通过视频，孩子们很容易就理解了课文。

有一小部分课文我上小学时就学过，印象深刻，还记着些许皮毛。但时光流逝，曾经那个学习者如今成了教授者。时光究竟在我身上发生了什么，难以说清，也让人恍惚。

我念书时，老师上课，先是领读，老师读一句，我们拖着长长的腔调，用土味普通话唱戏一般，读一句。两遍课文读下来，十分钟就过去了。然后是认生字、词语，接着，老师逐句逐段讲解，最后布置作业。一篇课文学完，最重要的是中心思想和段落大意，老师口述，关键词写在黑板，我们先记在书上，然后工工整整抄到笔记本上。每篇课文都是如此，重点离不开中心思想和段落大意。偶尔，老师让我们自己总结，可我们偏偏总结不出来，于是很头疼，于是挨竹棍。后来，有同学不知从何处学来了一段话，我们天天喊着，好玩极了。"屁是空气，在肚子里转来转去，这是屁的段落大意，响屁不臭，臭屁不响，这是屁的中心思想。"结果，被老师听见，班上所有男生都领教了一顿笤帚疙瘩。许是这段话严重侮辱了老师，那次他下手狠，打得我们屁滚尿流，哭爹喊娘。挨了打，在学校不敢喊，回家去喊。

我一直觉得我不是一个好教师，也当不了一个好教师。我还是按照二十年前老师教我的那一套，先预习，再识生字，再读课文，再讲解，最后布置作业。唯一不像当初的是，每篇课文不搞什么中心思想和段落大意了，那玩意儿实在折磨人。

我们班上，都是农村孩子，他们胆小、自卑，我提问，他们是没有人举手回答问题的，只有点名。我让小组讨论，他们就叽叽喳喳，说跟课文搭不上边的事。我让他们上台表演，他们低着头扭着衣襟，脸都羞红了。三四年的小学教育，已让他们习惯了满堂灌。老师嘴皮翻飞，他们静静听着，乖巧透顶了的样子。再要改变，似乎很难，就像地基，夯成了土木结构，再想在上面来个砖混，已经很吃力。我只有按照老办法，沿着条条框框来。只是在课堂上轻松一点，幽默一点，偶尔开个玩笑，或者给他们看一些相关的视频、图片，也或者讲讲我身上有趣的故事，让他们觉得上课，不像顿顿浆水面那样，吃到腻歪，而是换着口味。我也不知道我这样上课效果如何，也不知道其他老师有何高招。我是一个懒人，没有创新，不会思考。

很多时候，在课堂上，我总是怕遗漏什么知识点，于是割草一般，这一镰刀，那一镰刀，割得寸草不生，土皮裸露，才觉安心。有时，担心学生没有听明白，于是反反复复，咬烂嚼碎，讲得我唾沫星子快聚成小溪了。后来，我突然想，一个四年级学生真的需要那么多知识吗？我不厌其烦地讲来讲去真的有效果吗？这些难道真是他们需要的吗？我有没有站到他们的角度考虑过呢？

此外，我还发现，我讲课语速太快，一开闸，稀里哗啦，滔滔不绝。这可能跟我干记者多年有关，记者的职业素养要求你必须伶牙俐齿，能说会道，而不是像截木头，八棒槌打不出一个冷屁。可我明明知道，在课堂上，要慢下来，但问题是，我慢不下啊。最终的结果就是我讲得天花乱坠，学生听得眼冒金星。一堂课结束，我讲晕了，学生听晕了。

还有，学生的作文，我要求大作文和小作文分开写。大作文，大本子，主要是每个单元后面的作文练习。小作文，小本子，就是平时的小练笔。我觉得我好歹也算一个写作者，在作文方面若比不过其他老师，都不好意思。于是，我把一节作文课，拉长到两节，甚至三节，同时，把我的文章给大家读，激励学生。这样下来，再给他们布置作文，让他们多练多写，虽然笨，但也是一种方法。可由此带来的结果就是大量作文抱过来让我批阅，累得我几欲吐血，其他老师都以为我有自虐倾向。一批阅作文，发现效果并不明显，因为孩子们底子太薄，二、三年级基本没有做过有效训练，有些连一句话都写不完整，有些胡拉八扯，有些笑话百出，一个学生写道：我妈妈长着一身乌黑的头发。我当时就醉了，难不成他妈妈是毛驴吗？

其实，说真心话，在教学上，我也是蛮拼的。拼，一是良心和责任，二是每学期末，全学区会评比，排名靠后，既丢人，还扣钱。

其实，我应该反过来，听听学生们的想法。可后来，我走了，便再也没有机会了。

6

我们班四十多个学生，很多我已想不起了。我只当过他们不到一月的班主任。当然，他们肯定也把我忘了，我只是他们幼小年纪里的过客而已。来了，像流星，又消失了。

现在，他们应该上初三了吧。五年过去了，他们肯定早已蜕掉了当初稚嫩的羽毛，花枝招展，阳光逼人。而我，青春已去，日渐熟透，犹如核桃，皮上开始打皱。

我的这班学生里，现在，我能记起的只有两三个。

第一个，是个小男生，圆脑袋，圆眼睛，圆鼻子，好像什么都是圆的。起初，我并没有注意到他，直到后来数作业，发现总缺一本。最后查来查去，才知道是这个圆脑袋的。第一次问他，作业怎么没交？他睁着圆溜溜的眼睛，一眨不眨，看着我，眼眶里满是委屈，用低微而颤抖的声音说，写完了，忘了带。我信以为真，便说下来带上。他很乖地点点头。第二天，还是没有交上来。问，作业呢？他依旧用委屈、颤抖的声音答道：早上来放到桌子上找不见了。我有点郁闷，说下来找找吧。他还是很乖地点点头。第三天，又没有交。我提着竹棍，用竹棍头敲打着桌子，问，作业呢？他仰着头，身子微微颤抖，眼睛睁得更圆了，满眼的还是委屈和乖巧，甚至有点可怜兮兮。他说，昨夜写完，放炕上，被老鼠拉走了。我彻底愤怒了，我一而再，再而三地给他机会，他却一次次撒谎，为自己找借口。不是没带，就是丢掉，最后还被老鼠拉走，这谁信啊，明显是挑逗老师的智商嘛。我吼道，把手伸出来，他畏畏缩缩从袖洞里探出手，伸开手掌，我狠狠抽了五下。他粘着泥垢的手指由白皙变得通红，像几根胡萝卜一样。我本想再抽几下，但我看到他的眼睛，那明亮、清澈、干净的眼珠，没有一丝杂质和浮尘。我从来没有看到过这么亮的眼睛。他的眼珠慢慢蒙了一层薄薄的泪水。我从他的瞳孔里看到我的影子，我突然怀疑这样的举动是正确的吗？一时间，我觉得这孩子是那么可怜，我又是那么狠毒。我收回了竹棍。

后来，我才知道，他是留守儿童，父母常年在外打工，家里只有奶奶一人，负责每天给他早晚做两顿饭。作为奶奶，只要孩子吃饱，不饿着，就已尽力，至于学习，根本无法管教。她自己已老得行动不便，两顿饭都做得十分吃力，哪还有精力管孙子写没写作业。即使她过问一下，孙子也未必听她的。于是孩子就这么信马由缰成长着，野草一样，自由自在，没有修剪，没有鞭策，从一年级开始，就长成了自己的模样。

其实不写作业也罢，他连配套练习也不填，课文上到六七课，他的配套练习还停滞在第一课，即便填写的，也如狗蹬一般，糟糕不堪。一开始，我以为他只有语文如此，后来才知道，数学、英语，无不如此，其他老师一见他，都是咬牙切齿，众口讨伐，把他列入了朽木不可雕的黑名单。

我不知道该怎样去教育这么一个孩子，无从下手。小学三四年，他早已形成了那样的性格和习惯。那些《教育学》上考过的所谓知识，用来处理这种事，定然不起作用，也不切实际。不教育吧，我是老师，也是班主任，有义务，也有责任。将那么心疼（可爱、漂亮）的娃娃放任自流，实在于心不忍。再说，他考不好，还会拉我们班后腿。

后来我离开了学校，也不知接我的老师，是如何教育他的。愿他有个好未来。

还有一个女孩，个子在班上最高，坐最后一排。除了记得她头发梳在脑后，扎成马尾，有些蓬乱，我已想不起她的相貌。我当班主任那段时间，她估计上了三分之一的课，其余时间请假。她得了一种病，会突然瘫倒在地，抽搐不停。

听说三年级时，她有一段时间没来上学，因病在家休养。我们开学好几天了，有天，一个妇女带着女孩来报名。妇女是她母亲，乡下女人，异常朴素，谨小慎微。旧衣服上，粘着菜叶和灰土。女孩头上，也粘着菜叶。花名册上有她的名字。报完名，那妇女说着感谢的话走了，没走多远，又折回来，说，娃有事，你就打这个电话，实在麻烦老师了。她从衣兜里翻摸了半天，找出一张纸条，纸条皱皱巴巴，歪歪扭扭写着电话号码，她递给我，走了。女孩领了书，回到给她预留的座位上。她很安静，安静地坐着，一动不动，只有一双眼睛不停扑闪。她那么安静，像一株野花，安静得都能听见自己的呼吸，安静得都能听见风摇曳花瓣的声音，安静得甚至让人忘了她的存在。

听说女孩常会发病，很害怕的样子，学校师生都知道。她坐在最后一排，微歪着脑袋听课，很认真。我有时瞅一眼她，心想，好好的啊，一点都看不出来有病啊。有时又想，要是这么听着听着，栽倒在地，抽个不停，那该怎么办？还好，我在的日子，她没有发过病，只是有时肚子疼，我让学生到办公室给她接一杯开水喝，她会好些。

有时，她没有来上课，我就给她母亲打电话，问孩子上学来没。没来，在家，就安下心。要是来了，没到学校，万一瘫倒在路上，就麻烦了。他们家离学校远，走路要半个钟头，她肚子疼，走路慢，其他学生前面走了，留她一人在后面，出点事，也无人知晓。后来，我才知道，女孩有焦虑症。我上课期间，她没有发病，可能是我上课环境相对宽松吧。

有几天，女孩没来，我打电话问，她母亲说要去城里看病。随后，我离开了学校，也不知她的病好些了没。

还有一个女孩，叫什么晗，我把姓忘了。女孩瘦瘦的，被校服包裹着。有时梳两个马尾，有时一个，不过都扎得整整齐齐，丝毫不乱。脸白白的，极为素净，像极了一颗白瓜子。她的学习一般，但人聪明，也乖巧，就是有点懒惰和粗心。后来，我得知她是我堂姐的女儿。

我跟堂姐有十多年没联系了。

记得我上小学时，她上初三，来我家玩，见过几次。当时她就穿着校服，露着白衬衫的领子，梳着整整齐齐的马尾，漂亮极了。许是心理作用，她是我当时见过的最漂亮的初中生，跟明信片上的人一样。

后来，堂姐初中毕业，打工数年，就结婚了。听说她看上了同村比她大近十岁的男人，大伯是极力反对的。但她死活要跟，家里拗不过，就同意了。结婚后，生了两女一儿。男人常年在尼泊尔打工，家里一摊子事全靠堂姐扛着。当然，这些都是听来的。在我们那里，堂姐算是下门亲，也算是远亲戚，嫁出去，就基本不走动了。大伯因对婚事不满，结婚也就没有请我们。婚后，堂姐成了另外一家人，我们互相没有往来，也就失联了。

既然是堂姐的孩子，我就格外关心一点，当然，也就比别人严格一点。虽是亲戚，但我该批评还是批评，该吓唬还是吓唬，不能因为是亲戚，让孩子产生更多惰性。

每次上课，看着梳洗得干干净净，穿戴得整整洁洁的孩子，我就想起堂姐。十多年不见，她的孩子已经长大，成了我的学生。她变成了什么样子呢？

这十多年，时间都去了哪儿？那年穿天蓝色校服的姑娘又去了哪儿？十多年，我们中间流淌着一条河，河水捎走了一切，只有两侧的泡沫，偶尔溅起来，打湿回忆。我曾想去看望堂姐，但拖拖拉拉，终未成行，后来我离开了小镇，这事也便不了了之。

7

小镇呈长条形，像一截腊肉，挂在西秦岭山梁上。

镇子中间别着一条东西走向的公路，破烂不堪。村子随意摆在路两侧，路边丢着两排二层楼。

这条公路，前几年曾修过，最多五年时间吧。修之前，砂石路，坐个班车，把屁股能颠成花。尤其城里人下乡，走在这路上，那娇贵细嫩的屁股实在受不了，走一路，定会骂一路。路修好后，看着平坦了不少，至少不颠屁股，不被汽车扬起的灰尘埋掉了。可没想到，这路，没走几年，就报废了。按理说不该这般"娇嫩"啊，修好时间不长，也没有多少大车碾轧，但事实是，这条路彻底废了，不是隔三岔五塌方，就是随处破损翻浆，大锅口一样的深坑，让整条路狼狈不堪。实在想不通，拿着群众的钱，修这么一条下三滥的路，政府不脸红么？老板能安心么？为什么当初能交过差？为什么没人过问一下？讽刺的是，这条路至今没有验收，而政府又要重修了。对此，公路沿线老百姓一提这条路，十分恼火，破口大骂。

还记得我很小的时候，有一年加宽此路，当时还是记工分，全乡的人都参与其中。母亲背上一块干馍，早早就跟村里人一道去出工了。公路加宽结束后，母亲领回一个搪瓷盆和两条擦脸毛巾，以作纪念。白瓷盆，盆底印着红漆大字，特别醒目，我们家用了很多年，颇为结实。

公路东头，是小镇的中学，只有初中，没有高中。要上高中就得去另一个镇子，或者进城。不过我上学时，不时兴上高中。好学生都上了师范。中等的，极个别上了高中。其余全上了技校。最差的，打工去了。

我上初三那会儿，中学东西各四排房子，前三排是各年级教室，后一排是教师宿舍。房子都是砖混结构。红砖裸露在外，缝隙里填着水泥。屋檐上一根根木椽直愣愣撅出来，挂着一串串灰尘和蛛网，在我们的叫喊里飘来飘去。屋檐下，有几个燕子窝，窝下地上，铺着一层白乎乎的粪便。一开始有燕子，捣蛋的学生老用石头打，燕子不得安生，就弃窝而去了，它们肯定很是愤怒和无奈。教室墙根下，到冬天，我们排一排，晒暖暖，挤麻子，时间一久，红砖被磨蹭得光亮。学校的四周栽着白杨，都钻到了云朵里。树干上刻满名字，有些都毕业多年了，名字还在，但树皮已皲裂，名字多模糊，谁又知道谁是谁呢。我毕业后多年，中学盖了新教学楼，拆了教室，砍了杨树，学校面貌大变，旧痕不在，似乎跟我没多大关系了。

当时，中学校长是我们村人。虽跟我们家非亲非故，但觉得是一个村，心里暗藏着不知从何而来的某种自信和骄傲。想来也是很奇怪哈。

沿公路再往西，是一些砖瓦房。接着走，是一家银行，当时叫信用社，现在叫农村合作银行。这是镇子上唯一的金融机构。我对信用社有印象，是因为我三爷。三爷是我们村信贷员，也就是信用社在各村的业务代理人。他家里有个绿色大铁皮柜，钱就装在里面，我见过。那时候，家里穷，村里很多人也穷。每年二三月，青黄不接时，是父亲最犯愁的时间。因为随着一场春雪或者春雨，麦地就要撒化肥。紧接着，清明前后，得种洋芋、葵花、玉米，还得用化肥。化肥主要是尿素和磷肥。每年买化肥要五六百元，这是个大支出，家里根本拿不出这么多钱。咋办？贷款。父亲就去找三爷，虽是亲房，能贷下来，但年复一年的贷，实在不好意思，再说，年底，咋还，又是个问题。

后来，每次来镇子上，看着铁皮大门圈起的院子，我就想到父亲贷款的事。那时年少，总以为钱是他们在院子里生产的，像制造作业本一样。

银行斜对面，就是我教学的中心小学。小时候，我在中心小学参加过几次统考。那时候，学校还是土房子。可能是我们学校小，每次来统考，都觉得中心小学特别大，大得老是找不见考场。学校门口有一棵弯腰驼背的柳树，每到统考，柳树下就摆满了小摊。凉粉面皮、冰棍、作业本、橡皮、铅笔盒、糖葫芦、果丹皮、彩色铅笔、麻子、大豌豆，还有好多，都是我想要的。不过好多东西都是看一看，过过眼瘾罢了，因为母亲只给了五毛钱。五毛钱，买一碗凉粉面皮吃了，就不能买别的了。虽然咽着干馍，衔着口水，在地摊前晃来荡去，但还是舍不得钱。麻子大豌豆家里有，没必要买。彩笔实在喜欢，但不实用，不能买。最后，思来想去，五毛钱都捏出了水，买了一个铅笔盒，背回了家，用了四五年。那是我上学用的第一个铅笔盒，之前，用的是装过青霉素的纸盒。

现在，柳树没有了。学生来统考，都背着满书包的零食，装着满兜兜的零钱,在小镇上几家商店里出出进进。他们再也不会拿着五毛钱为买什么而犯愁了。当年,那个卖面皮凉粉的老人,或许早已经去世。那个背着背篓卖小玩具的人,估计老了,孙子也上小学了。那个走近十里路来售卖零食的人,或许早已改行,另谋生计了。

小学斜对面,也就是信用社隔壁,是戏场。以前,戏场是土院子、土戏楼。小时候,我们全学区的六一节目就在上面演出。戏楼大多数时候空闲着,每年五月,唱大戏,就在上面。我刚在镇子上教学时,正逢唱戏,父母来看了几天戏。与其说是来看戏,还不如说是来看我。

戏场隔壁,是兽医站。我们村有人在兽医站当兽医。兽医吃公家饭,有铁饭碗,常年穿一身藏蓝衣裤,戴顶蓝帽子,一看就是干部模样。兽医站以前常有牲口去看病,现在养牲口的人很少了,看病的自然也就寥寥无几。我看过给牛打针,那么粗的针管,跟胳膊一样,牛站那儿,唰一下,在牛脖子上扎进去,牛没回过神,就已经打完了。给骡马打针就没那么容易了,有一次,我看见一头栗红色的马拴在木桩上,缰绳拴得很屈,马头抵着木桩。穿白大褂的兽医刚凑过去,马就尥蹄子,乱踢乱叫,性子暴烈。兽医叫两个人找了杠子,趁马跳起落下的一刻,插进两腿中间,一绊,马身体一晃,像一堵墙,轰然倒地。那两人冲上去,压在马屁股上,兽医刚近马身,马轰隆一声拾地而起,犹如倒塌之墙猛然站起,把三个人全都掀翻在地。马脖子一扬,嘎巴一声,扭断木桩,拖着缰绳和半截木桩夺门而出,扬长而去。

那次正是六一,我们去参加汇演,中午无事,趴在门口看到这一幕,惹得屁滚尿流地笑,结果被兽医站的一个小青年骂了一顿,赶走了。

兽医站隔壁是卫生院,我去过一次,没啥印象。我们看病,一般都去另外一个镇子的卫生院,一是近,二是那里的大夫看得更好些。

沿着路，再向西，一侧是林分站，一侧是邮电所。

再行，就到了乡政府。我祖父退休之前，曾在这里工作过几年。他本来是可以弄个官当当的，但当时我们家口大，粮食少，养活不过来，地里活也多，忙不过来。在县委工作的祖父就被曾祖父叫了回来，在离家近的公社上班，这样便于照顾家里。那时的人，好像没什么进城不进城的观念，也没捞个官当当的欲望。人的活法，都很简单。后来，祖父上了年纪，就到小镇来工作了。

我上小学时，有年六一来镇子上，在祖父宿舍住过两天，那时乡政府还是单面老楼。

后来，我当记者，有一年，某村有群众反映退耕还林的事，同事接到选题后，拉我去做采访。我们冒雨拍完，最后没有播出。乡政府的领导找了人，托关系，把我们稿子枪毙了。后来，我们还做过一个粮食直补的曝光新闻，乡上领导跟我一个亲戚熟，问了我号码，联系我，让我删掉，但节目领导已安排播出，我无力停播。当时我也没有接听他电话，我知道一接电话，事情就变得复杂。那件事，把乡上领导得罪了。后来偶有见面，颇为尴尬。

过了乡政府，便是民房，再没啥了。

小镇逢集的日子是农历一四七。因为人少，即便逢集，人也寥寥无几。除过初夏买农具、草帽，腊月里办年货，马路两边会摆些摊子，平时，只有三五个小摊，常年坚守着，卖点蔬菜、农药、农具。

这就是我所在的小镇，在中国万千小镇里，一个普通到可以被忽视的地方。在西秦岭，它挂在一千六百米海拔的山坡上，风一吹，它发出清苦、简单的声响。

8

说一件我上初三那年的事吧。

前面说过,初三我是在小镇中学上的。中学地理位置我也说过,不再啰唆。中学坐北朝南,分两大块,前面是教室和教师宿舍,中间,由一溜土墙隔开,后面是大操场,操场东南角是厕所。初三的教室在进校门的左手第一排。从我们教室出来,去上趟厕所,来回要走好一阵,大概六七分钟。加上老师拖堂,所以每次上厕所,时间都很紧张,一下课,我们像脱缰野马一般穿过教室和操场,钻进厕所,上毕,又疯跑着回到教室。气还没调顺,十分钟课间休息就已结束。

就这样上厕所,夏天还好些,冬天,要步行那么远,实在麻烦。

校门口,紧邻马路,过马路,是个打麦场。场是平整过的大土场子,六月天碾麦,平时堆放麦草,也放一些麻秆、玉米秆之类的柴草,有时,也晾晒东西。麦场四周,码放着麦草,一家一垛,一家一垛,互相挨着,密密实实。

也不知从何时开始,一下课,男同学直接出校门,钻到麦草垛后面,鸡鸡一端,撒起了尿。女同学自然是不敢的。这样,下课上厕所,省事了不少。后来,我也跟上大家一起去麦草垛后面撒尿。十几个男生站一排,端着家伙,齐刷刷朝麦草上撒尿,那气势,相当壮观。天长日久,靠路边的几垛麦草底部开始发霉腐朽,还散发着刺鼻的尿臊味。这些麦草,码在场里,是留着冬天铡了给牲口吃的。这么一尿,定然没法吃了。

有一次,上午第三节课后,我和几个男同学钻到麦草垛背后开始撒尿。我迟去了片刻,他们刚撒完,我才解裤子。突然发现麦草垛后面冲出来一个人，举着水担，大声咒骂着，凶神恶煞一般，朝我们冲了过来。大家一哄而散，我正要跑时，那人扬起水担，砸了过来，水担一头正好打到我后脑勺，我被打翻在地，但心里害怕，又站起身，不顾一切，跑掉了。

进教室后，并未觉得头上有异常。上课期间，后脑勺才有点隐痛。一股热乎乎的东西顺头皮流下来，钻进了脖子。我一摸，血，便用手擦了，没太在意。流了一阵，血凝结了，没有再流。

正好我身后坐着我们村的一个女生，我后脑勺流血，被她看到了。下午放学，她骑自行车回家取馍馍，给我父母说了我头烂的事。

当时，初三上半学期，我在姑姑家暂住。晚上，吃毕饭，我在写作业，头烂之事早已忘记。

快十点，天已黑透。父母突然来了姑姑家，他们走了十里山路，顶着满天星辰，走得一路焦急，心慌意乱，走得满头冒汗，气喘吁吁，专门来看我。因为那个女生描述得比较夸张，当时又没电话，父母以为我受了很严重的伤，没顾上吃晚饭，一路小跑着赶来了。我也吃惊，觉得一点小伤，他们没必要连夜赶来。母亲扳着我的头，查看伤情，发现只是破了皮，已经结疤，没有大碍后，才安了心。父亲坐在炕边，抽着烟，骂那个打我的人：一堆草能值多少钱，你把我家娃打个三长两短，你赔得起吗，再说，还是孩子，嘴上教育几句就行了，直接下手，心是多黑！幸亏伤得不重，要不我明天找他算账去。母亲在一旁应了句，那么多娃一起尿的，凭啥打我家娃。

因为天已太晚，姑姑做了饭，父母吃罢，就住下了，第二天回的家。

我平时是一个很乖的人，不惹是生非，不打架斗殴。那次被水担打，也算是这么多年吃亏最严重的一次。被水担打过的后脑勺那块，头皮擦没了，现在一摸，有个小疙瘩，也不长头发。每次摸后脑勺，或理发被人问及，我就想起这件事。

9

每年六一,全学区要进行汇报演,镇子上的戏楼便作为临时舞台。

有年六一,是不是香港回归那年,我记不清了,反正学校很重视,阵势很大。其时我在附中上学。提前一月,学校就开始排练。排练分两种,一种是队列队形和团体操,一种是各班节目。那时候真好,整个下午不用上课,在操场练习走齐步。一班一个方阵,来回走,走得操场虚土三尺,黄土飞扬。汗流下来,把脖子上落满的土冲出了一道又一道的渠。

各班练完,全校统一再练。队列按照年级,由大到小,我们班在队列前面。第一排,是校旗手,专挑个子高的、长得挺拔的男生。后面是举校牌的,胳膊要伸老直,一路高抬腿走,自然挑的是全校最端庄的女生。接着,是大鼓,我们叫战鼓,这个得是壮实肥大的男生来扛,一般的男生,会被鼓压趴。跟在大鼓后面的,是清一色小鼓,十来个,排三四行。然后就是号手,十来人,学校会给每人配发一把铜号。这些基本由初一、初二的学生担任。后面跟着的,是四五年级,打五颜六色彩旗。打旗需要自备旗杆,好多学生砍来胳膊腕粗的白杨当旗杆,白杨轻,剥了皮,也光滑。最后面,就是一二三年级,拿花环,举在手里,边摇晃边喊口号:庆祝六一儿童节!好好学习,天天向上!勤学苦练,立志成才……花环使用红绿黄三色彩纸剪成条,越细越好,再一圈圈粘上去。学生不会做,得家长动手,有的家长剪得细、匀,举起来一晃,像一道彩虹,鲜艳极了,还有点毛茸茸的感觉。有的家长,粗枝大叶,剪的纸条宽如面条,老师一看,骂道,剪得这跟给你爷凑合事的长幡一样。学生懵懂,说,我爷还活着呢。老师翻个白眼,来了句,给你太爷的，总行吧。

我是号手。打鼓轮不上我，个子太小。打旗，没技术含量，总觉得低人一等。拿花环就更不用说了。我是怎么争取到吹号的？可能是我学习好吧，我个子低，本是打旗的，老师网开一面。吹号，得有技巧，用嘴唇，吹起要均匀，否则吹不响，要么吹响，也跟放屁一样，吱吱，吹不出嘟嘟嘟的节奏。我一开始也不会，搭上嘴，使命吹，结果第二天嘴肿了。两张嘴皮打过气一般，翻噘着，笑晕了同学，让我很是丢人。不过后来反复练习，掌握了技巧，能吹响了。

我们班的节目是唱歌，班主任挑了好几首歌，但都太难，我们搭不在调上，最后选了《没有共产党就没有新中国》，切合主题，又旋律简单。我是班上嗓子最亮的一个，唱起来，虽不是百灵鸟，但也很清脆，跟夏天的蚂蚱一样，叮当有声。不比有些男生，一张嘴，简直如同驴叫。于是班主任很看好我，让我站在第一排中间，当主唱。

自从担任了号手和主唱，我放下号就唱歌，唱完歌就练号，这张嘴，实在是忙啊，连个吃饭的时间都挤不出来。因为准备六一，没有作业，晚上，我站在后梁，又吹又唱，直到北斗七星一闪一闪亮成了串，像挂在夜空，好似项链时，我才回家。我的吹唱吓得满村的驴和狗不得安宁，都叫了起来，最后跟我合成了一曲雄壮的交响乐。

六一很快就到了。

我们穿上藏蓝色的线衣线裤，洗了手脸，系上红领巾，收拾得精精干干，来到镇子上。那时候过六一，要么穿白衬衣、蓝裤子、白运动鞋，要么就是一身蓝线衣。这个由学校定。衬衣和裤子都是在集上提前缝的，线衣只能买了。有些孩子家里困难，缝不起衣服，天天哭闹，把两只眼睛哭成了核桃。最后实在没辙，当母亲的满村子借了二十元，给孩子在集上扯了布，缝了一身。有些人买不起线衣，就把村里人当内衣穿的借来，一遍一遍洗，蓝线衣洗成了灰白色，穿在身上，站进队伍，格格不入。衣服有了，鞋子大多是将就的。那时候，没几家能买得起运动鞋，都是白色胶鞋，几块钱一双。有时候，几块钱也拿不出，难心死人啊。我们村一个男生，没白鞋，连夜让母亲给他在黑布鞋上蒙了一层白洋布，结果第二天，被老师看见，狠狠骂了一顿，说你这哪是运动鞋，明明是死了人穿的丧鞋嘛（西秦岭一带，人去世后，亲人要在鞋尖上缝一块白布，以示祭奠），撕了去。最后，这个同学因为没鞋，没有参加六一。还有其他村里一个，没白鞋，晚上搞了半桶白漆，把鞋刷成了白色。结果第二天六一走齐步，白漆全掉了，露出了他掉了几层布的烂布鞋。

六一当天，各校师生穿戴一新，打鼓举旗，从四面八方，向镇子上汇聚而来。

上午，在镇子上举行行进式表演。打鼓，吹号，摇花环，喊口号。街道两边，挤满四里八乡赶来看热闹的人。我们卖力给大人们展示着风采，我们竭力要把其他学校比下去。我们不光代表着自己，也代表着我们学校的面貌和水平。我作为领号手，在大人们面前，昂首挺胸，自信满满，走三五十步，就领吹一串。听到大人们叽叽喳喳说好，我越来精神了，像头小马驹一样，差点活蹦乱跳起来。看着彩旗飘荡，人潮涌动，听着口号连天，鼓声隆隆，初夏的风从人群缝隙里挤进来，吹荡着我们的红领巾和蓝线衣。整个上午，我都在幻觉中飘浮着。

中午，我们在马路边吃了一碗凉粉。上午太卖力，吹得口干舌燥，买了两根冰棍吃了。

下午，全学区文艺汇演。按照顺序，各学校一一上戏楼表演。好多节目现在都忘了，只记得有歌伴舞《采蘑菇的小姑娘》，那首歌是我第一次听。还有歌曲《闪闪的红星》，因为表演节目的学生都戴着一顶红军帽，馋死我们这些爱打枪仗的男生了。我们站在戏台下看着，也不敢打闹，班主任在监视，但可以交头接耳。有同学说，某某学校谁谁的爷爷是主席，在台下坐着看节目呢。那时候我只知道毛主席。突然听说他爷爷是主席，天啦，那该是多大的官啊，是不是北京来的，那简直太厉害了。我开始用异样的眼神寻找着主席的孙子，最后在某某学校的队列里找到了，跟我们一样站着，除了蓝线衣颇为崭新、运动鞋很白之外，好像再无区别。但他爷爷是主席，我们觉得他好攒劲，甚至身上都散发着毛毛的光。后来，我才知道他爷爷是乡人大主席，不是毛主席的那个级别。

当我胡思乱想我爷爷为啥不是主席时，轮到我们表演了。

我们按顺序排好队，班主任又交代了几句，他老盯着我，好像在给我一个人说，搞得我压力贼大。主持人报完幕，我们上了戏台。我还是站第一排中间，一个老师把带有支架的话筒摆到我嘴边。我第一次站在这个戏台上，朝下看，黑乎乎的脑袋，密匝匝的人群，像遍地刚刨出的洋芋。我什么都听不见，只有两耳嗡嗡之声。我紧张起来，使劲捏着线裤上的白道子，汗在手心打滚。音乐响了起来……没有共产党就没有新中国……

我张圆了嘴，却发现嗓子哑了，发不出任何一点声音。我憋红了脸，双腿发抖。嘴边的话筒里只有同学们的声音，没有我的领唱，大家像一群羊，没有头羊领着，四分五裂，各自走开了，走成了一团乱麻。我捏紧两只拳头，努力让自己镇定下来，汗都快从指缝里捏出来了。我使劲吼着，确实发出了声音，但很遗憾，是那种沙哑的驴叫声。满戏场子的人被我断断续续的驴叫声吓着了，他们齐刷刷盯着我，好似万箭齐发，射向我。我快要死掉了。

我不知道合唱是怎么结束的。

后来我才听说，我失声的原因是上午用嗓过度，中午冰棍一刺激，声带受损，加之紧张，就发不出声音了。

返回的路上，看着人家学校的学生抱着大大的奖牌，我难过极了，一路自责，恨不得把自己杀掉，剁成肉丁，喂了半路上的狗。

回到家，我晚饭也没吃，便蒙头睡了。一晚上，做的全是合唱的梦，一会儿是嗓子好了，在我的领唱下得了第一名，我们抱着奖牌哈哈大笑。一会儿又梦见嗓子还是哑的，急得我不行，差点快尿裤子了，最后我用削笔刀把喉咙割开，取出了几颗沙子，我的脖子在冒血，像泉眼一样，我被惊醒了，一抹，脖子上缠着从镇子上买的塑料哨子。

隔着窗，望着外面辽远的夜空和闪烁的星辰，我又轻轻唱了一遍——没有共产党就没有新中国——我的嗓子好了，那么清脆，像极了月光下的蟋蟀声。

10

我上初三时，学习还可以，考试基本保持在全级第四名。

第一名，我等会儿说。第二名，是补习生。第三名，是个女生。第四名，就轮到我了。我一直觉得我不是个聪明人，也不用功，但学习还凑合，这真不可思议。

第一名，叫张鹏飞（此为化名）。从初一到初三，榜首一直由他霸占。他个子不高，人也瘦弱，话少，腼腆。上课时，正襟危坐，很是乖巧，像只兔子，两只眼睛有点红。下课，也是很乖巧的样子，像只兔子，坐在那里一动不动。据说他是很用功的，每天晚上，都要学到半夜一点。如果没干扰，估计能学到天亮。所以，人家学习好，也不是平白无故的。他父亲半夜醒来撒尿，发现厢房电灯还亮着，过去一看，发现儿子还在熬夜学习，便偷偷把电闸捣了（关掉），没有电，儿子只好睡觉。他跟我一样，早上六点要起，然后和村里的学生走四十分钟山路，才到学校。

他就这么一直长期占据着第一名的宝座，从未有人撼动过。

中考，他也报了师范学校。其实很多农村家长的想法是一致的。上师范，四年毕业，分配工作，就能挣钱养家糊口。而上高中，三年花费就一疙瘩，加上大学四年，还要花费，普通农家难以承担，再说，上高中，能不能考上大学也是未知。上师范，学校有补贴，学费也便宜。于是，几番对比，很多农村的尖子生上了师范。

中考成绩出来，张鹏飞依旧是我们学校第一名，620多分（满分750），比我高出近20分。这个分数，上师范绝对没有问题。随后，我们考上师范的几人，陆续收到了录取通知书，但他没有，等，一直等，等到快开学了，再不能等了，再等娃就没学上了。他父亲在城里拉架子车，多方打问，说是孩子有肝炎，所以没有被录取。憨厚的父亲没有再问，就回了家，把这个堪比五雷轰顶的消息告诉了张鹏飞。张鹏飞还算能沉住气，只是在家天天窝着，不出门。过了几天，父亲带张鹏飞去城里看病，做了检查，一切正常，没有肝炎。

此后，好像他们也再没有去质问过，此事也就不了了之，毕竟庄农里人，要钱没钱，找人没人，只能听天由命。

秋天，快开学了，张鹏飞只好报了三中，去上高中。因为学习好，他被录取到宏志班——全校重点班，每月还能领到奖学金。这事，也算是因祸得福。

高中三年，张鹏飞学习也一直很好，名次我就不清楚了。高考时，他考上了北京航空航天大学。好厉害的学校，多少人梦寐以求的大学，在我们那穷山沟里简直如同传说，让人羡慕得牙痒。他就那样上大学去了，彻底和我们这些上了师范的"幸运儿"分道扬镳，各奔前程。我们最终不过是一名乡村小学教师，终其一生，教教孩子，如此而已。可他毕业后，将在大都市娶妻生子，安家落户，奔走在尖端技术前沿，甚至影响、改变着我们这些山窝人家的生活。他无疑是一个成功者，把我们远远甩在了屁股后面。

后来，我们便彻底失联了。我上着师范，他上着北航。关于他的消息，也少有听到。

再后来，毕业，我们这些师范生，陷入生活的泥潭，难以自拔。我也早已忘了我们初中时的第一名——张鹏飞同学。直到某天，我突然听人说，你一个同学，叫张鹏飞，在一个偏远的乡政府上班，他还问到了你。我当时颇为吃惊，怎么会呢？是不是同名同姓者？他那么优秀，他上的是北航，怎么会回来呢？怎么会在乡政府呢？但我还是确认了这个事实，那个人确实是张鹏飞。

大学四年，毕业数年，这么多年，张鹏飞身上究竟发生了什么事，我终究还是不知道。我们一直没有见过面。但他确实回来了，在乡政府上班。

有时想想，人，这一辈子，真是说不清。有时，命运，就喜欢拿人开玩笑，甚至挑逗你、讽刺你。你越是一个老实本分、不苟言笑的人，它越是玩弄你。我曾想着，当初我们那么努力，想活成不一样的风景，我们甚至各奔东西，去制造风景，但到头来，一切都很徒然，我们又回到了黄土深处，殊途同归，我们又成了西秦岭深处田埂地边的野花野草。

再说第二名吧。他跟我同岁，都属兔。他姓罗（虚构的姓）。

我上附中时，他也上，但他比我高一级。他父亲是附中的老师，把他一直带在身边。

中午放学，我们是不回家去的，太远，回一趟四十分钟，一去一来，光赶了路。所以，中午的时间，我们就在教室啃馍馍，写作业。写完之后，也不睡觉，跑到操场打乒乓球。罗同学在学校的灶上已吃毕了饭，嘴上还留着没有擦干净的辣椒油，也跟我们一起打。

罗同学因为是教师子弟，家境好，平时穿戴都很新，脸也白净，不像我们，又黑又红。虽然他爸是学校老师，但他还算平易近人，常跟我们打乒乓球。有时大中午，我们打球（乒乓球案就在教师宿舍隔壁），大喊大叫，吵了老师，老师会趿拉着布鞋、满脸愤怒，出来骂我们，但看到罗同学也在，便收了嘴，只说句，声音小点耍，折回去又休息了。

乒乓球案有两张，都是水泥案板，下面砌着砖块。打乒乓球，我们玩的是"爷爸孙"，"爷"占一侧，"爸"和"孙"共占一侧，其实就是二打一。"爷"赢了，继续当"爷"，输了，下来当"孙子"。"爸"赢了，上去当"爷"。"孙子"赢了当"爸"，输了下台换人。就这样，很简单，转圈圈，循环往复。罗同学乒乓球打得好，总是当"爷"，有时候输了，会赖着当"爷"，虽然大家心里不服，但人家他爸是老师，我们只有默默接受，谁让自己的爸不争气，只会种地呢。

我上初二时，罗同学到小镇去上初三了。中考，他考高中，没考上，接着补习。我上初三，便和他同级了。在我们这一级，罗同学学习本来就好，加之又是补习生，便占据了第二把交椅。初三一年，学生多，事情杂，虽在一班，但我们平时接触不多。我只记得他老爱跟女生耍，有时揪一根她们的头发，有时背后吓唬一下，甚至摸一把人家的手。不过女生也爱跟他玩，毕竟人家长得攒劲（我们那时尚不知帅字）。

中考，他报了一中——天水最好的高中，没报师范，这应是他父亲的意见，毕竟上一中，将来大学毕业，能进城工作，不像师范生，乡里出去，又回到乡里。他父亲可比我们务农的父亲精明，会谋虑，懂形势。再说，他也不想让自己的孩子，再走自己的老路，有些路，走一遍，就够了。

这一次，他如愿以偿，考上了一中。

某年，我和同学谈及他，同学说，他今年挣死挣活弄了个三本去上了。我当时很吃惊，我都毕业了，他还没上大学。后来才听说，上高中以后，一进城，花花世界，十里洋场，他就受不住了，三天两头不是在酒吧瞎混混，就是在网吧耍游戏。父母不在身边，他像无缰之马，爱怎么过活怎么过活。当然，成绩一落千丈，在全市最好的学校，成了垫底的，连续三年，次次落榜，最后实在没有办法，他父亲就让他上了个三本。

再后来，听说他毕业了，在城里以打麻将为主，拿参加就业考试当借口，哄着父亲，实则天天混日子。我们也从未联系过，毕竟多年以后，都不是一条道上的了，何况当初也不是多要好的朋友。现在，也不知道他考上公务员了没？

偶尔想，这人啊，没法说。一个人最后的活法是啥样的，根本想不来，什么测算占卜之类的，也就是自己哄哄自己罢了。曾以为会长成一棵栋梁的苗子，长着长着，几年后，就歪了，甚至被虫蛀了。

最后说说第三名，是个女生，我们邻村。她和我的经历很相似。

我们学前班到四年级，都是在自己村里上的，五年级到初二，一起上的附中，初三，又一起在小镇上学，随后，一起考上师范，一起毕业，最后，各自沉浮于社会。

上附中时，她是第一名，我是第二名，我偶尔超过她一次，但始终败多胜少。在我们班，学习方面，她是女生的核心，我是男生的头。女生抄她的作业，男生抄我的。我们是对手，也是敌人。我暗暗发誓，要超过她。附中三年，她都作为我的死对头出现在我的生活中，也或许正是她刺激着我要好好学习，不能给男生丢脸。当然，这种敌对，只是少年时期内心的一种想法，也是一厢情愿，没有公开，也不会公开。我们照样会说话，只是说的少一点罢了。

直到上了初三，我们才消除了"敌意"，毕竟我们都是从附中转学过去的，要懂得团结，要抱团取暖。

因为邻村，我们两家有些地虽没有挨着，但都在一个湾子里，割麦耕地、播种拔草啥的，总会遇见。每次遇见，不知何故，我就很尴尬，也很恐慌。自然，我的父母跟她的父母认识。尤其是我祖父，在小镇工作时，她父亲在小镇粮站当验粮员，互相认识，关系还不错。后来也不知真假，他们常说，把那谁的女儿给你说成媳妇，我当时还小，一听媳妇二字，脸一红，又害羞又生气，说，要娶媳妇给你们去娶，我不要。然后慌慌张张跑开了。

作为同学和对手，在我的少年和前青春期，我到底喜欢过她没有，我也不知道。说喜欢吧，那时年少，还不懂什么喜欢不喜欢。我只记得她梳一个麻花辫，垂在脑后，穿一件暗红色缀满黄色碎花的呢绒上衣，一条青裤，有点短，盖不住脚面。说有好感吧，可我不喜欢她比我学习好，老压着我，再说她的小圆脸，有点黑，说话还声音大，有点娇声娇气，让人讨厌。说没好感，可她是我们班女同学里长得最标致最聪明的一个。我们在很多方面很像，所以，总有同学瞎起哄，说我们郎才女貌，大人们还隔三岔五瞎撮合。反正，十三四岁的我，迷迷糊糊，不知所以。只是，放了暑假，有时假想着，在放牛的路上遇见她，当然路上要无他人，跟她说说话，送她我当时仅有的一个小挂件——一休和尚，作为礼物。

初三那年，我们没有多少交往。一年时光，就那么过去了。

上师范，学生多了，圈子更大了，我们只在老乡会上一起坐过，随口说班上的事情，也并无太多话要谈。平时校园遇见，也只是点点头。当初上初中时的那种"敌意"和难为情早已了无踪影。曾以为长得标致的姑娘，在几千人里，也只是平平了。当初所有的假想，都变成了擦肩而过，变成了青春期木栅栏里吹过的透明的风。再后来，她跟我们班上的一个男生谈恋爱，后来，听说分手了。

毕业后，我们走向了社会，一两年后，她参加考试，分到一个乡镇，当了老师，在那里有了丈夫，生了儿子。她结婚前，在电话那头，还是那种声音，有些娇声娇气，笑嘻嘻地邀请我参加她的婚礼，顺便问我几时结婚，我说还早呢。随后，我们互相送上几句祝福，我祝她新婚快乐，她祝我早日成婚。然后，挂了电话，就此而已。

从此，我们就再也没有相似的人生轨迹了。小学、初中、师范，九年同在一起的日子，成了旧事。九年以后，我们奔波在各自的生活中，两脚泥水。只是偶尔想起旧事，在那杂花生树、草长莺飞的年月，一切那么简单，那么美好，那么透明，如同西秦岭的云，让人留恋。

11

我在小镇当老师那一年，正好是建党九十周年。

镇上所有单位要搞大合唱比赛，乡政府、财政所、卫生院、信用社、中学、小学、计生所等，都要参加。每个单位两个节目，都是唱歌，歌要红歌。我们小学定了两首歌，《四渡赤水出奇兵》，还有一首，一时想不起了。定好之后，给每人印发了歌词，让平时多加练习。

我们合练了大约二十天，合练时间为每周一到周五，晚上八点到十点。于是，每天在灶上吃罢饭，我就在其他老师宿舍坐一阵，说说闲话，打发时间。到点，一起去语文组办公室排练。有时也回，回去在院子打会儿逛，或翻几页书，到七点四十，出门，去学校。

练歌，跟平时一样，也没啥趣事。

一个年轻男老师既当指挥，又当领唱。他长得壮实，气流充沛，嘴一张，跟牛哞一般，适合唱美声。不像我们，细瘦，一发声，跟羊咩似的。排练时，年轻人还好些，唱个不停，五六十岁等着退休的，就不行了，唱一阵，便只张嘴，不发声。我们总共四十来个老师，男女相当，老中青都有。

每天唱完，十点，小镇已黑乎乎的了。出校门，路上，不见人影，连那白日满街溜达的野狗都不知去向。乡里人家，六七月，正是农忙时节，油菜熟了，割倒在地，一捆一捆，晾晒着，等待打碾。麦子梢头沾了黄，有好太阳，再晒个把月，也快要割了。而现在，需要准备镰刀、磨石、草帽之类的。地里的秋田（秋天收割的庄稼）也正缠人，葵花打杈，洋芋匀苗，胡麻拔草。玉米地里，菜瓜结了一疙瘩又一疙瘩，需要摘了背回来，要不，一场雨，就烂掉了。牲口即将出大力，夜草不能少，于是每天需要上山进沟割草，很是费人。农活杂多，每天忙完，都是摸黑进门，胡乱吃一口，填饱肚子，早早上炕睡觉，乡里人家哪还有闲余精力在街道上游逛。

借着手机光，摸进巷子，开大门，大门是铁皮的，门闩拉开时，哐当一声，响声巨大，怪吓人的。每次开门，我都害怕，怕推开门，有人躲在门后突然钻出来，或者院子里，坐着过世的老人。不过还好，这样的事情没有发生过。小时候，我也怕走夜路，总感觉身后跟着鬼，一路大步流星奔跑着，一边摔手拍打身后，生怕鬼揪住衣襟，一边大声唱歌，给自己壮胆，转移注意力，不去想鬼的事，直到跑回家，关上门的那一刻，高悬之心才安然落下。

我住的院子隔壁是乡政府，乡政府有颗大灯彻夜亮着，院子一角能被照到，开门进院，看见灯光，心里一暖，恐怖之意便有所减退。

乡政府干部排练也刚结束，院里有说话声，咳嗽的、倒水的、说事的、安顿明天下村的，有人还哼着刚练过的歌，声音明显生硬，像半截木头，直杠杠的，不好听。

比赛是建党节前一两天举办的。赛前，学校统一发了白衬衣、青裤子，既是比赛服装，也算一点小福利。衣服有点宽大，把我装进去，里面还是空荡荡的。比赛之后，衣服我就拿给父亲穿了。

比赛那天，穿统一发的衣服。我平时不喜欢穿西服，觉得太正儿八经,很不自然。穿衬衣也少,我脖子短,一穿衬衣,便把脖子淹没了,上半身没个过渡,跟个怪物一样。此外,衬衣领子卡在脖子那儿,让人很是拘束,呼吸似乎都不畅快。我穿衣大多是运动服或休闲装,脚上是球鞋,没一双皮鞋。比赛时,应该正装配皮鞋,可我没皮鞋,穿个球鞋,搭上西裤,土洋结合,实在不伦不类。下午要比赛,中午时,我满学校找老师借皮鞋。找来找去,不是太大,就是太小。实在没办法,借了一双大的,大的至少脚能进去。

还有一个问题,我没有穿正装用的腰带。平时系的,是一根用了十多年的军用皮带。我大爸在乡镇武装部工作,给了堂弟一条军用皮带,他系了一段时间,送了我。那腰带质量真好,纯牛皮,系了多少年,好好的,仅有几处小裂纹。如果比赛时,我穿着一本正经的衣服,腰里系一根棕色军用皮带,混在别人清一色的黑腰带中,真是搞笑。最后没办法,我抽掉军用皮带,想在纽扣处用毛线绑住,找了半天,屋里没黑毛线,只好用红毛线绑上了。衬衣是入裤子里的,为了不暴露我没腰带系着红毛线,我把衬衣边拉得很低,确保能苫住裤腰。

比赛场地还是那个戏楼。乡政府有两个姑娘长得不错,因为有节目,化了妆,看起来还真是那么回事,虽然放进城一比,充其量是二三等美女,但是在严重缺乏年轻女性的小镇,有一两个能看过眼的姑娘,已是万福,还敢奢望什么呢。在小镇,年轻女性都打工去了,连四十多岁的妇女都是奢侈品,留下的,都是六七十岁的大妈,坚守着家园。所以在小镇,单位那些男光棍,身子半拉子老男人,一看到年轻女性,长相稍微凑合的,就目不转睛了,先过足眼瘾,然后唾沫子横飞着,指头比划着,过嘴瘾。在戏场,能有两个出众的姑娘,男人们已不是在看节目,而是看姑娘了。姑娘们似乎知道她们在小镇的价值,穿着与土不兮兮的小镇极不搭配的黑丝短裙,站在前排,晃来晃去,扭怩作态,偶尔爆发出一阵怪笑。

男人们按照单位,围成几堆,使劲扯着女人们的事。我不敢钻进入堆，怕裤腰露出，被人发现，于是躲得远远的。

轮到我们学校表演，我们在后台排好队，往进走时，我借的一只皮鞋掉了，我又折回身去穿，刚穿上，鞋帮子开了，我穿着白袜子的脚趾像舌头一样在鞋尖上吐了出来。我强作镇定，迈着低调的步子，拖着鞋，上了台，站到我的位置上。我是第一排，有点靠边。开唱了，大家都很卖力，但我不敢用劲，只是假张着嘴巴，怕一用力，肚子鼓起，红头绳见光，在小镇可就丢人了。那两首歌曲，我不知道是怎么唱完的，我只操心着我的腰和鞋里吐出的"白舌头"。

比赛结束，放了假，各干各的，再没什么值得一提的事。比赛名次我也忘了。

12

说点中学的事。

我们村有个小伙，跟我一样，也上的师范，毕业后，分到了中学。有时，没事干，晚饭后，我偶尔会去他宿舍坐坐，听他闲聊。

中学男女老师比例失调，可谓狼多肉少。每次分来女老师，光棍男老师就跟饿狼一般，眼放绿光，涎水滴答，大献殷勤，极力表现。有人铺被褥打扫卫生，有人邀请吃饭，有人传授上课秘笈，有人指导规划人生，反正是各显其能，以期获得新人芳心。当然，光棍男老师要是一旦发现新人有男友，立马转变态度，拍屁股走人，背地里捎带几句闲话，求得心理平衡。若是新人报到时带着男友同来，那男老师便如临大敌，无论是否光棍，共同表现出一种同仇敌忾的架势，不给新人好脸色，对其男友甚至有拉进厕所胖揍一顿的架势。

在女性资源严重匮乏的乡镇，不光是秦岭，其实大家都面临着这种困境和尴尬。在村里，年轻姑娘全部进城打工，即便有一半，小镇上班的男人，要么轮不到，早就被人截和，要么觉得自己有正式工作，不愿意娶。小镇分配来的女性，数量跟光棍男老师一比，简直是一锅稀饭里的几滴油，鬼知道最后能进谁的嘴。再说，在小镇工作的女的，压根看不上在小镇工作的男的，觉得他们没前途，要找，就得找个城里的。那些人脉、经济、姿色能占一样的，不出几年，就调进城了。于是，在乡镇，出现了一种尴尬现状，光棍男看不上低的，攀不上高的，悬挂在半空，无法落地。一个光棍男找到一个女人，不仅是家庭、婚姻、生理等问题的解决，更是一种获得性别证明的展示。

不过现在世道变了，很多女老师来的时候都自备男友，光棍男老师便无机可趁，你争我抢、明争暗斗，甚至大打出手、短兵相接的景象已很少有了。光棍男老师整天围在一起，搓麻将，喝酒，瞎掰，说说别处的怪事，论论他人的长短，再戏说一通女老师的屁股和胸，一天天，日子便消磨掉了。日子过成了一锅米汤，缺油少盐，清汤寡味。

不过在众多光棍男老师里，张老师（为防止张老师找上门来，说我抖他糗事，此处省略其名）是个例外，他不对没有男友的女老师下手，专挑那些自备男友的发动进攻。他像森林中的狮子，朝预先瞄准的猎物扑上去，逼迫猎物钻进他设好的圈套，然后捕获。当然，效果一直欠佳，但最后一次，他还是捕获了猎物。这让其他老师大跌眼镜，又艳羡不已，甚至由于醋意太浓，很少和他往来了。

张老师，三十五岁，邋里邋遢，据说是学什么给排水工程技术的，有亲戚当官，依靠大专文凭，分配至这里。他学的这专业，可把校长难住了，不知道安排什么课好，最后没办法，就让代地理了，理由是给排水专业是关于水的，水嘛，在地上流淌，当然和地理有关了。

张老师对新来的单身女老师向来嗤之以鼻，他认为，一个男人应该寻找有过恋爱经历的，这样的女人是发酵过的，是成熟的，是有驾驭感的，自己不需要再花费太多精力让一个女人成长熟透，那样太麻烦。而对那些有男友的女老师下手，除了上述原因，他还能在争夺中找到一种快感，能证明自己是充满荷尔蒙的真男人，不像其他老师，畏畏缩缩，战战兢兢，一副孬种的样子。

他对新人的"围猎"有好几种方式，这里不一一道来，只简单介绍两种。当然，他的这些方式都以失败告终，甚至还让他挨了不少拳头和唾沫，但这不重要，重要的是他不断积累着经验。第一种是常见的，邀约共进晚餐共同散步，这一种，女老师碍于面子只好委屈从之，但三番五次之后，其意图被发觉，便不再赴约。然后他便半夜敲门，进行吓唬，同时白天大讲校园鬼故事和灵异事件，然后承诺保护她，赢得好感，最后给其男友发离间短信，制造事端。第二种，很直接，约架，当然，女老师男友一般都是竭力讨好他，点头哈腰，毕恭毕敬，毕竟强龙难压地头蛇，但事后总在他进城后暗中报复一下，给一冷棒，或来一砖头。

张老师"围猎"花样虽多，但一直都没起作用，最后，他将两种方法进行了糅合。

最近，学校新来一女老师。起初，没有男友来送，侧面也没打听到有无男友，张老师便无动于衷。但某天，女老师男友出现了，而且每逢周二、四，一早便开车来看望女老师。一看，就是热恋中的小青年。

张老师动了心，他觉得"猎物"真正出现了。

他花了一月时间搞外围工作，比如以交流教学经验为主，走近女老师，证明自己教学能力很棒；以邀请女老师去他宿舍吃饭，证明自己是个能上讲台能下厨房的男人；以传送小道消息，证明他很关心她；以晚上聊文艺聊人生聊爱情，证明他是个文艺青年，顺便表明他的爱慕之情。不过这些都不是重点，前戏罢了。关键是他付出的行动。

他通过QQ，给女老师男友发他和女老师吃饭聊天的照片，先让男友猜疑，再让他们产生误会。趁这个间隙，女人需要温暖，他横插一杠，嘘寒问暖，颇为关心。接着，他继续挑拨，他时刻掌握着火候，什么时候需扬汤止沸，什么时候需釜底抽薪，什么时候需添油加醋，什么时候需煽风点火，他拿捏在手，分寸到位。

某个周二，一早，全校师生都出操去了，他没去，趁着女老师不在，他翻窗进屋，把门虚掩上，然后将自己扒光，只留条裤衩，钻进了女老师被窝。他不是那种被女性体香就搞迷糊的男人，他大脑像给排水管一样，总是保持畅通。他静躺着，等候着，用被子把头半掩着。果然，女老师男友来了，他推门而入，顺手一锁门，迫不及待，嘴里叫着"亲爱的想死我了"，朝床上扑去。慌乱中，他脱掉衣服，饥渴难忍，一揭被子，天啦，一个男人赤条条睡在他女友的被窝里。他先是惊吓，镇定了一会儿，开始想发疯，想把宿舍砸了，但他意识到这是人家的学校，他要在人家地盘撒野，会被敲断腿的。他沮丧极了，靠在墙上，呆若木鸡。这正是张老师想要的。过了片刻，那男友低声骂道，你他妈怎么在我女人的床上。他不敢大声张扬，他怕传出去，对自己不利。张老师一骨碌爬起来，从被窝里摸出一条提前备好的板凳腿，吼道，你他妈是干什么的，钻进我宿舍，是要偷人，还是偷东西。他冲上去，佯装要打。但他也不敢大声，怕被其他人听见，事情败露，在学校也挺没面子。那男友见形势不妙，开了门，溜掉了。

就这么一招，张老师彻底把事情做成了。

事后，男友完全相信女老师有了别的男人，因为他目睹别的男人睡在她的床上。女老师无休止地解释，但百口莫辩，男友也不听她所言。女老师找张老师讨要说法，张老师先是撒谎说走错了门，然后摆出一副死猪不怕开水烫的架势，任你咒骂，末了还补充一句，我是真心爱你的。女老师作为新人，也不敢闹出大动静，毕竟她还要在学校和小镇生活，要是闹大了，传出去，还有什么脸出进进啊。最后，男友提出分手，女老师无法挽留，只能同意，因为她觉得，在现实面前，他们分居两地，要走下去，其实很难，与其如此，长痛不如短痛，一刀两断。于是二人在张老师的"努力"下，成功分手。

后面的事，水到渠成，简单多了。任何一个女人都经不住男人的狂轰滥炸，或者死磨硬泡。起初，还很反感，很排斥，紧锁大门，慢慢地，在一轮又一轮的攻势下，城门便有了缝隙，男人乘虚而入，继续进攻，威逼利诱，表白讨好，各种手段，轮着来一遍，女人便束手就擒了。

现在，张老师和女老师结婚已好几年，生了娃，都上幼儿园了。

张老师的事迹，成了小镇传奇，一直被光棍男们模仿着，但从未成功过。张老师的模式，用我那同村小伙的话说，这他妈不是复制粘贴的事，压根就不具有模仿性啊。

13

在小镇当老师，总会想起我小学和中学时的老师。

我上小学时，村小还有三四十个学生，学前班和一到四年级，各八九个，还有几个邻村的。我们是复式班，一、三年级同用一间教室，二、四年级同用一间教室。老师坐板凳上，脸朝左面，给一年级上，罢了，转过脸，朝右，给三年级上。二、四年级一样。

起初，我们学校还有三四名老师，后来只剩了两个，都是本村人。一个是正式的，教了一辈子学。先是在附中教，年龄大了，调来村里，回家方便些。另一个，是社办（民办）老师，教了很多年学，后来听说村小被撤后，去附中当大师傅做饭了。

社办老师教训学生很厉害，最毒的是老虎剜牙和搓麻食。老虎剜牙是用右手捏住耳片子，大拇指顶住耳蜗，其余指头使劲拧，同时往上提，被拾掇的学生脚尖离地，疼得嗷嗷大叫，直喊老师爷爷，饶命饶命。当然，老虎剜牙不是剜一次，只要老师不过瘾，三番五次剜，剜得耳朵冒火，眼冒金星。搓麻食很简单，用大拇指使劲搓耳鬓边的头发，别看只是搓，一指头搓上去，钻心疼，整个头皮都麻了。只要学生闯了祸，他一般都会喂二十四颗"麻食"，再严重，三十六颗，一顿吃下来，脸颊血红，头皮酸疼，眼泪珠子噼里啪啦落了一地。

所有学生都害怕这名老师。有个四年级学生，不服他，被他拾掇过后，服服帖帖了。

有一次，他凶巴巴地来到学校，说谁把他菜园里的菜瓜（瓠子）掏了一个窟窿，往里面撒了尿（校园东面是老师的一块菜地，里面种了各种蔬菜）。他摘回去一切，坏瓜带着尿臊味摊在了案板上，害得他一天没胃口吃饭。他还说这颗菜瓜上，有人用刀子刻着骂他的字，他要对笔迹。他把所有高年级学生一一叫到黑板前写和菜瓜上一样的字。最后，认定是那个不服他的学生刻的，把那个学生带到学校后面围墙下，提着半根桌子腿，狂揍了一顿。不过，关于菜瓜的事件，是否属实，也难说，或许是真的，或许是为专门拾掇那个学生找的借口。

平日，他很不屑于当个社办老师。他常说，我拼死拼活在学校一个月挣几十块钱，一天才挣两元五，连城里一碗炒面都吃不起。那是九十年代中期，我们十岁过点，没有进过城，不知道所谓炒面。但听口气，他确实挣得少。虽然常有抱怨，但他还是一直干着，并未辞去。他比我们清楚，这份工作，食之无味，但弃之可惜。

他在代课的同时，还种着地，小麦、油菜、玉米、洋芋等，样样有。社办老师都这样，边代课边种地，否则，靠一点工资是养活不了一家人的。我记得有一年秋天，开学不久，我们全校学生去给他家拔胡麻。那可热闹了，几十个人撒在胡麻地，像棋盘上的豆子。我们比赛拔，生怕拔得少了。一大坨陡坡地的胡麻，很快就拔完了，扎成捆，立在初秋的田上，金灿灿一片，好看极了。没有胡麻的土地，连根拔起的泥土，泛着黑褐色的光，狗尾草、苍耳、苦苣菜在赤裸的地上，用碧绿的舌头舔舐着秋天的风。黄昏来临，我们唱着歌，每人背着两捆胡麻，回了学校。

上附中后，老师就很多了，一门课一个老师，印象最深的还是教代数的老师，人很和善，但也有严厉之时，他一直很器重我。老师人很瘦，常年穿一身皱巴巴的灰西装，头发留着，梳成中分，有些花白了。他给我父亲当过老师，给我当过，如果我有了孩子，还继续留在乡村，他会不会给我的孩子再当老师呢？

他每次上课，进教室，先一屁股坐在板凳上，坐稳后，便给我们讲一通和学习不搭边的事。比如，今天专门起了个大早，把阳坡上的化肥撒上了，今年雪薄，六月肯定歉收。或者说，我家那儿子上初中时，有次老师批评了几句，把作业本扔了，那老师给我说了，看把我气得，下午放学，我追上后，脖子上一顿巴掌，从山顶一直扇到了沟底，脖子肿得像个水桶。有时候也说一些陈年旧事，说他一个亲戚跟苏联人打过仗，打仗的地方，往死里冷，人站着撒尿，尿一出来，就冻住了，需要随手带一根棍子，边尿边敲，要不然，连牛牛都冻住了，等等。

讲完闲话，就开始上课。我那时代数学得好，常考第一名，一百分的试卷，能考九十六七。因为学习好，老师也很喜欢我。他上课有个特点，老盯着我讲课，不看别的学生，好像专门给我一个人上课。这样也好，形成了一个良性循环，他看我，我看他，我压根就没有胡思乱想或偷着玩耍的机会，代数也就自然学好了。

他课上得好，板书也好，从左到右，一块一块，很是整齐。他要求我们写代数作业，也是如此，要整整齐齐。我们作业上的名字全是他写的，他还要求我们在本子上绑根红绳子，写过一页，他阅毕后，我们掺到里面，这样，我们写作业方便，他批阅也方便。

上午第二节课后，我们到校园做早操。我个子小，站第一排。我们正跟着广播伸胳膊伸腿，他背着手，手里捏着数学课本和半盒粉笔，走到我跟前，笑眯眯看一阵，说，选选就是心疼（可爱）。然后摸粉笔，在我眼圈上画了两个圆，眉毛处，不好画，他还多描了几下。我胆小，他画，不敢动。画毕，他歪着头端详一阵，笑着又说，你个碎尿（小屁孩的意思），口吻颇为慈爱。说完，转过身，勾着腰，走了。风吹乱了他日渐稀薄的灰头发，也吹乱了他皱巴巴的灰衣衫。

他走后，班上的同学哗啦啦笑了，说我是熊猫，我也觉得我是熊猫，怪不好意思的，便用袖子抹了。后来，我才知道老师画的是眼镜，我一直没搞懂他为什么要给我画一副眼镜。是随便画画，还是另有深意，不知道了。不过现在，我真是戴上了眼镜，抹也抹不掉了。

上初三那会儿，有过一个英语老师，是退休后返聘来的。退休之前，他教什么，不大清楚。那几年正好英语很吃香，听说要加入WTO，不懂英语就成了一个废人，以后我们也要天天跟洋人打交道，英语学不好，连个厕所都找不见。我那老师便让儿子一定一定学好英语，出人头地，并给他买了一大堆书和磁带。在督促儿子学英语的同时，他竟然把英语学好了。我们那里人常说：六十岁了学喇叭哩。意思是黄土埋到了脖子上，学也学不好，学好也用不上了。可他六十岁了还真把"喇叭"学会了，而且像模像样，这可了不得。当时，学校正好缺英语老师，就把他返聘了回来。

我上初三那会儿，他已六十好几了，戴一顶老式蓝帽，穿着宽大的旧西装，个子很高，眼睛又特别小，都快淹没到日渐虚胖起来的肉里了。他来上课，一手拿书，一手捏根竹棍。因胖，走路一多，气喘吁吁。进了教室，他一张嘴，全是英语。许是老了，也许是太胖，他发音比较吃力，像从鼓起的肚皮里挤出来的一样，还带着一些颤音。

坐在第一排的那个学生很调皮，趁他转身在黑板上写单词，一伸手把他的竹棍教鞭和粉笔偷走，藏进课桌里。讲到中途，老师要用竹棍指单词，一看，竹棍没了，一摸粉笔盒，粉笔没了。他愣了一会儿，就用指头蘸着黑板槽里的粉笔末写。不过后来他知道了，每次前排的学生偷去，他就要回来，然后提着竹棍敲打，那学生便满教室跑，他要追，学生又钻到了桌子底下。他走路迟缓，追不上，实在没办法，便又上了讲台。有一次，他让这个顽皮的学生到他宿舍取作业，那学生去了，被他哄骗到手，圈在宿舍，用笤帚把好好教训了一顿。那可把他乐得，像报了多大的仇一样，一整天都哼着英文歌。

他的英语教得很好，课堂也轻松随意。毕竟老了，多大的脾气都让时间消磨掉了，他完全是一个和蔼可亲的老头了，站在那里，跟祖父一样。

我在小镇当老师后，几十个老师中，有两个老师曾是我的老师。他们之前在附中教学，后面调到了中心小学。我上附中时，他们一个是我的语文老师，一个是我的美术老师。语文老师人沉稳，话少。美术老师，性子有些烈。一次上美术课，我的美术本找不见了，我转过头，向后排的同学准备要一张白纸，结果被他看见，以为我说闲话，两步走下来，在我脖子上狠狠抽了一巴掌。因学习好，人又乖巧，我很少在学校挨打，那一巴掌，除了疼之外，也把我的自尊心打伤了。此后，我就不大喜欢他，也不喜欢他的课了。多少年过去了，我依然记得那一巴掌。当然，老师早已忘了那一巴掌，毕竟不是大事，毕竟是无心之举，毕竟顺手而为。我当老师后，每次举起巴掌或竹棍，便想，该不该打呢，是不是我这样无所谓的一下子，也会让孩子记一辈子。

在小镇，以前的师生，多年后，成了同事。他们当初怎么教我的，我还沿用着他们的方式。他们也沿用着他们曾教过我的方式，继续教着别人。似乎一切就是一个轮回，那时他们在路上，教我上路，后来，我们并排走在了同样的路上。这些年，他们似乎都在等着我。

我们在灶上吃饭时，常在一起，我们会说班上的学生，说眼下的事，甚至说一些农事，唯独没有提起从前，也不是刻意回避，只是回想从前，总让人感觉光阴匆匆，总让人惆怅。与其如此，不提也罢，就像有些事，记在心里，也就是记着而已，早已没有了什么意义。

14

在小镇上，几乎所有干公事的，每周五一下班，迫不及待，齐刷刷全进城了。因干公事的，几乎全在城里买了楼房，家在城里。其实不光我们小镇，所有乡镇都是如此。平时，因为工作，因为一份养家糊口的工资，大家都留守乡里，各干其事。到周末，就进城，当两天城里人。周一，又回到乡下。每周如此，周而复始。

我们小学也是如此。

每周五下午，大多数老师就按捺不住了，草草上完两节课和一节自习，赶回宿舍收拾东西，准备进城。大扫除完毕，有时有降旗仪式，有时仪式便免了，只为早点进城。

起初，学校老师没有私家车，大家都坐班车。下午有一趟车，专门拉干公事的，要经过小镇。中学、信用社、小学、乡政府等，依次拉上来，人就挤满了。没法坐，大家站着，脚底下堆满大包小包。坐单趟车，从小镇到城里，车票十五元。

也有个别不进城的，要么是年龄大的老师，家在乡下，要么城里暂没买房，长期住校。周五放学，他们倒是消闲了，不慌不忙，洗洗衣服，干点家务。没有了学生的喧嚣和教学的繁杂，校园里只有几个人，清清静静。

前些年，政府在城郊盖了保障房，每平方米两千元左右，很便宜，但地方偏僻，没人买。后来政府为回笼资金，将这些房分配到各乡镇，乡政府、学校、卫生院等单位很快就把这些房消化掉了。后来，那个小区同全国房价一样，水涨船高，到了六七千元。很多在乡镇干公事的，大都集聚在了那个小区。小镇的老师们，也都住那里。

后来，有些老师手头宽裕，买了双排座。因为便宜，装的人多，实惠嘛。有了车，中午，给那老师打个招呼，放学后，就可以坐他的车了。实在挤不上的，就坐班车。车里装着一堆人，大家说说笑笑，像刚从笼子出来，解放了一般，自由，舒坦，心情大好。到了城里，每人给那老师十元钱，算是车费，那老师推辞一番，接了钱。

从学校到我家，路程约二十里路，但我很少回去，直接坐着车进了城。我一个人像孤鬼一样，从乡下钻进城里。不是不回家，是回去实在无聊，在城市的人堆里挤惯了，回家，感觉被世界抛弃了一般。于是，一放学，火烧火燎一般，跟其他老师一道逃离了乡村，像一只老鼠，生怕迟一步，会被捉住，重新塞回笼子。

因为要进城，我在南城根租的房子一直没退。周一到周五空着，周末我去住。用别人的话说，我人走了，但根据地一直没放弃。我算过一账：每次进城，没处住，睡宾馆，最便宜八十元，三晚上，二百四十元。一个月假设来三次，就要七百二十元。我如果租房，一月也就二百元，而且爱怎么住就怎么住，爱睡到几点就几点。

有了在南城根的出租屋，我还觉得在这个城市有立锥之地，还不是局外人，还没有被淘汰。说什么怀念乡村，回到故乡，也只是嘴皮上说说，要真在乡下待个一年半载，早就憋疯了，逃跑了。在城里过惯了，即便是寄居，是漂泊，但早被乱花迷了眼，被红尘糊了心，看着那些妖艳而过的女人，看着那些琳琅满目的商品，看着那些人潮翻滚的街区，即便跟自己没有一根毛的关系，但看看，过过眼瘾，心里也是踏实的。

周末，小镇的老师，就跟城里人没有区别了，从他们的相貌上，根本看不出一丝在乡下上班的痕迹。他们穿着时髦，戴着眼镜，要么在步行街逛达，要么在高档商厦买衣服，要么带孩子去游乐园，要么约三五好友吃火锅打麻将。他们完全拥有着城市人的所有脾气和架势，其实他们本来就是城里人，只是在乡下待几天罢了，他们压根就没把自己当做乡下人。待在乡下多好啊，空气新鲜，没有雾霾，人又自由，过得轻松，他们这般安慰自己，也算心理按摩，但内心深处，总在试图逃离乡村，满心焦虑。即便如我一般，在城里，没有家室妻儿，也像个流窜犯，从乡下逃到城里，从城里返回乡下，在逃避和归去中来回腾挪。窝在南城根，我也不知道我是怎么打发时间的，翻几页书，上一阵网，或者和那些跟我一样逃进城的在乡下当老师的同学，坐在啤酒摊子上，挖一阵坑，斗一阵牛，然后被初夏的太阳晒蔫在塑料椅上。

周日下午，有事的老师，提前坐班车回了学校。大多周一早上走，因为这样可以多当一夜城里人，多在楼房睡一觉，多陪一阵家人。

周一早上去上班，实是一件痛苦的事，因为走得太早，睡不醒。早上五点半，就得起来收拾，昨晚睡得晚，五点半起床，眼皮还缝在一起，犹如钢丝串连，根本睁不开。六点，眯缝着眼，昏昏欲睡，来到开车老师家楼下。等人，几分钟内，大家到齐，上车，再次向乡下进发。七点稍过，就要到学校，因为学生七点半就到校了。在车上，一屁股坐下，便开始补二觉。去小镇的路，糟糕透顶，到处坑坑洼洼，刚刚睡着，续上出门前的梦，车一颠簸，人被惊醒，如此反复，想要睡踏实，并非易事，加之车的靠背不合适，得仰着身子。一路过去，醒醒睡睡，迷迷糊糊，实在受罪。

到了学校，一切老样子。上课，下课。上课，下课。日子单调，重复，像二楼办公室墙角那只蜘蛛吐出的丝，单调，重复，似乎总也吐不完的样子。

接下来的日子，所有当了两天城里人的老师，连续五天，又成了乡下人。我们被西秦岭的山风吹着，被黄土高原的阳光晒着，被孩子们的吵闹和作业缠着，被莫名的怅然和焦虑捏着。我们又开始盼着周五，盼望着再一次的逃离。

15

在小镇，住久了，我便成了一个孤独的人。

每天放学，吃毕饭，我就回了院子。我不是那种很爱游逛串门的人，何况，在小镇，我也不认识几个人。

回到院子。我坐在廊檐下，看着院里的草一天天长高，似乎要翻过院墙，逃跑一般。它们要是逃跑了，这里就真的只剩下我了。我坐在廊檐下，看着院子里的草一天天长高，像疯了一般，毫无节制地生长着，我想，你们使劲长吧，长到把我淹没，我在荒草深处，像一只蚂蚱，唱着七月悲伤的歌。

没有人跟我说话。我需要一个人跟我说话。我把院子的每个角落都翻遍了，除了我住的偏房，其余的门都锁着。西侧，是厨房，锁着。正屋，锁着。东面的土屋，人死房空，锁着。就连房后装麦草的柴房也锁着。我给每一把锁说话，说关于钥匙的事。我给墙角的那棵榆叶梅说话，说凋零的事。我给一晃而过的野猫说话，说狸猫换太子的事。我甚至给墙上耷拉的一根绳子说话，说秋天麻子成熟了，打下来，炒着吃，麻丝剥下来，拧绳子，做新鞋，过大年。最后，我给自己说，乱七八糟地说，生编乱造地说，掏心窝子地说，将心比心地说。甚至为了混淆视听，我还用右手给左手说。

我又回到廊檐下，坐着，枯寂地坐着，把自己坐成了一株草。

看着虚弱的光线搭在日渐倾颓的土屋上，像一根根被虫蛀空了的椽，被黑夜一一抽去。看着满院的青草披上黑斗篷，和夜色融化在一起，院子如同一方池塘，盛满孤独。看着我的眼眶里积聚的黑色液体，那不是眼泪，但那又是什么。

进屋子吧，七月的夜晚，在乡下，依旧是冰凉的。进屋子，也是我一个人。房子里一台老旧电视，炕头一组过时板箱，除此，再没有别的物件了。电视连着屋外锈迹斑斑的铁锅，起初，能看电视，后来坏了，无论我怎么捣鼓，都无济于事。我打消了看电视的欲望。板箱一侧，放着我的书，我胡乱翻着，没有一个字是入眼的。

黑夜如布，完全包住小镇时，大地上所有的声响都销声匿迹了。我在十五瓦的灯泡下，影子那么长，那么黑，我真想拉起他，叫一声兄弟，咱们今晚喝两杯，就最便宜的一星金辉，十二块钱，我能买得起，半斤下肚，天昏地暗，不省人事，天大的孤独都会成为半夜翻身而起的呕吐。可当我伸出手后，我只抓住了一把灯光，灯光的细手指，也是那般冰凉。

此刻，世界远去，人类把我遗忘了。

有一天，我回到院子时，大门掩着。我那表姐的公公蹲在院里，认认真真，一株不落地把所有的草拔掉了。看着光秃秃的院子，好像有人剃尽了我的头发，我的头皮凉飕飕的。我坐在廊檐下，听着许巍的歌，一遍一遍，都烂熟于心了，但还是听着，除此之外，我还能听到别的声音吗？一切都是那么辽远，装在别人的屋里，就连山鸟的吼叫，也是远处山林的，跟我无关。院子再也没有草了，一切显得空空荡荡，让人陌生，我的心里，也空空荡荡。我跌入连根带起的土里，蚯蚓正咀嚼着夏天，蚂蚁正举家迁移，草根正一寸寸枯死，花瓣正化作泥土，它们都有目标，唯独我，不知该向何处。

我盼望着，盼望着，有人来看我。

那些曾在我的南城根出租屋里胡吃海喝的人呢？那些跟我朗诵诗歌装模作样的人呢？那些我曾经喜欢过的姑娘呢？他们都到哪里去了，他们就这样把我忘记了，像忘掉小时候的一件玩具一样。这该死的世道。

没有了草，山鸟不再来，夜猫也消失了。有时，摸着夜色，像摸着一段木制扶手，我想出去走走。我不是那个梦游的人，莫怕。我就是走走而已。

有个晚上，我来到离中学不远的地方，路边，正放映着露天电影。电影独自演着，黑白的老片子，落满了米粒大的斑点。没有人看，空空的荧幕下方，除了飞舞的蚊虫，就没有什么了。放电影的人坐在一侧的铁皮箱上，昏昏欲睡，月光落在他肩上，他穿着蓝色的衣裳。我在脚下摸来一片砖，摆在路边，坐下。月光也落在我肩上，我穿着蓝色的衣裳。或许，沃恩都没有穿蓝色衣裳，只是月光，是蓝色的。我一个人看完了一场电影，我不知道演了什么，反正结局依旧那么悲惨，男主人公死了，女主人公也死了，只是那个跟剧情毫不相关的人还活着，像个傻瓜一样，朝我扮了一个鬼脸，吐着舌头，眯着眼睛，然后电影毕了。我看着那个放电影的人收拾完所有的家当。他说，你好。我说，你好。他递给我一支烟，我接过手，没有抽。此刻，抽烟的人是孤独的。

另一个晚上，我来到小镇的另一块打麦场。几个河南人在耍把戏，炽白的灯光把整个麦场照得阴森森的。人们头顶着白光，像顶着一头雪，围着圈，在看那些河南人的把戏。他们把我挤在圈外，他们高大的后背一堵墙一样，用黑沉沉的影子压住我，我挤不进去，也看不到里面。人群中爆发出一阵又一阵的惊叫和赞叹。我只能窝在影子下，一个人待着。最后，把戏耍完了，河南人开始推销他们的药品。所有围观的人一哄而散，就好像他们不曾来看过一样，麦场上空荡荡的，除了我，再没有观众。河南人为我表演了一个节目，一个小姑娘在脖子上放了一根筷子，一个男人用大铡刀劈了下去。我以为小姑娘会死掉,但没有,只是筷子断了。但我明显看到那个挨刀的小姑娘眼角挂满了泪水。她是一个像我一样悲伤的人吗?我鼓了鼓掌,为所有热爱流泪的人鼓掌,为所有在刀刃下活着的人鼓掌。那个小姑娘送了我一瓶他们的药。有人关了灯,夜是那么黑,都快把人类淹死了。

后来,有人来看我,共有四波。第一波是我的一个朋友,那个从老旧画儿里走来的人,那么稀薄,泛着淡黄的光晕,寥寥几笔的体态,让七月的中午都在飘动。我们在没有野草的院子里坐了坐,说了说话,然后她就走了,她又回到了她的画里。然后是我的两个同学,我们在戏场里喝了一顿酒,东倒西歪回到院子。我们并排躺在炕上,说起师范时光,说起毕业后的生活,说起无处安置的未来,说着说着,我们都睡着了。再然后,是我的另一个朋友。我带他到小镇的山上走了走,他摘了一把野草莓,红得像心的野草莓,被他扎成一把,他带着它们,坐上班车走了。最后来的,是一个姑娘,她来了,又走了。没有带来什么,没有带走什么。我说,你还能不能再来看我,她咧着嘴笑了。夕阳站在树梢,纵身一跃,就死在了山背后。

那个姑娘趁着夜色走了,我守着空旷的马路,像我送走别人后一样,守着空旷的马路。我把一条马路扛回屋,抖一抖,看有没有来看我而未回的人。没有。他们来了,又走了。没有人留下,陪我说更多的话。他们似乎不曾来过,只是我假设他们来过一般。

我还是我自己,我不再坐于廊檐下。孤独像一只茧,将我裹起,挂在房檐上。风吹来,我摆啊摆。风吹来,我摆啊摆。直到有一天,风把我吹干了,我写下的这些文字四散了,我就不再孤独了。

16

　　我在小镇当老师时，因是中心小学，学生有四百多。学前班一个，一到四年级，各两个班，每个班四十来个学生。近来，遇见前同事，跟他聊起，说现在只有二百来学生了，或许有一天，就没有了。他瞅着远处莽莽青山，说，没有了学生，我们该咋办？我说，没有了，你们就都进城了。我们都笑了。这笑，五味杂陈。

　　不是孩子没有了，而是都转学进城了。

　　记得小时候，我们来小镇参加统考，光中心小学就上千人，一下课，波涛汹涌的学生冲出教室，瞬间把校园的每一个角落都塞满了。我当老师时，下课后，校园里已是稀稀拉拉。曾经震耳欲聋的喊闹声消失了，曾经做早操时密密麻麻的阵势消失了，曾经繁忙但简单又无欲无求的日子消失了。曾经嫌学生多，太吵，太闹，太烦，要是少点，多好。如今，真少了，满眼望去，像秋天的庄稼，这搭一株，那搭一株，真是稀疏，心中便生了伤感和失落。

　　孩子们一个个跟随父母进城上学了。这些年，农村劳力全部外出打工，他们带着孩子，来到城市，在城中村租一间房，每月两三百元房租。屋里留下女人，给孩子做饭，早晚接送。男人早出晚归，找零活干。在农村，教学条件本来就简陋，师资力量也很有限，教育资源更是匮乏，而随着学生越来越少，老师也便逐渐失去心劲，不再好好上课，心不在焉。老师教不好，家长有意见，便给孩子转了学。学生越少，老师越没有动力。这样，便成了恶性循环。

　　我有两个侄子，老大在中心小学上四年级，老二在村小上学前班。暑假前，表哥就给我打电话，让我给两个侄子在城里找一所学校。一来感觉老师不好好教，二来他们两口子都在城里打工，娃在身边，能管上。于是，我托人，花钱，找了所学校。表哥在学校附近租了民房，女人管着两个娃，他搞装修，挣钱养活一家四口。

我在小镇当班主任的那学期，第一天报名，三十八个孩子，过了两天，少了两个，又过了一天，又少了两个。他们的父母来取课本，才知转学去城里了。我跟老母鸡一样，领着自己的小鸡，越领越少。

其实，在小镇，至少还有二百来学生，更严重的，其实在村学。比如我们村，我上学时，算是鼎盛时期，全校五六十人。接着越来越少，主要受计划生育政策影响，原先生三五个，现在都是两个。原先生一堆姑娘非要等个儿子的人家，现在生两个姑娘，也便刹了车。如此这般，村里的孩子一茬少过一茬。后来，三、四年级只有两三个孩子，便合并到邻村了。所剩一、二年级，不足十个。再后来，随着打工潮一浪盖过一浪，孩子们跟随父母，统统进城。那些本不想进城的，被时代裹挟着，身不由己，也带着孩子进了城。现在，我们村的小学彻底倒闭了。站在山梁上，朝学校观望，黄土夯起的教室摇摇欲坠，地震后临时搭在校园的活动板房，歪歪斜斜，蓝漆剥落。满院荒草丛生，山鸟、老鼠、野兔在教室里的破课桌里安家落户。曾经的校园，破败不堪，让人唏嘘。如今，竟连那教室也被拆掉，种连翘的老板盖起了车间，用来烘烤连翘籽。校园里的一切，包括回忆，荡然无存。教育、培养了几辈人的学校，就那样，被时代的车轮碾轧成了灰尘，四散而去，让人感伤。

有些村小，还剩一两个学生，一个老师带着，实在是可怜兮兮。去学校吧，偌大的校园，野雀乱飞，不见人影，老师只好把学生带回自己家上课。这已不再是传统意义的教学了。但只要还有一个学生，附近如无村小，难以合并，就只能让仅有一两个学生的学校存在着。学生虽少，正常的课还得上，学区要的各种资料还得报送。在一些乡村，这样的学校不在少数。

而在城市，因为农村孩子进城，导致各个学校爆满，严重超负荷运转。给进城的农村孩子介绍学校，因学校优劣不等，中间人收费从两千到一万不等，家长叫苦不迭，但为了孩子又只得忍气吞声。部分家中，即便拿上钱，也找不到关系，把孩子放不进城里学校，用自己的话说，提着猪头，还摸不着庙门，所以，只要能在城里入学，花钱已是其次。这种花钱入学之事，如同"生意"一般，众人皆知，但众人皆缄默不言，甚至熟视无睹，或参与其中。

为缓解城里老师严重缺乏，也为调配闲置于农村的老师，这些年，政府采取农村教师考试进城的方法，来解决师资问题，目前来看，是最好的办法。

我跟前同事坐在山顶，说起这些事。他可是当了一辈子老师的人，看着日渐稀少的学生，就像看到日渐枯萎的果园，他内心的失落、伤感、困惑和不甘，自然是我难以完全理解的。他说，按这样的速度，不出几年，这二百来学生，也就所剩无几了。我不是一个思考者，我只是听他说着，只是凭感情判断事情的走向，我想，在城市化浪涛的冲击下，乡村小学终会淹没于潮水，成为往事。而我们，又能奈何。我们只是说说罢了。

我说，到那时，乡村老师就全部进了城，再也不用费尽周折，花钱求人，调动了。

他说，到那时候，进城是年轻人的事，跟我没有关系了。

于是，我又突然想起另一个问题。我问，农村会消失吗？

他说，到消失的那一天，我早就死了，消失不消失，我也操不了那个心了。

夜幕落了下来，苍山暗淡，星月渐起。夜色如墨，染黑了他粉笔末浸泡了一生的白发。

17

我去小镇上班之前，朋友饯行，大家围坐一桌，猜想我当老师以后的生活。有人说，王选，你下去，时间不长就又回来了。

当时，我只是一笑，谁知道这一去就是多久，或许，是一辈子的事了。我端起酒杯，给他敬酒，说，借你吉言。酒水溢出来，倒满了手心。

我在学校上班两个多月，到七月，便放暑假了。暑假，我在家里待了几天，便进城瞎晃荡了。我跟个无业游民一样，成天无所事事。

我应该安于现状，当一名好老师，但事与愿违，我是一个干过四年记者的人，整天四处行走，一直在动。而当老师，活动空间一下缩小到巴掌大的地方，站上讲台，需要静下心来。我由动，一下子变成了静。这里面的反差，让人心慌。一个活动惯了的人，让他突然安静下来，就像飞惯了的鸟，要待在笼中，两只翅膀就像手，总想把笼子掰开，逃跑掉。还有，我也不是当老师的料，干惯了记者，想的事情复杂，说话嘴巴也快，而小学生，正好相反，不需要多么深刻多么睿智多么尖端，只要让他们明白即可，也不需要嘴巴子溜得跟说相声一样，只要慢慢讲给他们即可。我站在讲台上，口若悬河，唾沫飞溅，恨不得把我的脑仁挖出来给每个人切一块，我觉得我尽力了，他们应该有所收获了，然而从几十双眼睛里，我看到的是困惑，他们不知道我天花乱坠讲了一堆，究竟要说什么。我试着让自己慢下来，让语言直白起来，我一句一句说，说几句就问听懂了没，但似乎收效甚微。讲着讲着，我也就忘了，又开始进入了自己的状态，真是积习难改。

就这样，在全世界对我尚未失去信心之前，我先对自己失去了信心。

我每天出出进进于校园，只想着眼前的琐碎事情，关于未来，那么遥远，我都懒得去理它。直到有一天，我跟一个同事在操场打篮球，他把自己搞得满头大汗，满脸涨红。最后，抡起胳膊，使劲把球砸在了篮板上，砰！巨大的撞击让整个小镇为之一颤。他说，王选，有没有啥打算？我没反应过来，我不知道在黄土皱褶里，还需要什么打算吗，日子不就是这么一天天过去了么。他坐在篮板下，嘴皮干裂，又说，我的意思是你就这么一直待下去吗？一辈子？我有点蒙，不知道该如何回答，我一个刚来工作不久的人，没有想过这么深远的问题。

他说，你看到我了吗？是不是很屌丝？是不是很寒酸？是不是很颓废？其实，我跟你一样，刚来的时候，也充满了激情和幻想，觉得这里天地虽小，但舞台不小，完全可以干一番事，十年以后的今天，你看到了，我还是我，一事无成，一无是处，唯独把当初一个心怀梦想的少年变得萎靡不振，把当初穿戴整齐、注重外表的少年变得衣衫不整、邋里邋遢，把当初心地单纯、无忧无虑的少年变得圆滑世故、心事重重。

他说，我为什么喜欢打篮球，因为只有每次把自己搞得很疲乏，才不会胡思乱想，因为没有多余的精力胡思乱想，但我还是不甘心啊，我都这么活了十年，难道还要再这样活十年，再当十年的娃娃头，最后把一辈子葬送在这黄土里？我常对自己说，该换一种活法了，再不折腾，过了四十，人这一辈子就完了，可我这么说的时候，我迷茫困惑，又无能为力，我该怎么做，我也不知道，调进城，我渴望着进城，这样我们两口子再也不会两地分居了。多少人跟我一样，也渴望着进城，但问题是我一没人二没钱三没过人的本事，我怎么进城？辞掉工作吧，辞掉我又能干什么？想来想去，我只会哄哄孩子，辞掉工作，我在社会上估计也就是一个废人。我不知道我该怎么办。

他最后说，王选，我的今天，或许就是你的明天。

那一刻，我突然胆战心惊。太阳明晃晃刺着大地，眼前一片煞白。那个坐在地上的人，真的就是明天的我吗？我感觉寒冷从脊背逆流而上，钻进了大脑。

这次谈话后，我常想，人该怎么活？是寻找更适合自己的方式，接受未知和挑战，还是随波逐流，在这里安稳度过一生。虽然我也无法回答自己，但我开始忧虑。

暑假，正当我无所事事的时候，一个陌生电话打了进来。

因为我在媒体有过多年从业经历，工作还算优秀，口碑也还不错。当时，区级电视台正处于发展期，急需人才。他们了解到我辞职之后参加考试，分配到农村任教，便跟我联系，问我是否愿意来工作，我觉得这是好机会，不可错过，便答应下来。我去见了单位负责人，他了解了一番我的家庭情况和工作情况，说，干这行，你也知道，很辛苦。我说，干了很多年，习惯了，我是农村出身，吃苦不怕。

事情进展很顺利，我也没有送礼找人啥的。暑假期间，开始办理手续。九月初，开学，我在学校上了三周课，手续办理完毕，我向校长汇报了此事，并把课程做了交接。晚上，我去老师宿舍，说要离开的事。他们都很吃惊，说你来才几个月就走啊。我说工作需要。他们说你背后肯定有什么大领导。我说真的没有。他们一点都不相信，好多人挤破头往城里调，花了十年二十年也没有成功，而你刚来不久就要调走，肯定背后有人，估计是干记者时认识的。我不知作何解释，我一农家子弟，父母种地务农，一众亲戚多为农民，我何来人脉资源，我又生性愚笨，还带着几分假清高，不会巴结他人，不知左右逢源，不懂看人眼色，能结识什么人啊。跟老师们又闲聊一阵，他们说了一番祝贺之辞，开玩笑道，以后当领导了，把我也调动一下啊。我说，我一辈子就是跑腿的命，哪能当什么领导呢。十点多，天色黑透，我便起身告辞了。

出校门时，我折过身，看了一眼我的学校，校园一片寂静，装在漆黑之笼中，唯有侧面的一排教师宿舍，亮着灯，隐隐能听见电视的声音和说话的声音。我不知道该对我的学校说声什么，我也不知道该跟我的学校如何告别，我就那样出了校门，但我似乎又有些不舍。

第二天，收拾完衣物，把钥匙交给表姐的公公，坐上班车，进城了。

我是四月来的小镇，又在九月离开了小镇。我的离开如同到来一般，在小镇，除了老师和学生，再没有人知晓，人们也不必知晓，一个人来了，又走了，就像一朵云，飘着飘着，就不飘了。

那是九月，秋田收割完毕，田野安详，群山肃静。公路依旧，破烂不堪。沿路四月盛开的花儿，早已结成了果实。

我不知道是带着什么样的心情离开小镇的。我就那样离开了小镇，离开了学校。我都没有来得及跟我的那些学生告别，至今想来，也很遗憾。

昔我来时，春风把我吹成了什么模样，今我去时，秋风又把我吹成什么模样。唯有时间知道，时间是一枚果核，藏着一个人的旧时光。

后 记

这篇长文写于多年前，近来要出版，便做了修订。从头到尾，一字不落，细细看来，如将旧路重走了一遍。

我离开学校后，因办手续，曾去过一两次，但都匆匆，也怕见到熟人，不知该如何面对，我像一个逃离者，自带愧意。后来，学校搬迁，曾经的校园拆掉了，仅留了一排教师宿舍，不知作何用。那片地方，成了广场，空空荡荡。似乎不曾有过学校一般，让人恍惚。我的记忆，也空空荡荡。学校搬到了中学附近，在公路南侧，相较之前，气派不少，但是我所不熟悉的。

那些同事，有些考进了城里，当着老师，有些干了其他工作，有些早已退休，有些还在坚守。偶尔，也想起他们，想那时，老师们大都简单朴素，遵守师德，少有是非，想那时，工作虽单调，但面对孩子，心绪舒展，日子也明亮，风轻云淡。那时自有那时的孤独、焦虑、不甘、思考，如今看来，也很正常，这些心绪，何尝不是一个时代的烙印。

我的那些学生，定然早将我忘了。瓜花里，有一种花，盛开颇艳，但不结果，我们称之为谎花。我就是孩子们眼中的那朵谎花吧。如今，他们应已二十出头了，或在上大学，或已进入社会。至今想来，那些明亮的眼睛，那满教室的麻辣片味，依然留存于脑海。愿孩子们都有个好前程吧。

文中所提及，都是旧时，多年以后，物是人非。曾经工作过的电视台，亦搬离了南城根。当时那种怨气，如今，早已看淡，甚至感恩于那段经历，让我成长。小镇的公路，如今已是柏油路，很平坦，路两侧的土房，修葺一新，成了小楼。自然，很多人，我们早已失去联系，也鲜有消息。我的小学中学老师，不知如今是否安好。我的那些同学，不知生活得如何。我的表姐一家和我住过半年的那户人家，不知日子是否如意。如今想来，颇有几分怀念。

文章修订完毕，旧路也便走完了。虽仅有半年时光，但于我，自有意义。每想起那些时光，散发着橘黄色的溶溶的微光，便觉温暖。只是时光如流，一想，这些，都是十二年前的事了，不免让人感慨，亦让人伤怀。

2023 年 12 月 13 日

寄居

再见莲亭以及告别城中村

2019年，腊月二十一。

莲亭。正午的阳光，如一碗水，晃荡在悠长而逼窄的巷道里。

冷风细瘦，蹲在门口的台阶上，半面灰尘，半面油烟。灰鸽子划过瓷蓝天空，碎裂声，被城中村的嘈杂淹没。

沿着那巷道，直行，再直行，右手，转角处的院落，便是我租住的地方。

我已经忘了那是多少号院子，48号、52号，或者96号、135号，或许都不是，或许都是。在城中村，它们如出一辙。陷进墙壁的大门、昏暗局促的院落、两层小楼、十来间房子、楼顶花花绿绿的衣物、墙角的蜂窝煤和破花盆，以及塞满房子的鸡毛蒜皮和无尽悲喜，在反复，在重叠，在千篇一律中，把日子的手掌心，磨出了老茧。

我去找老太太时，她正在厨房，给案板上剩余的面条，撒上玉米面粉，用铁盆扣住。厨房生了火，温腾腾的。我说，我过来把房退了，把房租和水电费算一算。老太太问，收拾好了？我说差不多能住了。出厨房,老太太关好门。弓腰,一手扶腿,下台阶,上台阶,进了堂屋。她提过来一个板凳,叫我坐,很客气,许是我要离开了的缘故吧。她从抽屉里翻出一个很厚的麻纸皮作业本,从卷起的皱页里找出我的一页,用笔拨拉着算了一圈。说,房费你交到10月份,还欠三个月,600元,水费,一月10元,共30元,电费上午我儿子给你看了一下,上次抄表到这次,用了102度电,102元,你要是觉着不准,上去对一下。我说看过就行了。一共732元,两元就算了吧。老太太很快算出了总数,用笔指着纸上的一串数字,说,你再看看。我说合适着呢,我给你微信转账过去。

老太太七十多了,用微信收房租,是她女儿教她的。老太太微信名叫喜羊羊,头像是卡通图片。估计是外孙女设置的。

我上二楼,正中间,朝北方向的那间小屋,是我住的。破旧的网纱门帘,从夏天挂到了冬天。挂钩处,撕了口子,勉强搭着,不至于掉落。天暖时,洗过一次,挨地的一边,粘满灰土。都是凑合着过的,也再无心思去清洗。揭起门帘,开锁进门,狭长的一间屋子,七八个平方米。被褥、书籍、锅碗瓢盆、衣物、米面油等,早已提前几天陆续搬走。屋里空荡荡,像一个人,把满腔的心事,一一搬走了。它捧着那份空,显得茫然,失落,无所适从。

房子里空了。

只有干硬的床板和落满油污的长条桌,竖摆着。墙上不知什么人什么时候贴过的塑料墙纸,还照旧贴着,卷着边,粘着尘。屋里横挂的铁丝,也空着。门口的镜子,把它们重新反射,但反射出的,还是旧时模样。除了这些,再无他物。我搬进去之前,它是这样,我搬离之后,它依然这样。就好像我不曾住过。

看着熟悉又陌生的屋子,一年多的光景,早已销声匿迹。这一切,让人恍惚,让人怅然。它曾经塞满了我那琐碎又贫寒的日子,它曾经守着一个人在被窝里的书写与旧梦,也曾经盛放过两个人的欢愉与窘迫。它曾经是我这辽阔人间唯一的立锥之地,曾经是我午夜归来仅有的落脚之所。好多个黄昏，好多个夜晚，在别人的高歌和灯火里，我满心疲倦，回到了这里，划好门闩，一头扎进被窝，可怜分分，自己揽紧自己的梦，假装很富有的样子，睡了过去。第二天，我掬着脸盆里的水，囫囵洗过之后，还是堂而皇之地出了屋子，锁了门，跋涉在日子的泥潭里。

我曾在这里住过。我似乎不曾住过。

我不知道我搬进去之前，它收留过一个什么样的人，和我一样落魄于世吗？我也不会知道，我搬走之后，它将会收留一个什么样的人，和我一样落魄于世吗？我不知道，我只是这里的一个寄居者。像一只寄居蟹，把别人的螺壳，当作自己的归宿。它和所有城中村的屋子一样，只是一枚螺壳。海水把它和寄居者，反复腌渍，腌出了一天又一天的咸涩味道。

我拍了照片，留个念想。我似乎还有不舍，不舍我那些漫长的城中村岁月。

我最后看了一眼屋子，床板、铁丝、长条课桌、塑料墙纸……它们是我的，也是别人的。

下了楼，院子落满大片阳光，像一池水。台阶下的花盆，垒在一起，花草枯萎。长长的烟管，冒着幽蓝的烟，在亮光里，虚幻而遥远。灰鸽子还在天空划着，院子像一口天井，那么深，那么动荡不安。老太太估计午休了。其他房子，租房的人，或说话；或拌嘴；或炒着菜，锅铲碰撞的声音，易碎、单薄；或蹲在过道里，挠着头发，看白花花的头皮屑，大雪一般，落满膝盖；或卷着被子，窝在床上，刷着手机，看别人欢喜。

他们不知道一个人要走了。他们也没必要知道一个人要走了。就像我不曾知道，城中村那些来来往往的人，究竟带来了什么，又带走什么。

正午的阳光，还是一碗寡淡的水，我走出莲亭那悠长而逼窄的巷道。从那一刻起，我彻底告别了城中村，告别了寄居的日子。我将住上高楼，拥有属于我的一百零六平方米。我没有欢喜，没有释然，没有眷恋。这么多年，正午的阳光，早已把一个人的内心淘洗得泛白，淘洗得波澜不惊，淘洗得如同一块素白的棉布，在日子的骨缝里晾多久，都不会被岁月的风吹出哗啦啦的声响。

我是从2017年3月搬进莲亭的。

天气渐热，城中村散发着各种噪声和不安。我和妻子在好几处城中村晃悠了一个下午，又一个上午。我们去西关，去石马坪，去坚家河，甚至去张家沟和东方红新村。但没有去南城根，我不想去那里。我曾在那里住过太久，有好多熟识的人。他们以为我离开南城根以后，会攀上高楼，换个活法。可多年以后，他们若知道我还在城市低处漂泊，我该何等窘迫，而他们也会满心失落。他们定然认为一个离开南城根的人，会过得体面，过得像模像样。我是那个离开的人，试水的人，甚至背负着他们期冀的人。我不能落荒而归。我要把自己藏在另一个南城根，小心翼翼。

我们没有找到一间合适的出租屋。不是大大小小的屋子已塞满租客，便是整个院子嘈杂不堪。不是门开在巷道不安全，便是没有厕所需要到百米开外的公厕解决问题。我们抹着汗水，脱掉外衣，挤着公交，来到莲亭。

莲亭被马路割成南北两块，是这个城市最大的城中村，破被褥一般，铺在城西。巷道口，摆满了各种小摊点，烧烤、凉菜、面皮、蔬菜、袜子、裤衩、水果、炒河粉、牛筋面、关东煮、酸辣粉、菜刀案板、水壶塑料盆，等等。午后，巷道里出没的人不多。摊贩们昏昏欲睡。温热，在车流和尾气中，随着扬尘，慢慢蒸腾，慢慢蒸腾，最后，盖住了莲亭。我们买了两根菠萝。菠萝装在方形玻璃缸中，切成块，插入一次性筷子，用来做把。缸里装满水，漂着白沫。卖菠萝的男人，面容粗糙，手指干枯，和他手里水珠滴滴答答的菠萝，那么遥远。

我们在北边的巷道里还是没有找到合适的出租屋。很多院子，都满着。

莲亭周边，有一所大学，学生很多在这里租了房子，也不是学习，也不是做饭，多是带着对象来这里睡觉。在外面开房，太贵，而且经常开房，更贵。在莲亭租个房，离学校近，办事方便，房租一年也就两三千元。还有一所中学，农村学生占了大半，他们独自在莲亭租房念书。还有一所小学。很多农村父母，撂下耕地，花钱托人把孩子转进城，在莲亭租了房，男人打工，女人照看孩子。有些为了方便，把爷爷奶奶带进城照看孩子，两口子打工。莲亭东边，有个十字路口，乡下来的人，每天聚在那里，等零活。多是背沙、打墙、和水泥、挖坑埋管这些苦极了的活。为了方便，他们也租住在莲亭，早出晚归，靠着一身力气，挣点血汗钱。

这些人，租了莲亭的大部分房子，剩余的，乱七八糟，我也搞不清。

我们又来到南边。在纵横如网的巷道里，来来回回，在幽暗晦深的门洞里，出出进进。进入院子，喊，有房没？房主随口撂出——没有。有的院子，喊半天，也无人应答，只得悻悻而出。也有的院子，喊声尚未出口，一条恶狗从屋里冲出，狂吠着，似要把人大卸八块一般，尚未听清房主答复，夹着一裤裆子冷汗，赶紧夺门而出，扫兴至极。有的院子，问过，房主不答有无，满脸僵硬如死肉，横着眼把人上下搜索几遍，像对待盗贼一样，搜得人浑身如泼凉水，然后才问，几个人住？一听两个人住，脸色大变，难以说清是何种表情，让人怵然。我们是合法夫妻，又非偷鸡摸狗。见此情景，只好全身而退，即便是宫殿，也不敢登入半步了。

最后，我们寻到我后来租住的那个院子。

我倒是看上院子相对亮堂，扫得干干净净，没有堆放杂物，廊檐下摆着一排花，冒着绿意，让人悦目。这样的院落，在城中村，真是难得一寻了。我喊问有房没？堂屋门缓缓推开，顶着一头白发的老太太出来，一手扶着膝盖，满脸带笑，说，房有，不知道你们能看上不，二楼两间，你们先上去看，我腿不行，后面上。

院子呈"回"字形，盖着两层楼，大大小小十来间房。一楼老太太自家用，二楼出租。水在大门口一间柴房里。厕所在一楼拐角处。上二楼，同样拐角处，有一间房，方方正正，窗口正对楼梯口。二楼北面中间，也空着一间，房小，狭长，没有窗。两个房一比较，还是楼梯口的好些，因为大，能放东西。结婚以后，除了被褥、锅碗和书，杂物也多了起来，没个宽敞点的地方，都堆不下。

老太太扶着栏杆，上了楼，问过房价、水电费等，我基本确定就租拐角处这间房了。房租每月三百，略贵，但一想院子整洁、清静，也就罢了。

随后的几天，我开始陆续从盛世花园小区往来搬东西。白天上班，只能晚上，有时扛着大包小包赶公交，有时提不动只得打出租。搬家，其实也不叫搬家，一个城市里的寄居者，哪里有家？只有一个暂时的栖身之所罢了。最吃力的是书和样刊，看着不多，随便几本，就塞满袋子，提起来，走一段，勒得胳膊麻。锅碗、电磁炉、小太阳，我毕业后住进南城根时买的，用了七八年，一直没有坏。妻子婚前送我的十字绣，即便旧了，也要带上，跟了我辗转多年，也舍不得扔。我呀，有个恋旧物的怪癖，好多东西，旧了，坏了，一直堆着，占着地方，也下不了丢弃的狠心。

东西搬完，最后把自己搬进去，又一段寄居的日子便开始了。

靠墙用木板支着一张大床，一小半码放着书，一小半摆着装满衣物的纸箱，剩下的地方，便是睡觉的空间了。窗户前摆了桌子，放着做饭的一套。房子朝东，门在墙角，被堵着，晒不进太阳，平日便很阴潮。三月的天，光盖被子不行，还得上面加毛毯。即便如此，阴天，缩在被窝，也瑟瑟发抖。好在这些年，我冻惯了，骨头里早已灌满了寒冷，再说三月已过半，四月五月也便不远了，天，迟早会暖和起来。再冷的天，咬咬牙，也就过去了。

我住过很多出租屋，这一间，算是最阴潮的。洒在地上的水，拖过的地，总是干不了。窗户对着楼梯，上上下下总有人，也不好全打开，否则暴露给别人，总有种裸奔的错觉。慢慢地，房子里的一切都在发霉。压在底层的书，发胀，泛黄。案板背面，布满了黑黄的霉斑和难以干透的水渍。地上的东西，变得软嗒嗒，湿漉漉。被褥一天不晒，躺进去，像卧在泥坑里，皮肤被一点点沤红，沤出成坨的红色斑块。

用小太阳吧，也非长久之计，一来太费电，一月下来光电费都吃不消，二来小太阳不散热，照在哪里哪里热，跟烤饼子一样，所照之处，似有焦煳之状，照不到的地方，依旧犹如水泼。只能中午吃饭、晚上写作时，开一阵，暖暖身子，烘烘自己。

房子一潮，蝇末子便大量繁衍。密密实实，黑芝麻一样，爬在窗户上，实在让人糟心。吃不完的饭食，用盘子扣严实，下午一揭开，竟然也有蝇末子，受到惊吓，慌乱飞出。闲来无事，打蝇末子倒成了一种消遣。看它飞来，伸出双手，啪一声，拍死在掌心，留下一点红血迹。看它爬着，伸出手去，啪一声，拍死在玻璃上。但我消灭的速度终是赶不上它们繁衍的速度。最后，实在没辙，拿打火机烧。把火开到最大，打着，朝它们齐齐烧去，只听见细微的刺啦声，落在窗台，成了焦煳状。也有烧掉翅膀，抽搐挣扎的，于是想，都是生命，来这世上一遭本就不易，却要死在我手里，也是残忍。

到了夏天，潮气散尽，酷热袭来，屋子不通风，犹如蒸笼。睡到半夜，总是被热醒，一抹额头，大汗浓密，头发湿透，顺手摸来枕边短袖，胡乱一擦，又迷糊睡去。窗户也是不敢开的，怕走光呀。只好把门敞着，求得一丝凉意。好在网上买了蚊香，点着后，避免了蚊子骚扰之苦。但热啊，热比冷难受。冷了可以多盖几层被，总是有办法。热了最多扒光，电风扇不敢彻夜吹，怕吹过头，感冒事小，万一中风。整个夏天，我那门，晚上没有关过一次。好在老太太将大门看得紧实，也不会有盗贼流氓之类。

也不知道那个夏天是怎么熬过去的。

又到了冬天，房子再次陷入阴冷。妻子放寒假过来，跟我挤在一起。每天冻得缩手缩脚，原本晚上有洗脸的习惯，太冷，也省了。中午，妻子套着我的棉袄，站在锅灶前做饭，冻得牙齿打战，鼻涕都快要衔不住了，埋怨着，你这啥鬼地方，能把人冻疯。我不知如何回答，只好咧嘴而笑，吸着冷气，接过锅铲，让她到床上暖着去。

又到了二三月，实在太冷，我决定搬到正中间那房子里去。这时候，小，已不是问题，只要暖和点就行。

那房子，坐北朝南，阳光正好落在门口，一大坨，亮晃晃的。至于暖不暖，倒是次要，只要看着那坨阳光，心里便温腾腾的。我找了老太太，说了搬房的想法，老太太同意。按理说，那房子小很多，房租应该便宜点，但我没好开口，依旧每月交三百元房租，偶尔拖欠一两月，后面总会补交。房租，是城中村的房东们的主要收入，养家糊口，少不得的，况且，也少不了。

某个午后，我在外面胡乱吃了一口，开始蚂蚁搬家一样，每天一点，每天一点，把东西往正中间的屋子搬了。搬进去，东西堆了满屋子，只剩巴掌大的一坨地方，仅供做饭洗脸。

我去市场买了蜂窝煤炉和水壶，想着烧个炉子，有壶开水，也就暖和了。但炉子买来，就一直摆在墙角，没生过一次火。一来买蜂窝煤不方便，大气污染防治，把卖蜂窝煤和散装煤的搞没了，不知去哪里找；二来自己懒惰，得过且过的毛病又犯了。就这样，煤炉也没用过，直到后来搬离莲亭之前，送了人。

搬进小房子，屋里似乎不太冷了，或许是心理作用吧。某个正午，隔着破门帘，看着门外的阳光，虽然流不进屋子，但它依然烘烤着一个人单薄的日子。有时候，搬出凳子，坐在阳光里，端着碗吃饭，即便满心凄楚，即便光阴寒酸，但骨缝里还是漏进了一星火光。于是，整个冬天，门口的阳光，便成了我这样的穷人的念想。

老太太一家三口人。老太太，老伴，儿子。

老伴常年瘫痪，也不知什么病所致。每天临近中午，老太太和儿子将老头从卧室抬出来，摆到沙发上，摁开电视。电视能演半天，老头也不知能否听清，只是呆呆看着，嘴半张，偶尔咿咿呀呀两句，也不知说的啥意思。嘴里总是流哈喇子，扯了半尺长，老太太忙毕，进屋，拾起旧毛巾，把哈喇子一擦，叹口气。

想必老头前些年是可以走动的，因为厕所里安着铁扶手，蹲坑子起来时，可以抓着使劲。只是后来，用不上了。

看了半天电视，儿子在家，便又和老太太一起抬进卧室。儿子不在，老太太一人是无能为力的。只得等，有时，等不住，老太太站院子喊我下去帮忙。我下楼，进屋，和老太太一起抬。老头瘦得皮包骨头了，但骨架大，抬起来，还是很吃力，加之不得要领，花了十来分钟，才抬进去，一身大汗。出门时，老太太连着说麻烦你了，麻烦你了。

儿子据说在一家单位上班，但我看他一天倒很清闲，睡到九点，洗刷完毕，才消消停停出门。有时干脆不去，在院子捣鼓花草。有时，早上出了门，连续几天不着家，也不知干什么去了。快四十岁的人了，说是结过婚，离了，再没找下。想必这样的人，没有房贷，有私家车，坐等拆迁，又有正式工作，人也长得不赖，身边的女人是不会缺的。

我住了一年多，偶尔也跟他打个照面，但从未说过话。人家是房东，我是房客。人家自觉高人一等，是看不起我们这些租客的，眉目间、言辞里，也多是不屑。

老太太还有一个大儿子，住楼房，算是另外一家人了。平日里也不见得来，孙子也很少来。只是有次孙子报名，大儿子托小儿子找人花钱往好学校报。最后，花了几万元，找了省城的人，结果没办成。临近开学，一家三口，焦急万分，来老太太家商量对策。

还有两个女儿，都出嫁了。其中一个逢年过节回来，住一段时间，洗衣做饭，倒是孝敬。

老太太大概七十来岁了吧。中等个，慈眉善目，满头白发，常年穿藏蓝色外套，衣服旧了，但也洗得干净。听说老太太退休前是某个工厂的会计，退休前，刚好企业改制，下岗了。老太太能写一手好字，想必跟当会计有关。水房门上、厕所门上，老太太都写了数行粉笔字，字迹工整，提醒房客，节约用水，接水后随手关门，不可在水房淘洗拖把、倒残渣剩饭等，也提醒大家上完厕所一定要舀水冲，桶里没水可到水房去接，晚上上完厕所，切记关灯，不可随地吐痰撒尿等等。

老太太租房，是要挑选的，上班的人要，学生要，打工的要，带孩子上学的不要，嫌太吵，面目不周正的不要，怕行为不端、偷鸡摸狗。她家还有一处院落，在莲亭半山上，路较远，那些可租可不租的，便打发到那处院落，若租客能看上，就定了，看不上，别处再找。

我住进去后的夏天，暑假未到，院子突然来了很多年轻人，都是附近那所大学的学生，他们一下子租了六七间房，就连一楼平时不太住人的房子，也租了。这些学生，给一所山东民办大学招生。从高考前半月开始，他们住进来，每天上午下午，都由两个胖子给介绍招生经验，以及如何跟考生及家长联络、建立关系、推荐这所学校等。每到中午、晚上，他们出出进进，大声喧闹，看电影，玩手机，打情骂俏，一直到午夜，让人心神不宁。高考刚一结束，便开始给考生和家长一一打电话，他们的一套说辞，全写在纸上，大多照本宣科，偶尔也吹得天花乱坠。好像招一个生，有提成。这些还在读大一大二的学生，不去学校，成天待在出租屋，各种忽悠着考生和家长，一种不离不弃、为你操碎心的样子，很像保险推销员。除了打电话联络宣传，他们也去学校门口发传单。每天早晚，还要坐在一起开会，喊口号，统计有报名意愿的人数，部署第二天的工作，对于那些招生不利的，还会提出严厉批评。这套流程，很有传销的感觉。

整个夏天，院子都深陷进聒噪的泥潭里。老太太想必也是满心烦躁的，但她得忍着，毕竟六七间房一次性租出去，每月要两千来元的房租，也不是个小数。要是换别人，在屋子里大声说话，老太太便站到院子喊着名字，提醒声音小点。

到了第二年夏天，那两个胖子又来了，只是带来的学生是另外一拨人。想必他们两人是挣了提成的。至于学生，怕是瞎混了两三个月，连个买化妆品的钱也没挣到。他们依旧喧闹，依旧嘈杂，依旧出出进进，依旧照本宣科，依旧为家长学生操碎了心。

老太太坐在廊檐下，脚前放着竹筲，竹筲里，码着一捆韭菜，烂叶子择掉，堆在地上。台阶前的花，兀自开着，红的红，黄的黄。瓷缸里，新买的鱼，被谁家的猫，捞走一条，解馋了。老太太一手扶着膝盖，一手捏着一把韭菜，打着盹。学生们的吵嚷，在午后，被绵稠的瞌睡，滤掉了。

天空是蓝的，远山是绿的。风把屋顶的床单，吹皱了。

老头在屋里，靠在沙发上，雕塑一般，电视里，音乐频道，每天重复着那个蒙古族女歌手的那几首烂熟到让人反胃的歌。儿子又是两天没有回来，鬼知道他去了哪里。

天冷的时候，老太太早早就生炉子了。屋里是土暖气，厨房的炉子烧着，会把其他两间屋子带热。煤早早买好了，一袋又一袋，码在一楼厕所门口的转拐处，十来袋子。卖煤的人来了，站在巷道吆喝，他的吆喝声，都是煤黑的。老太太出门，商量过价钱，叫卖煤的人一袋袋扛进来，码好。卖煤的人，浑身乌黑，红嘴白牙，眼珠子明晃晃的。老太太打来凉水，掺上热水，叫卖煤的人洗洗。卖煤的人，只洗了手，龇着牙，说，一会儿还得弄煤，洗了又脏。似乎笑了，但煤黑，罩住了脸，看不来。老太太发烟，说，吸一根烟，歇会儿。卖煤的人，客气着，接过烟，没坐，出了门。

到了冬天，厨房的煤炉不能灭，要供暖。煤炉上，总搭个水壶，水烧开，水壶在煤火上烧得屁股疼，浑身抖着，壶盖磕得当当响，壶嘴里的热气，喷出来，那么长，那么白。老太太把自家的水壶灌满，再烧一壶，水又开了，便开始叫院子的租客提电壶来接水。整个冬天，院子里人们的热水，都是老太太供应的。我有时回去晚，老太太也给我留着，她若不在，我自己进厨房，灌满电壶，再接一壶凉水，搭到煤炉上。

其实一壶热水，倒没什么，插上烧水壶，很快也能烧开。只是老太太的一壶水，让人心里暖和。我在南城根住时，老贾有时候用柴火烧开了水，也叫我去提。即便已多年过去，一想起，还是觉得老贾人好。就像老太太一样，不把租房的人下眼看。这就够了。

很多时候，老太太是孤寂的。老伴说不了话。一院子的声音，若不主动去搭理，没一句跟她有关系。即便儿子来了，也很多时候都在和她吵架拌嘴。儿子是个厉害角色，老太太没说几句，儿子就如吃了枪药，语气生硬，把老太太怼了回去。老太太想还嘴，儿子又旧事重提了。大概还是好多年前的事。从儿子的言语间，隐约得知，老太太外面有了相好，常抽身去见，老头估计那时已行动不便了。老太太一走，把老头留在屋里，吃喝拉撒，一片狼藉。儿子回家，发现老太太不在，老头无人照看，就很胀气，心里也生了芥蒂。后来，不知风声如何走漏，儿子怎么知道了老太太外面的事，便时常与老太太作对，也不让出门，成了拦路虎。最后的事，是老太太收了心，还是相好不在人世了，就不得而知了。反正老太太成天待在家里，守着老头。有一次出门买菜，被过路的摩托撞了，从此，落下个腿疼的病，好些年了。

每次吵嘴，儿子一提起这一折，老太太便不再言语，即便有理的事，也败在了下风，只好低下头，默默地擀着手里的面条。

有时，村里有人过世，会来人报丧。城中村莲亭，也是个村子，很多房东，以前都是种地的，一村人，互相熟知，有个红白干事，对路的，还要请一下。从农村到城中村，乡情寡淡了，如折断的藕，但毕竟还连着几根丝。来报丧的人，喊叫着娅娅（阿姨），进了屋子，说谁谁大（父亲）过世了，孝子让我请你哩。老太太忙着找烟，嘴里哦哦着，说，前些日子我还看在门口晒太阳，好好的，手里端着满满一碗饭，我还笑着说你饭量扎实啊，咋说过世就过世了。来人说，癌，查出来就晚期了。老太太哦哦着，一听癌，突然殁了，倒也习以为常。她把火机递给来人，说，我先把面条擀好，中午过去烧个纸，狼吃的娃（她儿子）几天不见人影了。来人嗯嗯应着走了。

老太太瞅着老头，老头木在沙发上，不知世事。老头瘫痪了这么久，倒是命牢。十点了，院子里的人，都出门各自忙碌去了。风把门帘揭起，把两个人的暮年揭起，日子寥落，屈指可数。

巷道里，噼里啪啦响起了鞭炮声。

八平方米的昼与夜

在搬到莲亭之前，大约有一年时间，我住在一个高档小区内的教室里。

我在罗玉小区租的房到期了。我不想再住楼房，太贵，一年房租就要一万五，占我工资一小半。况且大多时候，都是我一人住。妻子在县城工作。每周五下班，我便去那边，周一大早赶回来。所以，除去寒暑假，一周七天，我只在租住的房里待四天。不用掰指头算，都很清楚，租楼房，划不来。这些年，我一个人，凡事是凑合惯了的。

在搬出楼房前，我要给自己再觅一个落脚之处。

我还是得在城中村找个房子，一月二三百元的房租，能睡个觉，做个饭，就行了。我在东方红村找了半天。罗玉小区跟东方红村挨着，我想到时候搬东西方便。我们家还有亲戚在东方红村的巷道里开商店，离得近，我可以随时去蹭饭。

后来，我确实在那里找了一间房。二楼，房门开在外面。沿着门外的铁皮楼梯，直上，中间拐个弯，再上，就到了。楼梯狭窄，仅容一人，人走上去，除了铁皮的轰隆声，还能感到楼梯上下晃动，有点像荡秋千。每一阶楼梯，前面空着，也是为了节省铁皮，但走上去，总有种马失前蹄被卡住的恐慌感。不过这些倒没什么，走走就习惯了。我倒觉得门开在外面，不与院子的人拥挤，也清静。

房子不算太大，还算敞亮。刚潦潦草草刷过，墙壁上的污垢被遮了，隐约可见。有一个阳台，刚好支个板凳，架上案板，可以做饭。闲时，趴在阳台，翻几页书，或者瞅瞅巷道里来来往往的人，也挺好。房里有一张床，也不算一张，两个凳子，中间架着一张光木板。另一角摆着木箱，上面摆一块小板。再无他物。房东是个中年男人，胡子拉碴，给我介绍着这两样东西。我到床跟前，抬起一角床板，试试结实不，刚抬起，床下面除了发绿的霉斑，还有些米黄色黏稠状的东西，不知何物，但让人作呕。我再看那块小板，下面也是如此。心里瞬间失落透顶了。我说能换床板吗？男人说可以，下来找找。我皱巴巴的心，才稍有舒展。又想，满巷道找房，实在麻烦，况且天也快黑了。就在这里将就吧。我交了一百元押金，留了电话。所租的楼房还有一周时间，我说我慢慢搬东西，租房的日子你按今天算起。

在我快要搬的时候，跟一朋友闲聊，说起租房的事，他说他有一间教室，正好闲着，可以让我暂住。我说也行，抽空去看看。

教室在那个小区内。小区大多住着达官显贵，从出出进进的车辆上，便可看出一二。小区绿化、环境卫生都很好，管理也好。在这座城市房价平均一平方米五千的时候，这里一平方米已经八九千。进小区侧门，靠北边，有一长溜三层小楼。一楼是车库，二楼、三楼一边是物业办公室，一边租出去当教室，办辅导班。其余的房子都用来干什么，就不知道了。

朋友的教室在中间，靠楼梯一侧，墙面用玻璃做成。进门，二三十个平方米的教室，摆着十来副桌椅。墙角处有个旋转木质楼梯，上去，是三楼，也是教室，中间隔开了，用的是三合板，一敲嘣嘣响，只是粉刷过，看不出来。隔出来的那间房，一直空着。房里空无一物，很小，数一下地上的瓷砖块，估摸一下，也就八个平方米吧。屋子倒很白净，只是靠楼梯一边同二楼一样，也是一面大玻璃。要住人，不太方便，对面楼上全是住户，一撩眼皮，就能看见，这跟暴露在光天化日之下，或者赤裸裸在街上溜达没区别。好在有大窗帘，挂上去，可以遮掩遮掩。窗帘是白纱的，挂一层，透，没办法，只得把外面教室的取下来，挂上，想必稍微能遮遮光吧。也只能这样了。

屋里是没有床的。朋友从哪里搞来两个床架，又弄来两块建筑工地上用的竹胶板，铺上去，一拼接，嗨，还行，只是两张板是软的，中间塌了下去，即便不塌，也定是撑不住我这一百四十斤的肉。我又找来砖头，从中间码起来，垫一块木条，撑住，就可以睡了。最后从教室搬来两张桌子，一张摆放锅碗电磁炉，一张堆书和杂物。

一切收拾妥当，就开始搬东西了。托了朋友，用小面包车拉了两趟。大包小包，七零八落，摆了一地，拾掇了好长时间，才算码放整齐。

在这间小小的屋里，我就这样轻而易举把自己安放下了。它就像河流中漂荡的一根树枝，在我游荡的途中，出现了，被我抓住，暂且栖身。

此刻，躺在软兮兮的床上，看着外面的灯光，白花花，冷霜一般，从玻璃墙上泼进来。听着小区出进的车流声和对面楼上住户的说话声,一切都显得陌生而恍惚,甚至有种不知身在何处的错觉。城市这么大,我如一枚草芥,趴在树枝上,在砖头和水泥之间,漂浮着,漂浮着,不知要把自己漂到哪里。我甚至都不如一根浮萍,它随波逐流,它起起伏伏,可它本就生在水里,长在水里,水是它故乡,它归宿。而我呢,生在黄土,长于黄土,滚爬摸打到了十五岁,粘着满身泥巴,挤进城市,可在砖头水泥里,我无法落脚,我格格不入。我也曾试图在城市的喧嚣、浮躁、冷漠和欲望里,把自己烧成一块砖,哪怕是半成品也罢,这样我就是城市的一部分了。可不行,无论我怎么烘烤自己,内心那坨泥土,总是难以改变,甚至还经常长一些麦穗啊野菜啊山杏啊什么的,这真让人失望。

这两间教室,朋友是用来办辅导班的,作文为主,作业为辅。

他周六周日上课,我周五下午回县城,去看妻子。周一回来。这样正好,互不干扰。

搬进这里后,我做饭的一套都带了过来,桌子上架好案板,摆好电磁炉和锅,就可以做饭了。做饭时,油点、饭汁难免四溅,落到墙上,一大坨,日子一久,难以清理,显得乌烟瘴气。我找来一大块硬纸板,贴在墙上,这个问题得以解决。可做饭时油烟出不去,打开门,蹿进教室,又溜到二楼。尤其炒辣椒,那个呛,整个两层教室,都好像塞进辣椒里涮了涮。可这也是没有办法的事。

有时候,洗衣服,没地方挂,也是个问题,只好找了棍子,搭在两张桌子上,挂好衣物,在教室晾晒。要是周五没有干,只得收了,总不能在教室挂个裤衩啊背心啥的。学生一来,怪吓他们的。

一个人住八个平方米,异常局促。可平日里没有人,感觉两层教室都是自己的,一个人上下,总有种空荡荡的感觉。不小心撞了东西,哐当之声,回响很大,让人心惊。这些年,很多时候,都是我一个人住,住得久了,空闲时,不翻书,躺在床上,看墙顶巴掌大的窗外,灰蓝的天,有破旧的云,挪过了一片,又挪过了一片。

看着看着，就想一些不着边际的事儿，就在心里自己给自己演戏，就迷迷糊糊不知今夕何夕了。

有时也想，都是住在同一个小区的人，可我跟人家不一样。人家是业主，这里是家。人家住着三室两厅，有着书房、厨房、卫生间。人家可以昂着头目空一切地走在院子里，可以把保安因为大门开迟了一点而数落一顿。人家的心，是踏实的，是有着落的。我呢，我不过是个寄居者。人家进门，有门禁卡，一刷就行，有时没有带，保安看到，也会主动打开。我呢，只能从那个门缝里挤进来，或者跟在人家身后，蹭进来，即便进不来，保安看到，也是无动于衷的。这里没有一寸地方真正属于我，我只是在底层的逼窄小屋里，有个落脚之所，不至于流浪街头罢了。我是外人，我是别人，我是那个可有可无的多余者。

我是三月里，天气乍暖还寒时搬来的。很快，春天过去了。很快，夏天过去了。夏天房子照旧很热，顶层，能晒透。只好把门和窗户打开，借一丝风。就这样熬着，慢慢地，秋天过去了。秋天里，落了一场霜，小区外的悬铃木叶子，落了一层，又落了一层。焦黄的叶子，风一吹，好像大地把憔悴的手心手背摊给我看。秋天，真的过去了。

冬天来了。

好在房子有暖气。不然，光靠一面玻璃墙，是难以抵御寒冷的。

妻子放寒假了。两个人住，用竹胶板撑起的床，就经不起睡。有时，半夜，翻个身，腰底下一软，轰隆一声，好似地震，床塌了，码在靠墙的书，顺势翻下来，把妻子埋在了下面。我起身，摸黑打开灯，床上一片狼藉，妻子头脚朝上，屁股朝下，呈"V"字形，身上压着书。她先是惊恐，然后狼狈，最后就生气了。我哭笑不得，从书和被褥里把她翻出来。重新支床。把被褥放一边，挪开两块竹胶板，将砖头重新码放整齐。时间一久，竹胶板扭动，下面的砖头散了，稍不注意，便会倒塌。码好砖，放好板，铺上被褥，接着再睡。妻子怕床再塌，塌了被书埋，改睡外面了。但因受到惊吓，睡意已消，两个人躺在床上，小心翼翼地侧身，小心翼翼地说话，甚至小心翼翼地呼吸，生怕动静大点，床又撑不住了。

好在塌床的事，只是偶尔出现。大多时候，那两块竹胶板睡上去软兮兮的，颇有弹性，韧劲也足。我给妻子开玩笑，席梦思，怕也不过如此吧。妻子蹲在地上洗衣服，水溅了满地，抬起头，笑答，火睡了吧你。我续一句，其实力度不要太大，这床还是挺皮实的。妻子瞪我一眼，骂道，流氓！

妻子放了假，周末我就不去县上了。

周末起床，二楼教室已开始上课。许是朋友怕打扰我，三楼的教室很少用。我们出门去转，下楼梯，学生看上面莫名冒出一对男女，目瞪口呆。跟朋友打过招呼，我们火急火燎出了门，才如释重负。妻子总说不好意思，我也有点不好意思。我们在外面转一天，到很晚，估摸放学了，才回去。回去后，教室空了，教室似乎还残留着学生打闹喊叫过的回声，嗡嗡之音，晃荡着。

就这样，我又住了几个月，翻年，又是一个春天了。

朋友偶尔念叨房租贵，我也赖皮，觉得关系好，只付过他一点暖气费，充过几次电费。后来，他又把教室转租给别人，周一周五晚上用，好像是补家庭作业，周末两天他用。反正教室经常闲着，租出去也好，挣一点是一点，我说。他说，房租又涨了，如果有合适的教室，他准备搬个地方，但一搬，又怕学生流失。我暗想，你可别搬，搬了我又得满城找房子了。但也意识到我在这里住的时间差不多要到了。有些地方，终究不是久留之地。

租我朋友房子的是个女人。朋友说那女人知道三楼住人，给他开出条件，要么降租，要么不租，理由是上面住一个男人，她不安全。朋友说我那朋友，人很正派，绝不会有任何问题。女人不依，找来她母亲胡搅蛮缠。我朋友忍不住，嚷道，你长成这样，我还怀疑我朋友不安全呢。当然，他一个人，是难以对付两个女人的，因为已收了租金，也租用了一段时间，所以要说清个理，很麻烦。这些都是我后面才知道的。

那女人开始上课以后，我每天下班，在外面吃毕，到小区门口远远看着二楼那间教室的灯亮着，就去河边坐着，免得打扰人家，免得给朋友带来麻烦。我坐在河边，风依旧是凉的。狗牵着散步的人，脚下凌乱。河那边的灯火，都是别人家的。我把自己抱紧，像一个自己抱着另一个自己。城市是别人的，只有浑浊的河水，携着疲惫的脚步和咳嗽声，流经眼前时，才是属于我的。到了十点，我再去门口，灯还亮着，又回到河边。行人稀少，喧嚣渐淡，寒意扑簌抖落，铺在了借居之人的肩头。流水把夜色拉长，拉长，拉成了一根针，别在了借居之人的心头。它又能把一个人黯淡的日子缝补成什么模样呢？

那女人我没见过，只是借着灯光，远远地，有个模糊轮廓。矮胖而妥实。就那身材，也让人敬而远之了。真是，哈哈，一笑。快十一点了，我再次回到门口，灯灭了。我回到教室，除了温热，还有一股刺鼻的香水味，弥漫着，难以散去。

我开始利用周末的时间找房子了。

我在这里刚好住了一年。这一年，我都不知道是怎么过去的。富人的生活，我一无所知。富人的小区，我一次未转。我本本分分地做了一年借居者。除了我朋友，除了保安，没有人知道，这教室里曾住过一个人，曾把一年的光景，丢在了这里。

仅此而已。

说点儿别的事吧。在这里住了一年，好多事都忘了，这几件倒记得清晰。

朋友的教室隔壁，也是一个补习班，教画画。二楼的玻璃墙上，贴着学生习作，花花绿绿。门口支着大画架，夹一幅油画。放置的时间久了，油漆模糊，只有群山和草木的轮廓。画画的该是上课的那个胖子。他租的教室。我经过他门口时，微一侧头，瞟见他坐在椅子上，拿着画笔在纸上涂抹。滚圆的脑袋，陷进脖子里，滚圆的身子，又陷进桌子后面。他认真画画的样子，因为胖，总让人感觉在点菜。

胖子也是周末上课，学生不少。课间休息，学生总是在楼道里打打闹闹，或者钻进隔壁教室戏耍。有住户反映补习班学生太吵闹，影响休息。物业过来警告过一次，可没几天，又现了原形。太吵了，胖子用手拍打着桌子号叫：声音小点，声音小点，听见没。他手背上的肉，因为撞击，波浪一般，起伏晃荡。

二楼是他的教室，三楼应该和我住的这边一样大小，只是没有隔开。三楼是他的卧室。朋友说，这几年他办班，挣了不少钱，也买了房。这边只是偶尔住住。我不知道他晓得不晓得隔壁住着我。他和我不同，他是租房的人，是主人，晚上住下，也是为了方便。我完全就是借居了。

本来也没什么事，他住他的，我住我的。只是有天晚上，快十一二点了，我已躺下，迷迷糊糊中，隐约听见一种怪异的声音。再听，确实有种声音，从隔壁的屋子，钻过薄薄的墙壁，浮游而来，若隐若现。那声音纤细，黏糊，抓心，放纵，压抑。像一根皮筋，绷了很紧很紧，被一根指头拨动着。像一团融化的糖，扯出了细长细长的丝，丝上还粘着红色粉末。像一只母猫，叩响了春天的扳机，把一颗焦渴难耐的子弹射了出去。而盖住这种声音的，是那种因肥胖而堵塞的吭哧声，这吭哧，费劲，迟钝，油腻，死去活来。那是两种声音，像水和泥，像风揉雨，像肉拍肉。它们交织，缠绕，揪扯，拧成一股绳，散成一堆沙。十分钟后，在按捺不住的肆无忌惮的吼叫里，终于风停雨歇了，烟消云散了。遍地灰烬，遍地汗液，遍地腥膻的味道，在午夜的空气里震荡……

那是一个什么样的夜晚。随后的日子，隔三岔五，还会出现那个同样的夜晚。白花花的夜晚，猩红的夜晚，暗紫的夜晚，伸手不见五指的夜晚。

从那以后，经过二楼时，我会从门缝瞥一眼教室里面。教室里，多了一个女的，瘦高，脸白，披着头发，长得还算有点模样，一本正经地给学生辅导着画画。她是什么时候多出来的，我没注意过。我记得之前有过一个女的，短发，坐在教室和胖子说话。每当看到那女的，我就想起那些风云际会的夜晚，想起她嗓子里挤出的呻吟，想起她身上压着的庞然肉堆，想起一个白菜正被油腻之物拱来拱去。我竟然充满了某种惋惜。

暑假结束后，那女的再没有出现过，午夜的呻吟自然消失了。她是胖子的什么人，我不得而知。胖子三楼的房子灯一直黑着，不再亮起，估计也不住了。不住，或许是因为派不上用场了。自此，很多个午夜，我竖着耳朵，一无所获，日子里，倒多了种无聊，少了份惋惜。

另一件事，还是晚上的。

睡至半夜，只听得侧门口先是有人说话，接着大声吵嚷，继而便是噼里啪啦之声和吼叫咒骂之声，最后，伴随着锋利的尖叫，一切瞬间销声匿迹了。像有人举起黑夜的镜子，砸下去，哗啦一声，碎了满地。正是凌晨，我瞌睡浓稠，听见吵闹，心一惊，又知事不关己，便接着沉沉睡去。

夜里，落了薄雪。

第二天，透过玻璃，可以看清小区的松柏叶上，覆着白雪。枝叶间贸然弹出一只麻雀，扑棱着翅膀，把一些雪打翻，细细地落了下去。到小区院子，雪从中间扫开，留出一条道。雪上，落着几颗血迹，圆圆的，蚕豆大小。白雪红血，煞是刺眼。门口的几个保安，裹着军大衣，在活动板房里呆站着，没有言语。往日，他们歪戴帽子，袖着手，哆嗦着，吸着冷气，互相开玩笑打趣。那个细瘦的年轻保安不在，他总是捧着个瓷杯子，搭在嘴边，嘴唇上的须，如野草一般刚起身，绒绒一片，摊开来。其他人笑他，你天天抱个杯子,在嘬奶吗?他嘿嘿一笑,并不搭腔。他是大伙的笑料。他不在,我以为他换班调休了。

过了几天,才知道他出事了。

就那个落雪的夜晚。有个业主回来得很晚,车开到门口,等保安开门。那晚正好年轻保安值班,他提着手电筒到小区巡查去了。业主在门口吼叫半天,也无人开门,最后狂摁喇叭。年轻保安一圈巡查回来,那业主已完全暴躁了,站在门口,指着年轻保安破口大骂。年轻保安缩着脖子,一言未发。那业主朝他头上扇了一巴掌,骂道:看门狗。年轻保安也未言语,只是拿眼睛盯着他。那业主开车进门,在车窗里看到年轻保安还盯着他看。他夺门而出,二话没说,一个飞脚踹到了年轻保安裆部,年轻保安经不住这一脚,倒在地上。业主接连又踢了几脚。年轻保安想起身,拍拍雪,回活动板房里躲着去。刚坐起,一团带着恶臭酒精味的浓痰,射到他脸上。他没有揩,起身,进活动板房,顺手在桌子上摸起一把铁锤,出门,径直走到那业主身后。业主正开车门,铁锤下去,应声而倒。黑血咕嘟嘟溢了出来,冒着热气……车上下来了一个穿皮草的女人,看到黑血漫开,一声尖叫,震得树梢上的雪末,乱纷纷落了下来。

那年轻保安再也不会来了。听说被派出所带走了,故意伤害,是要判刑的。那业主住进了医院,没人照顾。穿皮草的女人不是他老婆。他老婆去了外地,接到电话,第二天一早赶来。当天下午,在物业上调监控,想托人找关系,把全部责任归到年轻保安头上。一看监控,车上竟然下来个陌生女人。业主老婆愣了片刻,最后丢下一句活该,扭头走了。

也不知道这事最后咋处理的。

还有个事,也是晚上的。白天我大多时候不在屋子,只有晚上回来,所以看到听到的事,也大多是晚上的。

从我这间屋子的玻璃墙看过去,正好对着一户人家的卧室窗口。窗口拉着窗帘，窗帘是粗纱那种。白天，屋外光强，窗帘一遮，是看不清卧室里面的。晚上，一开灯，窗帘遮不住，卧室里的一切，便隐约可见。

卧室里住着女学生。靠窗边，是她的书桌，每天晚上九点一过，她便坐在书桌前写作业。卧室灯关了，台灯打开，橘黄的光，罩着女学生的脸。短发，瓜子脸，挺秀气，一副高中生的模样。她的书桌上，摆着一盆白掌，叶片繁密，细长的茎干上，顶着一朵花，花形如船，盛满灯光。女学生写作业一直到很晚，半夜一两点，我起床撒尿，看她灯还亮着。这么刻苦，想必成绩不差。

每晚，台灯一亮，我就知道她写作业了。也就这么回事，时间一久，也便习以为常了。

直到有一天半夜，我睡得迷迷糊糊，被一声吼叫吓醒。我从床上坐起，对面的台灯亮着，声音是从里面发出的。屋里站着两个人，那个女学生，一个中年女人，穿着臃肿的粉色睡衣，应该是她母亲。女学生脑袋耷拉，一手抱脸，身子耸动，估计是在低泣。她母亲沉着脸，身子也在耸动，她朝女儿头上戳了一指头，问道，你说，那男的是谁？我找他去。女学生身子一晃，没有回答，头发落下来，罩住了半张脸。我上个月给你洗裤衩，裤衩上没血，我问你，你说自己洗了，这个月，我问你，你还撒谎，你是要生下来才甘心吗？你是把我当傻子吗？你觉得我一个人拉扯你供给你容易吗？你真是把我往绝路上逼啊……说着说着，她母亲哭开了。书桌上的白掌，还开着，花朵里盛满的灯光，漏出来，滴滴答答落着。

窗外漆黑，一片沉寂。所有人都睡了，在梦里，试图把皱巴巴的日子捋得平展一点。只有偶尔传来的狗叫声，让午夜更加空洞、恍惚。

以后的日子，女学生的台灯还是亮着，只是很少写作业了，大多时候，书桌上摆着一个大大的毛绒熊。她瞅着熊，熊瞅着她。大多时候发呆，偶尔咧嘴一笑。她的头发长了，刘海遮住了眉梢，露出眼睛，似乎水漉漉的。有时，她把熊拉进自己怀里，紧紧抱着，头抵在熊的脑袋上。有时，又不断朝熊脸上扇耳光，嘴里还骂着什么。她似乎有点喜怒无常了。

再往后的日子，每到晚上，我都在河边坐很久，到十一点才回去。进了屋子，浑身疲乏，倒头便睡，至于对面的女学生，也就忘记了。生活的泥水，带着涩味，一浪接着一浪，扑面而来，难以招架，谁又能把这些事长记于心呢。

有一天，我出门，听小区保安闲聊，隐约听到高三、怀孕、精神病院几个词，我借故掏手机打电话，停下脚步，想再听听。他们已经说完，开始感慨：现在的学生，啥事都能干出来，又感慨，人有再多的钱，家庭不幸，孩子不行，都是白搭。感慨完，端起泡着枸杞红枣的茶水，喝了一口，一副满足的样子。

那窗口的台灯，再也没有亮过，女学生，再也没有从书桌前出现过。一天过去了，又一天过去了，很多天过去了。直到我搬离这里时，她都没有出现过。她的白掌，应该还在书桌上，至于死活，我也不知道了。每当想起那青白的花朵，盛满了橘黄的灯光，像一条船，在黑夜里游向了远处，我便想起那女学生，她被灯光暖热的青春，终究剥落了，陈旧了，消散了。

在三楼

当那个胖女人用电动车载着我穿行在大街小巷时，我已经准备离开南城根了。

她那粘满浮尘的黑色电动车，被二百斤肉压制住，屁股上冒着青烟，嗓子里挤出号叫，停在了一个小区楼下。胖女人套着黑色棉袄，臃肿不堪，一颗烫成菜花的脑袋，显得异常硕大。她走在前面，一手将电动车的钥匙环套在食指上甩着圈，一手捏着电话和房东联系，我尾随其后。房东已敞着门，等我们。我在房中转了一圈，三室一厅一厨一卫，有简单家具，墙面白净，光线充裕，还算可以吧。随后问租金，一月一千五，一年一万八，一次付半年。我盘算了一番，还是觉得贵，一年租金，工资一大半就没了。我借口再考虑考虑，其实心里打了退堂鼓。胖女人一个劲怂恿我订下这房，一来房子好，二来带家具，三来有小区，四来交通便利……她夸夸其谈，说了一堆，唯独没有提及租金。她恨不得我立马签合同、交租金，自己好从中抽取提成，接着赶场子撺掇下一位顾客。房东抽着烟，一脸冷漠，他许是看惯了租客们的伎俩的，也是不愁租不出去的。

  房子没有租成，像胖女人说的，各个方面都好，但就是太贵。我们下楼时，胖女人还一个劲替我惋惜，表情夸张，我知道她的假慈悲，可我还是迎合着她的表演。

  这应该是我看过的第五个房子了。第一个，太破旧，破桌破椅，破床破灶，屋里乌漆麻黑，像过了火一般。第二个，太远，在莲亭西边，骑电动车直行十来分钟，进一个小区，最后一栋楼，房子倒还可以，租金也合适，就是不方便，出门走半个钟头才有公交车。第三个，在光明巷，城中心，买菜、坐车，很方便，但房子只有一室一厅，这也罢了，关键里面一无所有，要住，都得我自己添置，想想还是算了，我也是凑合事，住个一年半载，添置一屋子东西，拍屁股走人的时候怎么办。第四个在一个半新的小区，房子精装修，家具样样有，甚至配有电视、洗衣机、煤气灶，拎包即可入住，正合我意，但最后一听价钱，傻眼了，一月三千元，一次付一年，哎，还是算了吧，我这种靠三千元工资准备养家糊口的人，每月工资交了房租，我要喝西北风，怕连个勺子都没钱买。

  胖女人明显对我失去耐心了，她把我载到路口，让我自己坐车回，天黑了。她说有合适的房源，再打电话给我，她要去接老公，老公刚打完麻将，准备回家睡觉。她点了一根烟，狠嘬一口，电动车鸣一声钻进了车流里。

我必须要租个楼房。也不是我不想住南城根,也不是我想变个活法,也不是我中了彩票。我要租个楼房,因为还有三个月,我得结婚。结婚,大事,不能马虎,不敢将就,不该凑合。在南城根,我那巴掌大的出租屋,仅够我一人容身。且,水在一楼,要提,厕所在院子一角,屋里没有暖气,没有厨房,没有衣柜,好像除了我这个人,能用的东西,一样也没。我是不能在南城根的出租屋里结婚的,那样太寒酸。我好歹把人家姑娘哄到手,要有个能容身的新房啊。在南城根,即便人家姑娘不嫌弃,可人家父母看不过眼,亲戚朋友来了也看不过眼,我好歹还有份正式工作,好歹还以青年作家自居,不租个楼房结婚,说不过去,我脸上也挂不住。

我在网上把租房信息翻了个遍,小城市,房源不多,信息也少,倒腾了几天,也没找下。像在城中村找出租屋那样满城找,不现实,城中村,大门都是敞开的,可以进院去打问,楼房就不行了,户户锁门,家家闭窗,根本不知哪里有房可租。这样一来,只能找中介。

我也是顺路钻进胖女人的中介公司的。叫公司,也真是个笑话,仅是一间旧平房。门口摆着一块大黑板,最上面用粉笔写着某某房屋中介公司的大字,下面写着房子位置、价钱、面积等信息,粉笔字风吹日晒,有些模糊。掀起棉门帘,进去,屋里一片漆黑,站了近一分钟,眼睛适应后,才看清屋里。靠墙一把老式长椅,对门摆着一张桌子,桌子后面坐个老太太,肥肥胖胖,一把年纪了。她问,租房吗?啥要求?我把我的想法说了。她蘸着唾沫把桌上的教案本从第一页翻开,本子上写着房子信息和联系人,看一页,没合适的,蘸唾沫,再翻一页。本子被翻的次数多了,加之有唾沫,黑乎乎,虚哄哄,一大堆。筛选了一圈之后,没合适的房源,她又从墙上取下另一个挂着的本子,翻了起来。屋里昏暗不堪,不得不佩服老太太眼神够好。翻了一遍,有几个她认为合适的,说给我听,我都觉得不行。最后,她说,你等等,我姑娘刚出去带顾客看房去了,马上回来,她手机上有些房源,都是好房,有你满意的。

过了半个钟头,老太太的姑娘,也就是那胖女人来了。她问明来意后,说你确定在我这找房?我说不在你这找还等你这么长时间?她摸出一根烟,说,你娃娃一看就干脆人。递给我烟,我不吸烟,她给自己点了一根,说,是这样,你先交看房费,五十元,房子你随便挑,我有车,一路把你拉上,直到你看到满意的房,租下为止,都是五十元,等你房租好,跟人家房东签了合同,你再给我付一个月租金的一半作为劳务费,明白吧?要一半啊。我有点吃惊,不知中介的水有多深浅。市场行情,你打问去。我说那万一都没看上呢?那咋可能,我一月租出去那么多房,还没有不成功的,你放心。我交了看房费,胖女人掏出手机,一条一条把房屋信息念给我听,最后,有一个房子不大,在广场附近,租金也便宜。我说看看这个去,胖女人立马打了电话联系房主,房主正在外面吃饭,二十分钟后到,让我们再等一会儿过去看房。

结果,就是前面所说,太贵,没敢租。

胖女人骑着摩托走后,我估计在她那是找不下房了,我揣摩着要不要换家中介,但又心疼那五十元,于是犹豫着。第二天傍晚,胖女人打来了电话,说罗玉小区有房,房主正好在,带我过去看一下,这次包我满意。我赶到胖女人公司门口,她用电动车继续载着我,朝罗玉小区跑去,路上有坑,快要把电动车颠散架了。

罗玉小区是老小区,没有围墙,没有物业,单面楼,全是八层。

房子在三楼,两室一厅,有厨房卫生间,大卧室有阳台,南北通透,老户型,五六十个平方米,没有电梯,没有公摊,都是实实在在的面积,当然这对我不重要。重要的是房子也算干净,有床、衣柜、沙发、茶几,厨房有灶台,厕所可洗澡,这就不错了。房租也勉强可以接受,一月一千二,一次付半年。房主是个中年男人,穿西装,西装半新不旧,肩上落着头皮屑,戴眼镜,金边,梳着分头，头发油腻，一张嘴说话，有点娘娘腔。一看长相，一听声音，我就知道这人不是爽快人。但心想房子还合人心意，再找也未必有这样的，况且我是租房住，又不是和他过日子，问题不大。

胖女人还是喋喋不休，说着房子的各种好，房主也在一旁帮腔，说自己的房子从来没租给乱七八糟的人，都是居家过日子的，你看墙，都白白的，门窗也是完整的，结婚再合适不过了。他还特意把卫生间热水器打开，拧开花洒，说，你看，还能洗澡呢。我没言语，心想，真把我当土鳖了啊。

最后，我确定租下这间房子了。我费了一堆口舌，房租再不降。我也懒得再消磨时间，加之天已晚了，不想再跑来跑起。况且，结婚的日子也日渐临近。我跟房主签了合同，他给我钥匙，我微信转给他半年房租和一千元押金。胖女人站在一边，应是暗自窃喜，嘴里还奉承着我，说我办事麻利，是个干大事的人。我心想，还不是为了那笔劳务费。我把一月房租的一半即六百元转给胖女人，胖女人眉开眼笑，祝我新婚快乐。房东给我交代了水电等一些事项，和胖女人一起出门走了。下楼时，他们说说笑笑，想必是很熟悉的了。

当客厅的大铁门关上后，锁舌和卡槽哐当一声扣住的一刻，我不知道该说什么，我用七千八百元换了这间楼房的半年时间，将继续用七千二百元再换半年时间。我坐在沙发上，看着这么大的房子，五六十个平方米，真的好大好大，一时难以适应，恍然间，竟不知身在何处。屋里一片寂静，只有慢慢淹来的夜色，告诉我，我已经从住了八九年之久的南城根撤身而出，我将面对一场未知的生活。

为了结婚，我得把房子再收拾一下。

房子客厅不大，一组黑皮沙发占了多半，皮皱裂了好几处，露出海绵，总有人掏，掏久了，便成了一个又一个坑。茶几板凳是一套老天水雕漆。茶几是椭圆形，纯实木，刷黑漆，古朴，浑厚。桌面用彩色石料雕琢出红楼十二钗，配以假山草木。石料温润，线条流畅，虽平嵌于桌面，但立体感突出，人物亦是形态各异，栩栩如生，自有风韵。板凳一组六个，拼一起，正好是一个椭圆，不用时，推入茶几下面，很整齐，也不占地方。板凳用的是另一种工艺——平磨螺钿，将贝壳、云母等材料打磨成薄片，根据图案造型切片，嵌于漆坯上，然后髹漆。六个板凳，分散看，花开数朵，各有意韵，拼一起，便是枝繁叶茂，满园春色了。天水雕漆很有名，工艺也讲究，我只是一知半解。据说，在以前，老天水人家里若有一整套雕漆家具，那是很有面子的。

也不知这套家具房主是何时买的，只是摆在出租屋里，真是浪费。茶几面上是需要盖一面玻璃以护住下面的雕漆，但房主不在意，租房的人更是不会割一片玻璃放上去的。时间久了，十二钗缺胳膊少腿，缝隙里塞满污垢，好端端一件家具，糟蹋了。我找来洗衣粉和刷子，蘸水，把茶几重新刷洗了一番，那些残缺之物虽已无法弥补，但清亮干净了许多，乌黑的漆面，也焕发光泽，甚至还能映出人影。

大卧室，摆一张双人旧床，床倒是结实，也划不来买新的了。大卧室套着阳台，阳台堆满各种杂物，落着厚厚的灰土。我翻腾出来，没用的全都扔了，地上扫起的土，能把脚面盖住。阳台柜子里有一套医学书，七八本，想必是之前租房的人留下的，应该是个护士，因为这里离妇幼保健院近。书几乎没有翻过，崭新依旧，我没舍得扔。想着万一有一天心血来潮，看一看呢。小卧室有一个衣柜，旧式的，柜扇有点翘，合不拢，挂衣服勉强可以。一张单人床靠墙摆设，窗户跟前支一张桌子和一个小书柜，都是旧家具，刷过白漆，现在都成暗黄色了。

我把房子彻底清扫了一番，能擦洗的全部擦洗了，似乎有焕然一新的感觉。从我进城上师范算起，近十年时间，我从未拥有过这么宽阔的空间。此前，我在一间巴掌般的屋子里睡觉、做饭、写文章，所有东西堆挤在一起，就连日子也堆挤在一起。此刻，坐在有些塌陷的假皮沙发上，看着这么大的屋子，有种难以适应的感觉。就像一个穷惯了的人，突然腰里别上了一疙瘩钱，有种无所适从的感觉。

扫毕屋子，就该添置一些东西了。毕竟要结婚，要有点新房的样子。在我收拾这间房的时候，我把宁远县城那边老丈人给来的小院也收拾了，算作婚房。结婚、待客在这边，闹洞房就去那边。

我去花鸟市场买了一盆兰花，花开正好，橘黄的花，像三月的嘴唇，要把一些喜庆的心事吐露出来。买了窗帘，给大卧室和小卧室分别挂了一块，不买窗帘不行，对面的人站阳台，两间卧室，一览无余。买了门帘，给厨房和卫生间分别挂了一块。纯白门帘，半截，绣着成对的鸳鸯。客厅的老式灯，半欧式那种，层层叠叠，沾满油污，六颗灯，坏了四颗，但不敢修，怕一动，整个灯散架，还得赔人家。大卧室换了一颗灯。小卧室有一根电棒，亮着亮着灭了，我换了一根新的。

随后，父母从乡下赶来，又把房子打扫了一遍。母亲一边擦灶台上的油污，一边问租金，听完唏嘘不已，说种两年粮食，都不够人家一年的房租。父亲说，再贵，也得住，你总不能让在南城根结婚吧。母亲说，那有啥？人家那谁的儿子，就租的平房结的婚，我看啊，只要两个人相爱，在哪结婚都行。父亲把大卧室的灯卸下来，擦了又擦，擦得锃亮，说，你啊，说话没样子。母亲把头从厨房门伸出来，回道，你会说得很啊，当初还不是六百元的彩礼，一对大板箱就把我哄到你们王家了。父亲笑着给我说，你看你妈，又把陈芝麻烂谷子的事扯出来了。父母总是这样，半辈子了，动不动拌嘴，年轻时，打架也是常有之事，就这样你看我不顺眼我瞅你不顺心了半辈子。

除了拾掇屋里，还得添一些碗筷盘碟。我在南城根住时，一个人，一张嘴，一双筷子一个碗。在超市买了餐具，还要称葵花糖果花生，买烟酒茶叶四色礼，等等。虽有父母帮忙，但还是感觉手忙脚乱，丢三落四，脑瓜里似有一堆糨糊，难以厘清个头绪。到晚上，弟妹赶来，帮着往礼盒中装葵花喜糖，往红包里装不同面额的零钱，忙毕，便到半夜。还要坐在床沿上一一订对邀请客人的名单，联系车辆和帮忙的人。父母不大清楚城里人结婚的流程，只能干一些力所能及的活，很多事，得我自己办。事太多，拿个本子一一记上，办一件，勾一件。

到结婚前一天，农历二月初五，墙上挂了结婚照。照片上，两个人，光鲜靓丽，面带微笑，似乎已经把日子的门窗推开了，门窗外，是繁花，是雨露，是盈枝硕果和油盐酱醋。下午，亲朋和同事早早赶来，在客厅和卧室顶挂了拉花，在门窗上贴了大小喜字和窗花。一时间，灯光透过拉花，把红色光晕洒下来，整个屋子，洋溢着一种让人眩晕的喜庆之气。红色的拉花，红色的喜字，红色的窗花，红色的灯光，红色的对联，红色的床单被套枕巾枕套，红色的烟酒糖茶盒子，甚至红色的面庞，红色的心绪，潮水一般，在屋里起伏着，晃荡着，让人恍惚，让人兴奋，让人不知今夕何夕。

到了晚上，亲朋陆续而至。天水人的习俗，结婚前夜，要到新房里襀踏一番的。一来祝贺，二来听总管安排次日事宜，三来吃喝玩乐。本就不宽敞的屋子，挤满了人，说说笑笑，喝酒划拳，打牌嬉闹。人太多，连门都敞开着，有人直接搬了麻将桌，端了瓜子糖果，去阳台上，四人一凑，玩耍起来。酒管够，饭管饱，烟管足，大家只图一个欢喜热闹。

在拥挤的人堆里，我出出进进，招呼客人，联络事宜，忙忙乱乱，但看着屋子升腾的烟雾和起伏的红晕，却有好多年未曾有过的某种踏实。多少年了，我一直租住在城中村，总感觉飘着，如一根鸡毛，风一吹，便不知要去何处，满心空落落的，把琐碎的日子过成了浪迹城市。而此刻，这种飘浮感或者流浪感，消失了。即便依旧租着别人的房,但我知道,我要在生活里开始扎根了。日子不再是一根鸡毛,而是一粒种子。

第二天,农历正月初六,我结婚的日子。

罗玉小区的夜市很有名。

罗玉小区,说是个小区,但完全是开放的,数十栋楼,被马路分割成块,也没个物业管理,没个栅栏围着。说不是个小区,但都是清一色的楼,差前差后盖起的,都是八层,红白相间的外粉,六七十平方米的面积,楼前到处是腰粗的柳树,楼后空地,切割成块,种了白菜韭菜,也搭了架,牵着黄瓜西红柿。我不是老天水城里人,不知是先有罗玉路,后有罗玉小区,还是先有罗玉小区,然后叫起了罗玉路。当然,这都不重要。重要的是,夜幕掀起后的罗玉小区,很是热闹。

一个地方热闹,定是人多。罗玉小区人也多,主要有两类,一类是老天水城里人,一类是厂里的下岗或退休职工。加之东方红新村,这片庞大的城中村和罗玉小区背靠背,这又为罗玉小区夜市注入了一股人流。

下午五点一过,摆地摊的人,提前开始占地方。两块砖头,把个边,或丢一根棍,或地上绷根绳子,这块地方便是他的了,谁都别想占,要是占了,就不是动手动嘴那么简单,毕竟是抢饭碗的事,一家人的收入,就靠着晚上这一阵呢。

六点,摊子一一摆起。人们也下班了。黄昏落下,夜幕拉开,灯火渐亮,车流卷着人流,在马路上渐渐沸腾起来,像一锅馓饭,在大火之上,咕嘟嘟冒起了气泡。七点,夜市的幕布完全开启,生旦净丑,嬉笑怒骂,鸡毛蒜皮,油盐酱醋,爱恨情仇,一骨碌全抖了出来,纷纷攘攘,粉墨登场。

从罗玉路丁字路中间,往北走,左边,以小杂货为主,碗筷碟盘,笤帚拖把,菜刀案板,卫生纸马桶刷擀面杖切菜刀,大到铝盆垃圾桶，小到牙签剜耳子，应有尽有，一溜子摆在人行道边上。牵狗的、背搭手的、拄着棍子的、提鸟笼的老头老太溜达而来，弯腰瞅着，如有需要，指一指，问个价，再问便宜不，货比三家，最后没法比了，蹲下来，翻来拣去，挑了个自以为最好的。摊主不耐烦，挠着油腻不堪的头发，说，老人家，都一样的货，你再挑，都把货的屎翻出来了。老人遂住手，为五毛钱，磨了半天口舌才买下，满心惬意，占了便宜。

马路右边，主要是卖女性服饰的，从短袖裙子到裤衩丝袜，从毛衣打底到胸罩外搭，从运动鞋到皮鞋凉鞋马丁靴，从耳环口红香水到指甲油粉底液CC霜。刚跳完广场舞的大妈，在附近打工下班的小妹，给孩子做饭的乡下女人，巷道里花里胡哨的洋气女人，或三五成群，或胳膊互挽，在挂满衣服的摊子里出出进进，看款式，问价钱，搭在身上比划，让别人参谋，觉得满意，但还要压价，摊主叫苦连天，说夜市的东西都是批发价，你到商场，同样的货，要贵一倍，价钱少不下，买的人假装要走，摊主赶忙叫回来，假装颇不情愿，说，按你说的，给你处理了，别人问，可别说这个价。随后还叮嘱一句，有朋友买，也带过来。买卖双方，一手扫码一手交货，皆大欢喜，买的人暗自窃喜捡了便宜，卖的人心里自有底数。

往南走，马路右边，是大排档，也没个铺面，撑一顶蓝帆布帐篷，支起案板，摆好煤气灶，拉来几桶水，头顶挂了灯泡，油烟熏得太久，昏暗不堪，像一只睁不开的眼睛。火拧开，就可以待客了。没有铺面租金，只给有关部门交点摊位费，也不多，可以常年占住那块地方营业，挣的钱，都能进自己腰包。大排档里，主要是炒菜和面食。菜以川菜为主，也有炒龙虾炒田螺等。面的种类就多了，炒面烩面扯面扁食饺子馄饨炝锅面浆水面油泼面炒麻食烩麻食棒棒面糁子面西红柿鸡蛋面，等等等等。

六点半一过，吃饭的人，蜂拥而至。老板一边切菜，一边吆喝：吃啥，进来坐，随便点，吃啥有啥。单独一人吃饭的，以面食为主。三五成群的，则是吃菜。面都便宜，浆水面臊子面六七块，炝锅烩面八九块，炒面麻食九块十块。菜也不贵，一个清炒洋芋丝十元上下，一盘天水酒碟十来元，一份爆腰花也就二十多元，四五人，吃下来，一百多。谁都可以在饭饱酒足之际，拍着胸脯，说我请客。站在路口看去，清一色的帐篷，破旧了，颜色褪去，篷顶落满树叶和尘土。帐篷里，火光翻滚，呲啦有声，铁铲和锅底的摩擦声，吃喝者的划拳声、吆喝声、吹牛声，混合着街面汽车的喇叭声，沿街小摊的叫卖声，万千声音，聚在一起，皆是嗡嗡声，皆是烟火声，皆是底层人间的苦乐声。炒菜的人，被火光映亮的脸庞，汗津津的脸庞，油兮兮的脸庞，都是生活的模样。他们一手举锅翻炒，一手抓起调料撒进锅，顺手擦了一把额头的汗水。吃喝者瘫坐在啤酒椅上，酒过八巡，醉眼迷离，或勾肩搭背称兄道弟，或一头歪在路边干呕，或独自举杯豪饮，或伸指骂天骂地骂政府，无所不骂，骂完了，自觉老弟天下第一。

左边，也是大排档，但都有铺面，最有名的，数大盘鸡。十几二十家大盘鸡店，一字排开，直到路的顶端还折了弯，朝东而去。大盘鸡，大盘子，盛着大块鸡肉，大块洋芋，大量粉条，大宽白皮面。鸡肉要嫩，洋芋要绵，粉条要弹，白皮面要筋道。桌椅一律摆在人行道上，没人愿意进屋去。清一色的黄塑料椅，背靠背，肉挨肉，连成一片，甚是壮观。吃大盘鸡的，多是年轻男女。入座，点二斤大盘鸡，要一箱啤酒。大盘鸡一斤四十多，啤酒一箱也是四十多，一顿饭，花不了几个钱。大块吃肉，大杯喝酒，大声扯淡，把一天的辛酸、苦闷，全都咽下肚，无论白天多么卑微多么无助，此刻，在二斤大盘鸡和一箱啤酒面前，都烟消云散。唯有此刻，人活着才是自由的，这短暂的欢愉，这忘天忘地的麻木，是整座城市的疤痕，抑或"创可贴"。满地的卫生纸，满地的骨头渣，满地的闲言碎语，惹来了成群的流浪狗，它们穿梭于人们裆下，啃食着吮吸着骨头，品咂着世间残余的味道。一条条流浪狗毛色光亮，尾巴高翘，穿梭自如，它们被骨头肉末豢养，颇是春风得意。它们也是这烟火人间的边角料。也有前来乞讨的，衣衫褴褛，端着盆子，里面装有毛票，一桌桌讨要过来，叫着大哥大姐，给一点。有人歪头躲避，有人挥手嫌弃，有人掏出毛票打发，有人摸出纸烟递上，有人带着恶搞心态说你把这一瓶啤酒喝完我给你五十元，乞讨的人举起瓶子，咕嘟嘟一饮而尽，恶搞的人傻了眼，也有人说没带零钱你要是有微信我扫你一块，乞讨的人反手从衣领里掏出一个二维码牌子，递过来，那人一看尴尬了，众人喷出了五颜六色的笑骂声，乞讨的人也撇出了得意的笑。老板嫌影响生意，打发服务员过来让赶走，服务员脸一拉，恶语道：差不多就行了，赶紧走。乞讨的人收回盆子，磨蹭着到了下一个啤酒摊子前。

从罗玉小区丁字路朝东走，左手边，是卖干果的，也是一溜子，木板撑起的摊子上，大竹箩里装满了花生啊葵花啊松子啊核桃啊黑瓜子啊白瓜子啊开心果啊等等，戴着六牙皮帽的摊主，满脸干瘪，皱皱巴巴，像核桃仁，站在干果后面，手提带有长手柄的铁马勺，顾客要什么要多少，他伸手一舀，倒进身后的电子秤里，一看，刚合适，装进塑料袋。他似乎从来没有失手，每一次一马勺舀上来，总是不多不少，斤头恰好，是这样吗？鬼知道呢，反正他的秤在背后，模糊的夜色里，谁能看得清。有人问，秤够着没？摊主搓了一把脸，愈加皱巴了，答，要是不够，你明天给我提来。干果摊的旁边，有烤红薯的。大铁皮炉子，安在带有轮子的板子上，一头焊有推拉手柄。炉膛温热，像不远处那些醉汉的心窝。膛内码着红薯，在炙烤中，渐渐软下来。炉膛外，盖子上，堆放着一圈烤熟的。烤红薯的男人，不停翻动，怕余温将红薯一边儿烤焦了。他的吆喝声，淹没在了蜂群一样的嗡嗡声里，连一点水花也没有掠起，他是喊给自己听的。他面庞焦红，许是炉火烤久的缘故，是烤熟的红薯皮的颜色。他那面庞，是另一个红薯，只是在廉价的光阴里，被兜售给了生活。

马路右边，是卖菜、卖面条的。卖菜的，多是女人，矮胖，油腻，挂一头"方便面"，穿着黑乎乎的衣衫，敞开来，南瓜一样的胸，撑着红毛衣，弯腰找钱的时候，那胸，不小心似要挤爆一般，好在"南瓜"瓷实啊。她们的腰间，绑着那种包，能暖肚子，能当裤带，能装钱。卖菜的女人，都有一个好脑子，菜一过秤，几斤几两多少钱，买的人还没装进塑料袋，钱已算好，分文不差，还很仗义地把一毛钱免掉了。卖面的，多是重庆人，两口子。也就怪了，重庆，一个吃火锅的地方，人们竟然在全国卖面条，是因为重庆小面的缘故吗？一间铺面，墙角码着面粉，屋子中间放着压面机，门前桌子上，摆着面条，有大宽、韭叶、毛细，有碎面、面片、麻食、扁食皮、搓鱼面、拉条子。两口子浑身沾满面粉，白花花两个人，在屋里忙活。白的面粉，白的屋子，白的人，昏黄的灯光下，只有两颗眼珠子是黑的，扑闪着。他们的孩子，一大一小，趴在面粉袋子上写作业，两个人也染成了白色，毛茸茸的。写着写着，开始你戳我我捣你，打起了架，男人用他饶舌的重庆话骂道，你两个龟儿子，快点搞嘛，再不搞把你两头盖骨揭了来抖烟灰儿。女人站在门口，称面条，她可真是个细瘦女人，跟筷子一般，似乎随手就能拎起来。卖菜的摊子，一直延伸进了小区，或者说，卖菜的摊子，是罗玉小区伸出的一条长舌头，搭在街面上。

多么热闹的罗玉小区。烟火升腾，油点四溅，摩肩接踵，满目琳琅，众声喧哗，鸡毛蒜皮，遍地垃圾，野狗来往。

它真是穷人的天堂，穷人的迷宫，穷人的欢乐场，穷人的迷魂汤。

在这里，我曾坐在路边摊上，十二元要了碗羊杂，填饱了胃。我曾带着妻子十五元钱买了一条短袖，十元钱买了一条裤衩，五元钱买了三双袜子。我曾买过菜买过面条买过浆水，称过结婚时用的瓜子花生。我曾一个人无所事事晃荡在马路上，什么也没有买，光看着滚滚而来滚滚而去的人流，看着廉价的物品和升腾的烟火，便有种莫名其妙的幸福感,我才发现,这世上和我一样把日子过得紧绷绷的人原来这么多,他们和我一样有着不为人知的苦楚和酸涩。我曾被前同事们吆喝着去吃大盘鸡,十几个人坐了很大一圈,鸡肉没吃几块,空着肚子吹牛划拳,七八两二锅头下肚,整个人都天昏地暗天旋地转天塌地陷了,早早败下阵来,趴在桌上,接受别人的嘲笑。最后,两个人架着我的胳膊,我如同踩着烂泥,深一脚浅一脚,被他们费了九牛二虎之力搞到了屋里,进屋后一头塞进盆子,差点把胃吐了出来,真是惨不忍睹一败涂地啊。

多么热闹的罗玉小区,这夜市也不知是哪一年形成的,也可能是几十年慢慢形成的。它能出现在罗玉小区,有它的道理,有它的方式,有它的脾气。

但它还戴着一顶脏乱差的帽子,它是这个城市的补丁,是这个城市的背面,是这个城市的冻疮,是这个城市的刺。多少年以后,它影响形象,它破烂不堪,它格格不入,它是应该被打掉的那颗歪瓜裂枣,它是创建文明城市的对立面和"钉子户"。有一天,来了很多很多城管,他们统一着装,统一表情,放了狠话,下了狠心,动了狠劲,叫来了民工,开来了挖机,只用了两三天时间,便把这里的一切全部清理掉了。

蓝帐篷不见了,菜摊子没有了,啤酒摊收掉了,小地摊清理了……

为了防止反弹,白天黑夜,都有城管值守,若有摊贩稍有侥幸心理,立马消灭于萌芽状态。这样持续了十天半月,摊贩们知道这一次城管是铁了心的,不是吓唬人,不是走形式,随后他们彻底死了心,另谋出路去了。那些生活在罗玉小区的人和来到罗玉小区的人,看着空荡荡的街道,怀疑自己是不是走错了地方,那种虚无和茫然,让他们惆怅,他们需要的廉价物品,他们需要的举杯消愁,他们需要的一日三餐,他们需要的慰藉放纵,都统统消失了……

这世间,再也没有罗玉小区的夜市了。所有的喧哗与热闹,所有的嬉笑怒骂与人潮人海，所有的灯光照亮的面庞，所有的手指接过的零钞，所有的月色淹没的午夜游荡，全都成了旧事。它们只存在于一些人的记忆里，只存在于这些文字里。

于是，我们的城市显得很文明。

我租的房在三楼。

我在三楼住了一年，从没去过楼上。听说住楼房，要把自己装得像个城里人，要冷漠，要伪装，要事不关己高高挂起。这和住城中村，完全不一样。在城中村的大杂院，人们的生活是敞开暴露的，人和人之间有着千丝万缕的瓜葛。住进三楼以后，我凭借着道听途说的城市经验，把自己裹起来，如同套中人，上下楼，不会跟人点头招呼，一进屋，哐当一声把门紧锁。有人敲门，先不开，猫眼看人，确定是谁后才拧动门锁。

我住了许多日子，我只认识一楼老太太。我认识她是因为有一次母亲从乡下进城，没拿钥匙，我又上班，门打不开，母亲在一楼跟老太太闲聊，聊着聊着，就进了老太太的屋子，喝了人家的水，说了一上午话。母亲那一辈人，和我们完全不一样，跟人交往，不设防线，也不猜忌，没搭几句话，就互相熟络了。我常说我母亲跟啥人都是见面熟。不像我们，把自己缩进坚硬生冷的壳里，用怀疑冷漠的眼神看待别人。

一楼的老太太，估计七十来岁吧，有个老伴，腿脚不便，经常坐在门口的马扎上，也不说话，看着外面。他的背后，是一盆高高的仙人掌，栽在橘色陶盆里，白硬的刺，尖锐，密实，开过的红花，软嗒嗒挂着。老太太坐在楼道中间，一头白发，剪短了，像顶着薄霜，有点男人相，好在耳垂上的黄铜耳环还标识着她的女性身份。老太太是个热闹人，见人就打招呼，问东问西。许是她住的久了，跟这里的人大多相识。老太太左手夹一根烟，搭在嘴上，深深一吸，咽进肚子，隔两三秒，悠悠地，从鼻孔里吐出两缕白烟。烟灰积多了，用大拇指掸掸烟嘴，烟灰落了下去。老太太吸烟，动作很熟练，想必是老烟民了。我问，你一天吸几包啊？两天一包，消磨时间嘛，你们有事干，时间快，我们等死的人，时间慢。

早上，我去上班，老太太已坐在楼道里抽烟，门敞开着，能听见老伴冲马桶的哗啦声。她问我，去上班啊？我应一声。到了周五下午下班，我匆匆回来，收拾东西，准备赶去宁远的班车。老太太在门前院子把一沓纸箱踩扁，往整齐堆放，她还指望用这点纸板换几块零用钱呢。她问我，这周媳妇不来啊？我嗯嗯着应着，一路小跑。她好像还说，现在的娃娃，真是辛苦。她可能是说我和媳妇两地分居的事吧。她是怎么知道我的事呢？可能是我母亲找她去串门子时，唠叨起的。

二楼住着什么人，我一点没印象。但我楼下的一户人家，虽未见过，可我是知道的。

我结婚后，住宁远那边，父母住这边。过了几天，父母也去宁远那边。去之前，停水，母亲到厨房用水，没水，水龙头拧开，忘了关，也或者是最后分不清水龙头手柄朝哪边是开和关。她和父亲一到宁远，当天下午，水来了，水来了事小，关键把楼下淹了。楼下的住户联系不到我，打电话给房主，房主赶来，关了水龙头，我妹妹过去，把屋里的积水清理了。当时楼下住户打电话给我，态度很差，我觉得新婚不久，很是败兴，和他怼了一番，脾气也很暴躁。最后，那人让我赔他，我问他怎么赔，他说你把墙粉刷了，我说开什么玩笑那根本不可能。最后商量了一下，我给他一千五百元，他自己粉刷，但要再给他五百元，因为房子滴水，不能住，要去外面宾馆，房费得我掏。我懒得再跟他费口舌，嫌麻烦，便答应了，至于他的房子究竟淹得怎样，我没去看过，也不知有没有他叫嚣的那般严重。

这事，父亲责怪了母亲好长时间，他觉得是母亲白白把两千元丢了，两千元啊，不容易。母亲也委屈，她是吃了半辈子泉水、窖水的人,偶尔分不清自来水开关方向,也很正常,况且那些年她一直头疼、失眠,记性越来越不好了。

后来,我上三楼,每到二楼,总是躲着,怕遇见那一家人又生麻烦,好在他们家大多时候灯是黑的,也不知人去了哪里。有一次,我从窗户瞟了一眼,屋里灯亮着,看屋顶,是有水迹的模糊痕迹,但不严重,看来他们没有再粉刷房子,就这么一直住着。我那两千元,似有被讹的成分。

三楼最西边一户,平日住一老太太,年龄大了,病歪歪的,塌着腰身,开了门,把一个蜂窝煤炉提出来,用旧塑料和报纸作引火,再添上木柴,满楼道滚着白乎乎的烟。老太太搬一把凳子,坐在煤炉前,用一块硬纸板扇风,也用干瘪的嘴吹,牙齿落光了,漏风,只听见噗噗声,不见火焰升高。生好火,老太太往上面坐好砂锅,熬药。砂锅有些年头了,糊着乌黑的烟垢,厚厚一层。锅里的药,先用大火烧开,冒泡翻滚,再用文火慢熬半个钟头。老太太坐在煤炉前,打着盹,硬纸板落在脚前。砂锅里的药汁渐渐变成黑色,成汤成汁,吐着细密气泡,浓烈的药味在楼道里飘着,飘进了屋子,满屋都是一股药味。

我见老太太时,她都坐在楼道熬药,却日渐消瘦下去了。

后来,有好长时间,她再没有出现,我也没有想起过她,只见她的铁门紧锁,门口的破铁盆里落着一堆冥票烧过的纸灰,黑蝴蝶一样,带着消亡的气息,沾着蜡烛的泪痕。想必老太太过世了。老太太是什么时候过世的,我毫不知晓,细细想来,许是在某个午夜,我好像隐约听见了鞭炮声,听到了吵嚷声,听到了哭泣声,可那时睡意正浓,没有多想。

或许,那一天夜里,老太太过世了。可老太太究竟是哪一天过世的,我实在想不起了,即便想起,又能如何,一个人的生死,都是匆忙而渺小的,除了亲人,对别人毫无意义。我的这栋楼前,有一块很大的活动场地,小区有人过世,灵堂都设在那里。隔三岔五，场子上就会撑起灵堂，蓝色帐篷外，支着几杆花圈，写着千古字样。帐篷里，摆满桌椅，烧纸的人来来往往，或喝酒抽烟，或打麻将，或说着家事。人们毫无痛苦之状，喧哗声如同蜂群在飞，嗡嗡作响，嬉笑声不时扑轰一声，溢满帐篷。人们好像是来聚会的，是为一个人的离世而表示庆祝的，也或是用欢喜来陪亡人把这世间的穷途末路彻底走断的。

罗玉小区，有很多留守老人。他们住着旧楼房，子女不在身边，有的老两口相依为命，有的一个人独守孤寂。罗玉小区流浪狗多，基本是这些老人养来打发时间、寻求安慰的，人一死，狗也就走上街头流浪了，也有的狗生了一窝崽，老人们养不过来，统统丢弃了。

数九寒天，大暑小暑，这些节气，老人们扛不住冷热，过世者接二连三，场子上少有空闲时间。三楼的老太太就是其中的一位。在这偌大的罗玉小区，数十栋楼里，还有多少这样的老人，在楼道里熬着续命的药，熬着熬着，就再也不见了。他们的旧煤炉、旧砂锅，还丢在门口，落满灰尘，再也无人过问了。他们默默死去，就像这人间不曾来过一般，没有留下任何痕迹。他们坐在楼道的身影，风一吹，就化了，而他们，或许只是我的幻觉罢了。

这世间，人老了，便要承接铺天盖地的孤寂，直到死了，接着承接铺天盖地的黑暗。

至于三楼以上的事，我就不知道了。

我住的房子，大铁门，不防盗，刷着红漆，剥落了，像一个人冬天皲裂的手背。

结婚那年夏天，妹妹来游转，晚上没有回去，跟母亲睡小卧室，我和妻子睡大卧室。我翻了会儿书，捣鼓了会儿手机，睡觉时，已快凌晨一点。睡前，给手机充好电，放于床头柜上。半夜醒来一次，也没发觉异常。早上醒来，一摸手机，要看时间，发现手机不在了。问母亲说不知道，打电话已关机，我才意识到被盗了。

我的新手机，好几千元，一直没舍得用，接打电话用的旧手机，只在上网时用用，没想到，成了贼的礼物。

我查看窗户，窗户都划着，纱窗虽有破烂，但有防盗钢条，进不来，唯一能进来的就是门了，门是老式门，没有反锁，有点手脚的人，从外面一拨拉，就开了。我还跟妻子说，这小区虽然小区是敞开的，人也杂乱，但贼少。妻子问原因，我说公安局在跟前，能镇住。没想到，贼还真在眼皮底下把事干了。

我们四个人，细细回想了晚上的情况，大家都没听见响动，也未发觉异常，更不知贼何时进屋行窃的，真是细思极恐。上午，我去派出所报了案，做了笔录，我知道是找不回的，也没指望，只求个心安罢了。那段时间，也是郁闷，在宁远那边，一个早上，也是毛贼趁母亲出门办事，翻进院子，溜入屋子，偷走了妻子的几件首饰。我一算，两次被盗，损失两万元，只能仰天长叹了。我还听一朋友说，她刚结婚不久，家里就被盗。贼爱盯着刚结婚的家庭，一来家里定有金银首饰和现金，二来婚后年轻人防范意识不强。后来那贼被抓住，来她家指认现场，一问偷走的东西呢，全部卖掉，钱也花完了，最恐怖的是，那贼有艾滋病，她突然想起家里前些日子确实有血迹，莫不是……很长时间，她都被吓得心神不安。

我在楼上住了一年，能记得的事，也就这些了。

翻年三月，即 2016 年春天，房子租期到了，我不打算再续租，合同到期前一天，我把房子彻底搬空，清扫了一遍。除了比我住进来之前干净整齐了很多之外，房子再一次回到了当初空荡荡的样子。黑皮沙发，雕漆老桌凳，木床，衣柜，一直坏着的热水器，老掉牙的油烟机，一切都是我刚进来时的样子。这一年，我在这里整整度过了三百六十五天，可面对这一切，我好像不曾住过一样，时间在这里似乎没有留下任何证据。

而这房子，于我，也仅是一年的落脚之所和寄居之地，于房主，也只是赚钱工具和一万多元。我走了，还会有下一个人住进来，他会过什么样的生活，我不得而知，我只知道，他和我一样，依旧背负着漂泊者的身份，他只是房主眼里的一笔收入。他的后面还会有下一个入住者，如此延续下去。

房主来看房了，在屋里转来转去，最后拉开衣柜门扇，说上次水淹了房子，把衣柜扇子泡翘了，得赔偿。我知道他是不想给我押金了。我说你那门扇进来之前，就那副模样，如果你要我赔，那我安上的灯泡，修好的柜子，打扫过的卫生，你是不是也要赔我。他拖着一副娘炮腔调，找着各种借口。我也狠起来，谁怕谁。我向来与人为善，不爱惹事，可也不怕事。我平时对他很尊重，有次还将朋友送的茶叶转送给他。我想人都是有感情的，讲道理的，我们虽是租住关系，可也是缘分，好聚好散。但最后我才发现我错了，他不讲感情，只认钱。

一番争吵后，我没有给他多付一分，他也没有多拿走我一分。看着他那油腻的中分，灰白的脸，和落满头皮屑的黑西装，以及装模作样的公文包，真让人反感。

我离开了罗玉小区，我对那套房子有很深的感情，毕竟它曾接纳了我一年的光景，也见证了我人生重要且幸福的时刻，曾让我一度有了家的感觉，哪怕是错觉，也让人心里踏实。

回到南城根

我是在一个醉酒之夜来到南城根的。

我像一个逃兵，趁着夜色，潜伏进南城根之前，五两、七两，或者近一斤白酒，让一个日渐陷入中年困境的男人，两眼迷糊，双腿发软，大脑昏沉，摇摇摆摆进入合作巷。合作巷，摆台球案的老头不见了，他的瓜皮帽，我依然记着，它破旧、灰暗，本是一顶八牙黑皮帽，风吹日晒，变了模样，即便丢掉，也无人捡拾了。他或许住进了廉租房,好多前年,我还混迹于南城根时,隐约听他说正申请廉租房。巷道口的沙枣花,许是开过了。它只是一株树,挤在楼群间,一副被压迫的委屈样子。暮春,也或是初夏,它曾开过一树繁花,花如米粒大小,喇叭状。它可真香啊,整条巷道都被它晕染得香喷喷的。

合作巷,还有什么?还有那家麻辣烫,早已倒闭。还有东侧,长长的巷道,巷道里的少年,带着姑娘,坐在蔷薇花下,抽着烟。那时他们年少,穿两件天蓝色的校服。而今,想必已混迹江湖了吧。他们不会再坐于花下。

长长的巷道里,还下过长长的雨,我在雨夜里独自走过。

合作巷尽头,是台阶,台阶从中间分开,安了扶手。

我脚下打着绊子,撑着扶手,伸直腰杆,下了台阶。还好,一个人尚且知道在午夜保持一副道貌岸然的样子。否则,当他曾经落荒而去,多年后,又落荒而来,这真是一件让人扫兴的事。

南城根的巷道亮堂了许多啊。亮堂了许多啊。以前,这巷道,黑灯瞎火,走路除了凭直觉之外,便是借着远处漏下来的点滴灯光,走得深深浅浅。我曾在黑灯瞎火里回过很多次南城根,像一滴雨,在午夜,回到了池塘。而此刻,南城根,除了路灯绷着发炎的眼睛,一切都睡了。我不再是一滴雨,我只是桌上的一摊酒,被生活的破抹布顺手揩去了。

南城根的路,铺了砖块,倒是平整了很多。之前,一直是水泥硬化,有些地方破损了,一脚踩下去,噗嗤一声,泥水顺着缝隙喷出,会溅一裤子,败了那些脂粉浓艳的姑娘的兴致。她们摸出卫生纸,翘着硕圆屁股,擦掉污泥,顺手甩掉卫生纸,出了巷道。现在不会了,姑娘们完全可以挺胸翘臀走出巷道,春风得意。

两侧的铺子,早已打烊。拉闸门,把一切隔绝。那间曾闲置过许久,被人租去,开了榨油房,随后,又被人租去,装修一番,住进了一对男女,门口铁栅栏里拴着两只狗。如今男女不见了,狗也不见了，成了酒吧。隔壁那间永远开不住的铺面，巷子里的人都说风水不好，卖过关东煮、大饼、夫妻用品、蔬菜、小超市杂货、胸罩袜子内衣，等等，我已经记不清了，但都超不过三个月，真是奇怪。那家药店也换了主人。以前，我常在她那里取药。药很管用，每次感冒，给我开三顿，每顿我分一半吃，吃三四次，就好了。有一次落枕，脖子疼痛难忍，去她那儿，竟也有口服药。我常向朋友推荐她的药店，有朋友开玩笑说，她开的药量大，一顿能把人吃晕过去。我想，我吃一半，看来剂量刚好。有次去取药，她妹妹也在，跟她学艺。她说要搬地方，到城边去，在那儿买了经济适用房，打算在小区门口开个店，方便些。如今，也不知她的店开了没，我怕是再也找不到了。这城市，有时很小，有时，却很大。

巷道里，出租碟片的，卖大饼的，麻将馆，小超市，缝衣店，我醉眼蒙眬，没有看清，想必也不见了。有些房子还在，有些拆掉了。至于新开的店，我都不熟，跟我也没有关系。

电视台，也搬走了。它在南城根好多年。我曾在电视台工作过四年。当时，我刚从学校毕业，二十岁，嫩生生的，憨兮兮的，无所畏惧，也卑微胆怯。在那里，我干记者。报选题，拍镜头，采访同期声，回来写稿件，最后剪辑成完整的片子，再提交。挨过批评，受过表扬，犯过错，惹过事，热闹过，苦闷过。很辛苦，常常加班，逢年过节，干通宵，怕是最辛苦的单位和最辛苦的工作了。大家常说，干新闻，就是个电视民工，脑力加体力，甚至还不如民工。一年三百六十五天，除了年三十播春晚没新闻，其余三百六十四天，天天有，驴拉磨似的，一圈又一圈，一天接一天，没个消停，也没有尽头。好在那时年轻，无牵无挂，也满怀新闻理想，所有的辛苦睡一觉，也便一扫而光了。有时，一个人去采访，单枪匹马。大多时候两个人搭档，一男一女。老话说，男女搭配，干活不累，也有道理。大家开玩笑：在电视台，女人当男人用，男人当牲口用，上辈子没干好事，这辈子才干电视。

跟我一起进电视台的那拨人，都是1985年左右出生，年龄相仿，大家打打闹闹，吃喝玩乐，无忧无虑，关系也很好。如今，他们早已膝下有子，背着家庭的壳，小小翼翼过着日子，早已没有了年轻时横冲直闯、在所不惜的勇气了。

在电视台四年，是我最好的年龄。那是一个人把青春的花朵开到荼蘼的日子，是一个人揣着千把元工资看见蓝天就想插根鸡毛飞起来的日子，是一个人睡在拳头大小的出租屋仍然觉得未来可期的日子，是一个人一打啤酒半袋瓜子就感觉幸福到炸裂的日子，是一个人尚且心怀天下肩扛道义觉得全世界记者最牛逼的日子。可惜，这样的日子，很快就没有了。后来，我离开了电视台，这所剩无几的青春，一刹那间，戛然而止了。

如今，电视台也搬了。新址我没过去，听说装修得很漂亮。我总是对离开的地方充满恐惧，也不知为什么，我害怕面对那些熟悉的人，他们依然留守在那里，而我，已随波逐流，远离他们。电视台搬之前，那块地皮，已提前卖给了开发商，他们迫不及待地催促着尽快搬掉，看着疯长的房价他们就连睡觉也都笑肿了嘴。

我常想起电视台办公楼前的那棵柳树。刚上班时，它有三层楼高。春天，它先是鹅黄，然后一下子就绿了，也没个过渡。柳絮飘进办公室时，春天也就到头了。我离开电视台时，它已有七层楼一般高了。我曾感慨，一棵树，用高度记录着时间，而我呢？用什么记录这月光流年。现在，也不知那棵柳树还在不在了。此刻，在黑夜里，我看不清一棵树，就如同，在黑夜里，我看不清一个人的过往。

南城根，我曾熟悉的都一一消失了。

只是在晃荡的夜色里，它们被一个曾经的寄居者想起。它们都消失了，南城根显得很空，一个人的记忆开始无处落脚，悬在头顶。这一切，都让人在酒后显得伤感。

我钻进更深的巷道，右拐，左折，再右拐，巷道尽头，最后一家，便是我住过好多年的77号院。我熟悉这巷道里的每一道门，每一扇窗，我甚至熟悉这巷道里的每一声呼噜。即便闭了眼睛，凭感觉，右拐，左折，再右拐，走到巷道尽头，也能回到77号院。

院门还是开着。多少年了，南城根的人们都会在夜深之后，紧锁大门，即便不锁，也会虚掩起来，做个样子。但77号院，从来没有锁过。我住的时候没有，现在也没有。它敞开着，像迎接一个漂泊归来的浪子。当我走进那个院子的时候，它或许一时没有认出我，我已离开五年了啊。五年了啊。五年之后，它没有将我拒之门外。

但我再也回不到南城根77号院二楼南边那间房子了。

我站在院子，像一个夜游者，或者像一滴进不了池塘的水。院子漆黑，如一口井，只有头顶的天空，被霓虹映着，如火燎过的颜色，暗红，干硬，带着苦涩味道。满院的人都睡了。老贾想必也睡了吧。他现在该是七十好几的人了，我以前在藉河边见过他几次，他还是手里提个化肥袋，装着捡来的硬纸板、饮料瓶，然后提回院子，装进一个大尼龙袋，等攒够两袋，架在手推车上，绑好，到收破烂的地方去卖。半年下来，也能卖个两三千元。他还管理着电视台院子的大花园，锄草，浇水，修剪花木，也种点蔬菜，每月领份薄酬。77号院是旱厕，隔三岔五，老贾会把粪从池中掏出，挑到花园浇地。第二天，上班的俊男靓女们总是皱着鼻子，用手不停扑扇，叫着好臭好臭，小跑进了办公楼，到下午下班，他们又钻进花园，拔几棵菜回家，倒不嫌臭了，还说是原生态。因为倒粪的原因，领导还数落过老贾，老贾倒不在乎，照旧倒，只是把时间改到晚上，一夜风吹，第二天，臭味会淡些。每年，园子的花草和蔬菜，长得很旺盛，很旺盛。

大门对面的两间瓦房，现在不知住了什么人。他们已在梦中，他们深陷梦中，在城市的最低处，做最泥泞的梦。他们不知道一个曾经的寄居者回到了院子，正看着那间住过一年多的瓦房。被烟熏火燎过的瓦房，有一张大床的瓦房，我那些狐朋狗友都睡过的瓦房，它此刻装着另一个人的日子。

西边的两层楼。我在时，一楼边上住着一个高中生，高三时，谈了对象，时常带回来，一起做饭、睡觉、写作业。后来，考了个医学类三本走了。老贾儿媳妇的侄女住了进去，再后来，这侄女结婚，也搬离了。现在不知住着什么人。

中间一间，住过很多人，来来往往，我也没有记清。另一边一间，是一家三口。男人在澡堂烧水，有时打零工。个不高，敦实老实。天热，身上总挂个破旧的迷彩背心。女人在巷道口摆着小摊，卖饮料和纸烟，挣点零钱。儿子不大听话，中途辍学，去当兵了。他们一家人在这院子住了很多很多年，差不多快二十年了吧。我想着他们还会长久地住下去时，那女人告诉我，他们申请了廉租房，给人家塞了几条烟，排上号了。即便后来好几年一直都处在排号中，但他们总是要离开的，他们一直想有个属于自己的房子，在这里住多久，毕竟都是人家的房子，毕竟和我一样都是寄居者。此刻，当我站在院子，想起这一家人时，我不知道在我离开后的这些年，他们过得怎么样，因为巷道口城管不让摆摊了。我也不知道那扇紧闭的红漆剥落的门里，那塞满了床衣柜桌子板凳衣裳饮料纸烟箱电视机锅碗瓢盆等等杂七杂八的房子里，是不是还挤着他们一家人。我还会想起房子里那个名叫笨花的女人，矮矮的个子，朴素的衣衫，粗笨的双手，给我缝补过的裤子，端上来的一碗浆水，和她大大咧咧的性子以及高嗓门。老贾总是坐在他黑漆漆的屋子，抽着水烟，喊，笨花，今天咋回来这么早……笨花，我烧了一壶水来提……笨花在衣襟上揩着面手，笑骂道，狗日哈的城管，干脆不要摆，说这两天有大领导检查，啥他妈的大领导，真是当官的放个屁，穷人几天饿肚子。边骂边提着水壶出来提水。老贾嘿嘿笑着，也骂道，当官的，没几个好屄。他吐一口烟，青烟升起，裹住了他满是皱褶的脸。

二楼，较大的一间，住着老贾儿子一家。两口子也是摆摊的，只是在学校边，靠着学生，能好卖点。一大早，女人推着带轮的铁皮柜出巷道，穿马路，过桥，到了学校门口。男人十点多起来，扯着拖鞋，洗刷完毕，给花浇浇水，给狗梳梳毛，坐在台阶上，抽两根烟，喝一杯茶，慢腾腾去换班了。女人回来做饭，男人守摊。每天如此，刮风下雨，也没个停歇。除了不多的房租，这是他们主要的经济来源。男人和我说话很少，我感觉他是看不起我们这些房客的。他是老天水人，自小有一种优越感，即便日子过得窘迫，那根傲骨还是直愣愣从衣衫里戳出来，尾巴一般，亮给旁人看。女人倒很好，我们常说些家长里短的事。有时下雨，她会帮我收被子，有时送我一把韭菜，或端给我一碗饺子。他们生了两个女儿，年龄相差十来岁。我住那会儿，大女儿上完高中，考上大学，去念书了，小的一个，刚上幼儿园，脸圆而胖，皮肤微黄，橡皮娃娃一般。她很小时常来我房子，我给她零食吃，逗她玩。后来长大了些，就不来了。我离开时，她已经上小学一年级了，扎着两个毛刷，穿一身宽袍大袖的校服，缺了几分可爱。

他们屋子隔壁，住着我。起初，我住在院子瓦房里，后来，搬上二楼，一直住到离开，住了六七年。那间屋子，靠窗支着一张旧课桌，摆着电磁炉、锅碗瓢盆、油盐酱醋等。做饭时，打开窗，油烟能散出去。门后是很旧的洗脸盆架，锈迹斑斑，站不稳当，靠墙撑着。一边是两只老式红绒沙发，很结实。绒布爱吸土，隔段时间得把坐垫掏出来，提根棍子站楼道里敲打，直敲得尘土飞扬。沙发是笨花家的，他们房子小，说是暂放我这，一放，就放了好多年（也不知他们后来有没住进廉租房，如果住进去了，那对沙发想必是会带走的，那可是他们从老家带来的最体面的物件）。另一边，是张写字台，我从旧货市场买的，带一把椅子。靠里面，支一张单人床。床头，立着一个原先就有的旧衣柜，柜门被床挡着，开不展。衣柜边，我贴了张明星画，斜着贴的，忘了是哪个，贴上去后，再也没动过，落满灰尘。靠床的墙上，我贴了带四叶草图案的绿墙纸。破了，用胶带一粘。又破了，再用胶带一粘。最后，半面墙，多是胶带。

房子很小，六七个平方米。每天下班，推开窗户，在油烟升腾里做一锅饭，盛到大铁盆里，端到老贾屋子，吃着饭，边看电视，边跟老贾闲聊。晚上，坐在床上，抱着电脑写东西。夏天，太热，窗户和门都是敞开的，即便如此，也酷热难耐，只好不停吹电风扇。冬天，又冷，一早起来，脸盆里的剩水结了冰。厕所在院子一角，半夜起来，披着衣服，瑟瑟缩缩去上厕所。冻了一遭，睡意全无。蜷缩在被子里，浑身冰凉，牙齿打颤，听着不远处锅炉房彻夜的吼叫声，可跟我没有关系。那时，每逢冬天，同事们很关心何时供暖，而我没有暖气，我和城中村的所有人一样，都是城市的局外人，供暖早晚和我们无关。有时，也来三五写诗的朋友，聚一起，我炒个菜，大家吹着牛逼，把二斤廉价的酒灌进肚子，面红耳赤，头昏眼花，读几首诗，觉得全世界他妈的只有我们写的才是诗，其余都是狗屁。

此刻，我已想不清那些明亮又昏暗、酷热又严寒的日子，被我是如何一天天消磨掉的。最终，我们都会陷入生活的圈套，被现实摁住，在沙子地上不停摩擦，只剩一根疼痛的骨头，挂在屋檐下，跟半截干辣椒一样，等着丢进日子的油锅，被炸得焦黑不堪。

在这间屋子，我一住多年，我离开电视台去乡下当老师时，也一直没退。房租一开始二百，后来涨了，一直三百。大多时候，攒三四个月，交一次房租。

后来，我要结婚了，我不能再住南城根了。虽然也有人曾在逼窄的出租屋结了婚，生了娃，但我还是想着体面一些，想着不要太寒酸，想着人家姑娘这一辈子就跟定我了，谈恋爱时挤挤这出租屋还可以，结婚还挤就对不住人家了。我开始忙着收拾罗玉小区的房子，杂事太多，南城根我便再也没有过去，屋子里的东西，父母一点点搬了下来。

我不知道我走了以后，那间房子都被什么人住过，就像我不知道此刻那张单人床上躺着一个什么样的人。如果我上去，推开那扇门，看见床上还躺着那个曾经二十多岁的我。他的头顶是堆起来的书，书折在某一页；四叶草如同青春，蓬勃而杂芜，把一个人的梦境染绿；一篇尚未写完的文章里，主人公飞在半空，像一尾鱼，借着风流浪。我该去叫醒他，说我来看你了，还是帮他把被角拉拉，盖住胳膊，然后离开。我不知道该怎么做。我们之间隔着一条时间的河流，它裹挟而来，滚滚而去，难以返回。

有些东西被带走了，有些东西，一直留在那里，比如那张桌子，那张贴画，那些时光，那段爱情，那明晃晃的青春，那午夜加班回来的背影，那吹牛不怕被风闪断舌头的狂躁，那端着一碗面条满院子找人说话的黄昏，那大雨把梦境淹成大海的午夜……

我站在院里，像一个夜游者，或者像一滴进不了池塘的水。

我知道这里再也没有我的落脚之地了，即便多年以后我还是能轻车熟路地来到这里，即便我的骨子里已经长满了城中村的荒草，我可还是离开了。有些地方，离开了，就再也回不去了。院子依然安静，模糊一片，不规则的天空，像一张嘴，要把这城中村吞咽掉。吞掉是迟早的事。

我在院子站了很短的时间，便出来了。我怕午夜起来的人看到院子站着一个人，还以为是贼；我怕老贾醒来看见我的影子误以为是鬼；我怕七八年前的自己从楼上下来拉起我的手，泪流满面；我怕旧时光的河流突然决堤，把一个人仅存的记忆全部冲走，一无所剩；我怕我在醉意的怂恿之下走到二楼推开早已不属于我的屋子；我怕那条名叫豆豆的老狗在死了几年以后也突然从门里进来，和我面面相觑……

我从院子走了出来，右拐，直行，左拐，就到了主巷道。灯火依旧。没有人知道一个曾经长久的寄居者回到了这里，又离开了这里。就如同没有人知道我曾在南城根的日日夜夜。人们只在自己苦涩的日子艰辛游走，人们无暇顾及另一个人的何去何从。

我只是顺道，想起了我的旧时光。我只是顺道，看了看那死去的年华。我空有一腔伤感，进了南城根，没人知道我是谁，出了南城根，我也忘了我是谁。

我是在另一个冬至的正午，回到另一个南城根的。

南城根，分为南城根一队、南城根二队，相当于一个村的两个大队。很早之前，是被菜地联到一块的，后来，被马路和高楼切割开，两者之间，也就没多大联系了。有电视台的那边，是南二队。有藕滨市场的这边，是南一队。我这么说，或许会清楚一点。所以准确点，我是回到了南一队。

我忘了我为什么要去南城根。或许我就是想去看看吧。阳光盛大，寒意袭人，巷道灰旧。正午，行人如尘，起起伏伏，各自飘去。我走进那条巷道。巷道口，之前有很多小摊，补鞋的，修自行车的，卖水果的，卖蔬菜的，卖凉粉面皮的，夏天还有卖面鱼的，坐下来，醋的，浆水的，各来一碗。红油辣子绿韭菜，白鱼儿、黄鱼儿，游在清汤里。人间至味，莫过于此吧。后来，补鞋的不见了，修自行车的不见了，卖蔬菜的不来了，卖面鱼的也不来了。巷道口，空荡荡。也不知他们去了何处谋生。

我去的时候，只有一个水果摊，枯黄的女人，坐在摊子后面，和她的水果一起，落满尘埃。她身后围着撕了一边的大纸箱，用来抵御风寒。她坐于其中，袖着手，两腿中间，摆着小火炉。风从南边吹来，风，也从北边吹来。风把她的温暖捎带而去。她像被世界遗弃的菩萨，遭受人间的冷落和苦难。

进巷道，左手，是藕滨市场。人们不知道南一队，不知道合作巷，但都知道藕滨市场。这市场，许是有些年头了。一个很大的顶棚，用钢管撑着，下面是水泥墩子砌成的台案，一排又一排。案上摆蔬菜，案下破纸鞋盒里装钱。案前的地上，扔满了烂野菜，被来往的人踩踏成泥，一下雨，更是不堪。后来，那巨大的顶棚被风吹塌过一角，耷拉着，看着心悬兮兮的。修补一番后，似乎又安然无恙了。2008年地震，很多人为避震，把被褥抱出来，铺在水泥案上，当床。想必大顶棚是安全的，水泥案板，也比地上强，起码不潮。我好像睡过一晚上。我们抱着被子从巷道出来时，所有水泥案被抢占一空，有些举家而来，老小五六人，坐在上面。我们无处可去，只好在一角垫了纸板，铺上被褥，勉强过了一夜。毕竟是春末夏初，不算很冷，但整夜都是人们嗡嗡的说话声和小孩的哭闹声，加之余震不断，也没有睡踏实。

后来，这市场被改造了一番。除去一半被开发商占用外，剩余的，用活动板房搭了棚子，挂了社区菜店的名。自此，它便不再是曾经的藕滨市场了。

右手边，是一排用烂木板搭起的房子。也不是什么好板，就是五合板，胡乱拼一起，上面盖了整块的石棉瓦。有些房子住人，有些开小卖铺，有些卖面条，有些也不知干啥，挂着锁。我在这边住的时候，常去买面条，机器面，老两口卖，量足，煮着也容易熟，不像超市的，一来怎么煮都是硬梆梆的，二来放三五天都不发酸。

房子后面，是大块菜地。种西红柿、黄瓜，种韭菜、芹菜，种玉米和油菜，也种三月春雨和腊月白雪。而此前，大多是种麦子的。六月一来，小南风一吹，麦浪滚滚，嗨，像南城根的裙裾，飘荡着。住南城根的人，除了房租，有些人家还可以把菜挑到街上换个零钱，添补家用。我住南城根时，闲来无事，就去菜地溜达。走在地埂上，看茄子紫、辣椒青，萝卜露出了白腻的腰身，香菜衣襟上绣着黄蝴蝶。真是满眼清明，满心欢喜。

后来，也不知是哪一年，和藕滨市场一样，这些随便搭起的房子以及后面成片的菜地，都被征收，拆掉，用来开发楼盘了。如今，高楼耸立，一派奢华样子，把曾经的旧时光深深埋掉了。似乎没有人知道这里曾长满蔬菜，这里曾烟火升腾，这里曾住过一个青年。城市已不需要菜地和出租屋，城市只需要高楼、车辆和钞票、欲望。

过藉滨市场，再进巷道，就很深了。一条主巷道，延伸出很多小巷道，像一根根藤和它的叶蔓。巷道两侧，盖满了两层民房，拥拥挤挤。二楼楼顶搭着活动板房，大多租出去住人。天蓝色的活动板房，冬冷夏热，住着乡下来打工的人，带孩子上学的人，做小生意的人，无所事事的人，偷鸡摸狗的人。他们睡在大风能刮跑的屋里，做着天蓝色的梦。屋外，铁丝上挂着楼下的裤衩、衣衫、被套、丝袜。楼下房东一家，开着电视，空调呼呼吹着，他们谈论着拆迁补偿的事，骂着政府，义愤填膺，振振有词。别的屋子，单身少年，在微信上撩着姑娘；夜店回来的女人，一层又一层卸着浓妆；乡下进城长期看病的老两口，把一张张缴费单捋展压在床下；加班回来的年轻公务员，把油腻的脑袋塞进一盒热气腾腾的泡面里；卖关东煮的两口子，因为女人少收十元钱，男人骂骂咧咧，最后动了手；带着孩子的离异女人，给一锅烩菜放多了盐正往里面加水，这咸，就像她的日子，难以下咽，难以想象往后该怎么办……满院的鸡毛蒜皮，满院的烟火纵横，满院的光阴浩荡。

2007年，夏天，师范毕业后，我跟同学在石马坪的出租屋住了半年。我们六七个人，住一间房，没有床，地上摆了上学时用的棕垫，铺了被褥，横七竖八。学校一毕业，大家犹如豢养久了又猛然脱缰的野兽，三分自由，七分无措。于是，有人成天上网吧，有人满城乱逛，有人在酒店当服务员，有人去了外地打工，有人回了县城老家。我们住到秋天，房租攒了近千元，我们怕房东收房租，不敢再去住，毕竟手头的几个钱，刚够果腹。去住的，都是我那些同学的狐朋狗友，他们通宵上网，白天大睡。他们去出租屋，脱掉鞋子，随便找个被洞钻进去。有次我回去，看到一张张睡死的油腻的脸，有些认识，有些陌生，且占着我的床铺，叫也叫不醒。满屋子充斥着脚臭味，熏眼睛，辣鼻子。实在住不下去了。

我来到南城根，钻进那长长的巷道，挨着门一家家打问，最后在巷道中间找了一间房子，估计只有五六平方米，房子狭长，摆一张床板，床两边，挨着墙。床前两步，即到门口。一天晚上，我偷偷溜进石马坪出租屋，取了床单和衣服，匆匆离开。回来后，铺在床板上，算是有了落脚之处，也不用担心鸠占鹊巢无处睡觉了，更不用闻那让人头昏脑涨的味道了。过了两三个月，我联络到那些已四散各处寄生的同学，凑了房租，交给房东，把里面的被褥等带了出来。

在南城根这间屋子，我住了不到一年，其间，买了电磁炉、锅碗勺筷，在窗前墙角下，支了几片砖头，架上破木箱，摆上案板，开始了我做饭的日子。一为省钱，其实没钱，二为吃饱。那时手笨，大多是浆水面和醋拌汤。面条浆水买来，浆水锅里一炝，倒出，锅里烧开水，水开，下面，面熟，捞碗里，舀上浆水，撒上盐，便可动筷。烧醋拌汤，更省事，水烧开，面粉用凉水拌成疙瘩，倒进水，煮熟，调醋，撒葱花，就行了。住进那房子时，天正热，整个屋里像蒸笼，能将人蒸熟。屋子在楼梯口，门前有人来来往往，不敢开窗，只好忍着，睡一觉，热醒，一抹，浑身大汗。

秋天，我约来几个同学，有男有女。他们来时，买了鱼和菜，准备在我屋子做饭。大家一来，久不见面，说说笑笑，甚是开心。一男同学做鱼，我帮厨。屋子小，加之做饭又热，大家在楼道站着，偶尔有人说个段子，引得一片笑声。房东坐一楼廊檐下，裸着上身，听我们说笑，脸上不悦。鱼熟后，我们围一堆，刚准备下筷，房东唠唠叨叨开骂，嫌我们太吵。他一骂，真是扫兴至极，我想出去跟他理论，被同学拉住。大家闷声吃了几口，不欢而散。

当天晚上，我开始在巷道里又找房了。趁着夜色，在另一条小巷道找了间房。房子较大，除了床，有个转身的空间，但门口靠着墙，光线不行，总是阴沉沉的。第二天，我退了那边的房，搬了过来。

搬过来后，才发现本是一间大房，中间用木板隔开，一分为二。那边住着房东女儿，上高中。木板不隔音，大到咳嗽说话打喷嚏，轻到走路脱衣翻个身，声声入耳。刚开始住，也倒没在意，住了一段时间，才发现这声音像水雾一般，已把人全部打湿，包裹起来，好似房东女儿就在你身边。时间一长，便觉这声音无处不在，加之房子昏暗，觉得自己如同老鼠一般，稍有风吹草动就被惊醒，一点睡不踏实。有天半夜，我睡下不久，木板笃笃敲响，房东女儿问，睡了没？我一惊，刚酝酿的一点睡意消失了，答，还没。那边说，我出去一趟，后半夜给我开一下门。然后一串细微的脚步声消失在了院子。我没见过房东女儿，不知她模样，我去上班时，她已去了学校。我下班回来时，她还在一楼吃饭。那天晚上，我整夜睡得迷迷糊糊，两只耳朵还要支棱着听敲门声，有时风吹响院内杂物，以为敲门，一清醒，再听，又不是。结果，整夜，都没敲门，房东女儿自然没有回家。

过了些时日，我便搬了。我怕时间一久，神经衰弱。

我住的第三个出租屋，在巷道尽头。直行，右拐，最里边一家。二楼一间房，房倒敞亮，就是窗户朝西，下午太阳照来，不好受。我住下以后，有一同事离家较远，中午回不去，跟我商量后，支了床，每天过来休息，算是跟我合租。中午下班，我们在巷道口买了面条，在藉滨市场买了西红柿、韭薹。回屋子，做臊子面。电磁炉、案板等摆在一张小方桌上，做饭时，可以直起身，不像之前，老蹲着。西红柿切块，韭薹切段。锅里放臊子，倒入西红柿、韭薹炒，也可加洋芋丁，剜一筷豆瓣酱。炒半熟，加温水。西红柿红，韭薹绿，洋芋丁白，上面漂着红汪汪一层油。面熟，捞碗里。汤多面少，来一碗，再来一碗。

后来，跟我合租的同事辞职了，这房子，就由我一人住了。

这家院子大，房子盖了北边东边两侧，其余地方空着，房东家有个儿子，穿着皱巴巴的黑西装，夹个黑皮包，成天跑保险。房东两口子的理想是儿子以后挣了钱，把南边和西边的房子盖起来，租出去。可他们的理想遥不可及，儿子奔波于人流中，满脸疲惫，钱不好挣的。

院门口，有单独一间平房。起初我并不知道作何用，有天深夜三点下楼去厕所。看见平房里亮着灯火，烟雾腾腾，两口子正在白花花的雾气里，面朝大锅，忙碌着，后来才知，是在蒸面皮。他们要蒸到早上五点，蒸够数量，送到早摊点。每天如此，风雨不歇。从厕所回来，站在二楼楼梯口，远看，隐约可见大块菜地，蔬菜的气味随着水渠里的淤泥味，让人陌生又熟悉。每一棵菜都在尽力生长，和每一个人一样，但又那么艰难。

在这间房子住了不足一年吧。我想不起来了。我只记得臊子面、菜地和灯光。接着，在南城根二队也就是电视台那边，我一同事租着一间房，喊我搬过去，跟他合租。后来，我便住进了老贾院子那间瓦房，告别了南城根一队。一年多时间，三个地方，三段经历。我不知道这些经历给了我什么，但我知道，在那里，我看到了底层人的坚韧和清苦。他们和我一样，是万千人流中，背负着生活的木舟，在河水里行走的人。

多年以后，当我再次去南城根一队的时候，巷道里的房子已被拆除得所剩无几，只留下巷道北边一溜没有被征收。但大多已搬空，有几间当做民工宿舍和拆迁指挥部。巷道南边，全成废墟。高高堆砌的废墟。破烂的砖头，碎裂的水泥块，残断的钢筋，丢弃的杂物，变形的门窗。有些房子挖掉了一半，留下另一半，残缺着，里面扔满杂物。墙上那张没有装裱，写着"山高水长"的书法作品依然贴着，但白宣纸已泛黄，另一边贴着的"忍"字，一角飘起，被风吹着，哗啦作响。我不知道这间房子曾住过什么样的人，我也不知道这些房子曾住过什么样的人。他们是不是和我一样，是这个城市的漂泊者、寄居者；他们是不是和我一样，在某个大梦初醒深夜依然感到生活的寒意；他们是不是和我一样，穿过长长的巷道时有长长的奢望和惆怅；他们是不是和我一样，曾在城中村搬来搬去只为觅得一处安稳的落脚之地；他们是不是和我一样，一碗浆水面就能吃出苦中作乐的错觉；他们是不是和我一样，喜欢抬头看天低头看不远处的菜地，错把城中村当做了故乡……他们应该是的。我是他们，他们也是我。我们只是用不同的形式在出租屋，过着千篇一律的日子。

可此刻，他们都去了哪里？他们都去了哪里？不久以前，这里还人来人往，充斥着喧嚣与嘈杂，屋顶搭满衣物，屋里悲欢离合，菜地青苗幽幽，天空狭长辽远。但现在都没有了。好像大地上蠕动的泡沫，瞬间蒸发，了无痕迹。泡沫。城中村，不过是城市的泡沫。此刻，只有成堆的废墟，灰白的废墟，杂乱的废墟，即将消失的废墟。伴随着这些废墟的消失，这里将很快被平整出来，盖起大楼，高价出售。当高楼耸立时，它会有一个时髦的名号。然后，没有人知道这里曾叫做南城根一队了。南城根一队，只存在于故纸、老人的记忆、寄居者的往事里。最后，不用多久，这个名字，也便彻底消弭于人间。

我去的时候，正值下班，废墟上停着挖掘机，甲壳虫一般，抖动着刚刚熄火的机身。民工们端着洋瓷碗或洋瓷缸，大块的瓷掉了，留着黑底，疤痕一般。他们一溜子坐在墙根下，有男有女，捞着碗里的面条，他们吃的还是臊子面，只是没有红油辣椒，没有蒜薹、豆芽。阳光从靠南边泼下来，若无风，尚且有一丝暖意，若风吹，便很冷清了。明晃晃的阳光落下来，涂抹在这群民工身上，他们落满灰土的面孔和肩膀，在阳光里越发陈旧，艰涩。他们同样是城中村的寄居者，但也是最后的拆除者。其实没有什么，寄居和拆除，都是生活。生活是悬在每个人脖子上的绳索。

我在巷道走了不远，进不去了，里面用铁皮堵住，依然是废墟一片。我那曾经租住过的院落，混淆于废墟中，难以辨认。难以辨认的，还有我那遥远的时光。

我折身，出来，巷道里那几棵粗大的榆树、梧桐依然挺立，它们沉默不语，它们心知肚明。民工们已吃完饭，有些在水龙头前洗碗，有些躺回原地吸烟，有些开着玩笑。风吹来，把明晃晃的阳光吹得飘飘荡荡，一切像极了某个虚构的场景。

我是在另一个冬至的正午，离开南城根的。离开后，便再也没有去过。我知道，回不去了。我也不再想起那些南城根的人，他们在时间的高原上，随风而散。

后 记

当我写完这长文时，我正在十六楼的床上，盘腿而坐，膝上架着电脑，右腿发麻。我把左胳膊举过头顶，不停甩着，据说这样可以减缓酸麻。我常盘腿坐在床上写字，腿也常被压麻，每次麻，就甩胳膊。左腿对右胳膊，右腿对左胳膊。好像有点效果。

如今，我已离开南城根，离开罗玉小区，离开那个高档小区，离开莲亭。在南城根时，我把城中村的日子拉拉杂杂写进了一本叫《南城根：一个中国城中村的背影》的书里。但随后，我寄居的日子并没有停止，三次搬迁，住过楼房，住过教室，住过城中村，这是我的寄居之路。我一直想把这段经历写下来，顺带再写写南城根。毕竟这世上，还有无数个我，曾经历过无数次的漂泊和寄居，曾在黄昏看到万家灯火时黯然伤神，曾像草芥一般在天地间飘荡，曾梦想有一所属于自己安身立命的房子。毕竟这世上，还有无数个我，正在经历着无数次的漂泊和寄居，正在黄昏看到万家灯火时黯然神伤，正像草芥一般在天地间飘荡，正梦想有一所属于自己安身立命的房子。毕竟这世上，我们都是一样的人。

这世间，那么多的我们。

一个人在出租屋住久了，就有了出租屋的秉性：家里有沙发，但几乎不坐，一回家，就爬上了床。屋里的东西，喜欢堆一起，怕散乱摆着，占了地方。吃饭时，端起碗，就想出门去溜达闲逛。有了暖气，总觉得太热，有种莫名的急躁。做梦时，梦中还能听到雨打铁皮屋檐的响声，梦里醒来，恍若还在出租屋里。或许还有很多，没有被我发现，但这种秉性已流淌在我的血液里，让我成了这样一个人，或者另外一个人。

掰指头算来，从2007年开始，一直到2019年初，我在这城市居无定所十二年，寄居十二年。这些年，结婚后，媳妇跟我搬来搬去，流水一般，从东到西，漂来漂去。她曾开玩笑说，一直跟我满城打"游击"，这里一枪，那里一枪。我知道，我们"游击队员"一般的日子也算是到头了，可这世上，还有那么多的人，在城里居无定所，打着"游击"，或背负房贷，难以喘息，或房子烂尾，遥遥无期。他们是另一个我，也或许，我只是另一个他们。每想到此，便不觉又怅然起来。

殊途

缝 隙

上午是从水果摊上一根香蕉的糜烂开始的。

戴眼镜的女人，和她的水果们坐在电三轮上。一些苹果、橘子、柚子、雪梨，甚至火龙果，在香蕉的黄褐斑弥漫之前，顶上了灰尘。它们迟钝，笨拙，和一根香蕉比，内心坚硬，表里如一。但它们终究还是会败给时间，和另一个无人挑拣的午后。

女人的眼镜片很厚。啤酒瓶底那么厚吧，若不是遗传性的近视定是后面看书学习所致吧。四十多的人，是很难被电视和手机戕害的。那厚厚的镜片，把鼻梁都压歪了，把她的日子也压歪了。

每个早晨，九十点的样子，她蹬着三轮车，微胖的身子一左一右，摆动着，咣当当来了。她停好车子。每天都是固定的位置，好多年了，一成不变，车子长了记性似的，到了地方，主动往那一歪，一副疲惫劳顿之貌。她打开车厢，从纸箱里把水果一一掏出，用破毛巾拍掉浮尘，归着类一层层摆好。

她这么摆的时候，她的眼镜片上糊着的尘土和水渍让她恍惚，似乎整个早晨的光线都在恍惚。她摘掉眼镜，把镜片贴近嘴边，哈气，然后用衣襟擦拭。擦久了，镜面满是划痕。当她把两只镜片擦完后，她的邻居——卖关东煮的两口子，也到了。

他们的手推车，有两层玻璃架，摆着菜，下面是煮菜的格子，最下面是柜子，装着水啊菜啊鸡柳啊辣椒啊调料啊塑料袋啊一次性餐盒啊硫黄熏过的一次性筷子啊炸弹一样的煤气罐啊，或许还有别的。他们也是哐当当来了。玻璃上贴着的红字，残缺不全，沾着油垢。

女人开火，调料，格子擦洗过，异常明亮。男人从柜子里翻出菜，十来样吧，都已成串。他依次摆在玻璃柜上。他擤鼻涕，先用手背揩掉，再用手掌搓了一阵。他给戴眼镜的女人打招呼，每天在一起，他都不知道该问她什么。他又想，鼻涕搓一下就干净了。最后他还是挤出了一句话，关于天气的，过几天降温。这不痛不痒的事，跟他们没屁关系。

雨来收摊，天晴出门，都是这么过的。

他们在卫校门口守两三年了，也许更久，没有人在意。和他们一起守的，还有卖擀面皮的男人，卖烤串的两口子，卖饼干零食的女人，卖手抓饼的姑娘，卖袜子内裤口罩线衣鞋垫打底裤的小伙。他们把各自的摊子摆在校门两侧。都是各自熟知的位置，不存在抢占。你守着你的一坨地方，就算守住了你的清贫日子。他们和十米开外的一群麻雀一样，只在这一坨地方起伏、觅食，也只能在这一坨地方起伏、觅食，或者打盹，看时光在眼角的皱纹里，汩汩而流，最后，羽毛灰旧，满身黯淡。

生意是从十二点以后开始的。这地方没有太多路人，离居民区也远。学生放学，除过去食堂的，总有些要到外面吃。女孩子，嘴馋，闻见关东煮的麻辣味就流口水。后门是大铁门，总是锁着，旁边有小门，半开着，仅容一人出进，小门半开，门边站着两个干瘪保安，耷拉着帽子，耷拉着脑袋，鬼子一样两手塞在裤兜，抖着腿。同样站着的还有四五个学生，套着学生会字样的红袖标，面目冷峻,带着执法者的骄横和傲慢,耳朵里还塞着耳机,他们和保安一道紧紧看着大门,不许他人随便出进。

出不去,一些学生便趴在大铁门上,脸贴着栅栏,嚷嚷着:擀面皮,给我来一碗,醋少辣椒多。好嘞——擀面皮的用油腻的手抓了一大把擀面皮,装进大铁马勺,调好蒜、醋、盐、芝麻,狠狠剜一勺辣椒,开始搅和,最后装进套有塑料袋的碗里,别上一次性筷子,提到门口,一手塞进栅栏缝子,一手接过钱。一碗四块。

也有要水果的,喊着,给我买四根香蕉。戴眼镜的女人再次用抹布擦擦香蕉上的灰土,说,四根,我给你咋称?要不这半把吧,芝麻蕉,甜得很。学生犹豫片刻,哦了一声。女人把香蕉装进塑料袋,也就七八根的样子,上秤,称好。拎提过去时,从另一把香蕉上掰掉一根,说,这一根送你的。那根从上午开始糜烂的香蕉跳进了袋子。一斤香蕉两块五。

中午的生意总算是好的,几千人的学校,养活几个小摊贩是没有问题的。袜子内衣、饼干零食等,总是有学生需要的。他们在门内嚷叫着要东西,摊贩们手忙脚乱,但心里欢喜。东西装好,提到门前,塞进去,递上微信二维码牌子。牌子上拴有绳子,耷拉在半空,脏兮兮的,像根尾巴。

有些学生可以出校门买东西。他们出来后,在摊点前挑挑拣拣,总是带着得意的神情,这让趴在门上的学生羡慕。他们应该有某种特权。这特权或许来自给保安的一包烟,或许因为和学生会值周的是舍友,或许因为家境宽绰或父母干着公事,也可能是校园里面的二杆子,天不怕地不怕,横竖出进无人敢管。

中午的忙乱、吵嚷过后,便消停了。他们开始收拾摊子,把东西码在三轮车或铁皮柜里,陆续回了,只留下满地重复了千百遍的的闲言、玩笑、叹息,跟脏兮兮的卫生纸一道,被风吹来吹去。一些麻雀落下来,捡食着残渣。不远处,梧桐树又开始枯萎了,风把它们皱巴巴的手掌揉响。校门口空荡荡的了。

戴眼镜的女人是不会想到有一天卫校会在河边开一个正门，而把正门当成了后门，且装上了两扇封闭的大铁门，彻底把学生和他们隔绝了。其他人也不会想到的。某一天，当他们看着新安上的铁门哐当一声，大锁又哐当一声，他们知道日子的亮光被瞬间隔绝了。

他们还指望用每天在这里百十元的收入过日子呢。这是他们唯一能在生活中觅得光亮的地方。

后门锁掉后的某天，他们找到了另外一道缝隙。在后门不远处，有个偏门。虽然紧紧锁着，但两扇门之间有半尺宽的缝隙，门下面还有一尺宽的缝隙。这就足够了。他们从后门处把摊子撤到偏门前，一一摆开，跟以前一样。每到中午，学生会自动围来，隔着门缝喊要他们所需的东西。摊贩们应一声，三下五除二拾装好称毕，小些的，从门缝里塞进去，大些的，从门下面递进去。时间久了，摊贩们和学生之间早已形成某种默契，从门缝里那张挤扁的涂抹着厚厚粉底的脸上，他们就知道她需要什么，什么口味，要几份。当然，有时生意难免会冷落的，毕竟门里的学生只能在逼窄的缝隙里购买所需，有些看不见的东西，便不会想起要买。于是，摊贩们按份装好水果、杂货等，在门外大声吆喝：苹果，大苹果，又大又圆的富士，五颗，六元，谁要？袜子，五元三双，有没要的？手撕饼，一份两块五，一份两块五，便宜了，便宜了。

日子一久，这里俨然成了一处小小的市场，拥有了油腻、喧闹，和对生活的供需，以及在缝隙中寻求光亮的不死之心，带着卑微、不甘、挣扎。如同不远处悬铃木的干果实，过了整个冬天，依然挂着。

似乎这样在缝隙中寻觅日子的方式会一直持续下去，也确实这样持续了好久。隔着铁门的生意，用声音沟通的生意，在城市中无名巷道里的生意，锈迹斑驳的生意，小本生意，仅以糊口的生意。有一天，还是结束了。学校把铁门拆了，砌起了围墙，要求学生一律走正门。学校以食品安全为由，警告学生，校园周边的食品不许购买，全封闭的学校将从各个方面严格管理。

偏门处空空荡荡的了。几个月的热闹、烟火、油污、喊叫、零钞，不见了。这里又回到了最初的冷清，似乎什么都没发生过。偏门紧闭，保持缄默，把一群学生的饥饱和馋瘾阻隔，把几家人的日子和希望割断。

麻雀们还会赶过来，只是这里已没有了它们的零食。它们在干硬的水泥地上，蹦蹦跳跳，披着冷清的阳光。眼里布着红血丝，被阳光的针尖穿起来，缝补忧伤。

风还是那些风。灰扑扑的，旧兮兮的，坐在墙头，坐在梧桐树枝上，坐在灰蓝的天空，风的袜子破了，大拇指露在外面。

摆摊子的人，又去了哪里？他们是不是开始寻找另一处缝隙换取生活了？生活这么大，其实能漏出光亮的缝隙不多。他们骑着三轮车，推着铁皮车，咣当当的，穿过幽暗的长长的巷道，寻找着某处缝隙，哪怕只有几寸宽，便已经足够了。只要人勤快，肯吃苦，这缝隙，便是通向前程的路。他们定会这么想着，可这个早已精于粉饰的时代，人们竭力填抹着所有的缝隙，并进行刷白，制造着某种冠冕堂皇。

也有时候，后门和偏门处还会有不死心的男人在徘徊，他依旧试图在这里寻觅一点收入。他是那个被漏掉的人，是那个心怀侥幸的人，是那个无缝可找的人。在没人摆摊的日子里，学校对偏门的管理日渐松散。每到中午，男人提着装过酒的旧布袋，来到墙根下。墙里面的男学生会朝他喊纸烟的牌子，他从四处找来砖头，码在墙根，站上去，用塑料袋事先包好烟，挑在一根树枝尖上。砖头太低，他努力把脚尖踮起，把胳膊伸长，将树枝递进墙，男学生在墙内，想必也踮着脚尖，取下烟。男人收回树枝，又把二维码牌子挂在树枝上，伸进墙，男学生扫码付钱后，他收回牌子。砖头太低，很不方便，后来，他扛来了一把木头梯子。说是梯子，其实是几根木头横竖钉在了一起。梯子齐腰高，踩上去，可以爬上墙头，轻松且方便。

一个中午能卖几包烟，没有人知道的，当然，给未成年人兜售烟，定不是正当的。

他和学生之间建立了某种默契。中午放学，犯了烟瘾的学生溜到墙下，从他那里买烟，买完，微信支付，随后，迫不及待钻进厕所，去过瘾了。

后来，学校管得紧，也或许有人告密，也或许被保安发觉，男学生没有机会来买烟了。男人坐在砖头上，用树枝在地上胡乱画写，消磨时间。他再也等不来买烟的学生了。他头顶的梧桐树，叶子黄了，风一吹，哗啦啦响着。麻雀们呆站在树枝上，木讷的样子，像极了树上结出的苦果子。

下午的光景，再也不会从水果摊上一只香蕉的糜烂草草收场了。

黄昏里的奶羊

我从单位出来时，黄昏的破衣衫正好搭在十米外的铁塔上。幽暗而橘黄的光线里，一些浮尘纷纷跌落，一些无家可归的麻雀纷纷跌落，一些眼眶里被叫做飞蚊症的"黑丝线"纷纷跌落。

从卫校紧锁的后门后退三百米，是一个叫某某家园的小区。拥堵、喧闹，混合着满墙拓着的办证号码，和门口就地摆放的菜摊，暴露了小区经济适用房的面目。我去过好多次这个小区，院子塞满各种私家车，唯独花园里的月季稀稀疏疏开着，没心没肺，自个儿扭拧腰肢，自个儿吐露秘密。

下象棋消磨时间的人尚未散去，他们老眼昏花，穿着藏蓝衣帽，为一着棋争论不休，似乎要把一生所剩不多的光景搭进去，也要争个你短我长。人老了，他们所能争执的东西被时光悉数剥夺，只有一颗开裂的棋子，才有机会让他们搅动口舌。

那些生气的人，背搭着手，嘴里骂骂咧咧，离开了棋摊。他们手里握着的捡来的空矿泉水瓶子被捏扁了。半个下午了，它都被捏在手里，沾满汗渍。

卖羊奶的人来了。

他骑着电三轮，从小区侧面的山坡上，慢慢滑下来，最后一个刹车，停在了路口。车斗里，站着两只奶羊。它们摇摇晃晃，在刹车时身子前倾，差点摔倒，车停稳后，它们才颤颤巍巍站稳，但两颗奶子还在晃荡。那奶子，硕大，滚圆，红润，像一个即将吹爆的气球，让人心生不安。它们饱满的奶头，微微翘着，像两根麦穗，稍一触碰，奶水似乎就要溢出来了。

卖羊奶的男人下车，打开车斗。奶羊乖巧，一动不动。来打奶的人，跟水房打水一样，排成一溜。多是弯腰驼背的老头老太，穿插几个肥墩墩的小孩。男人接过瓶子，一手把瓶口对准奶头，一手往下捋奶。白亮的羊奶带着膻味浇进了瓶子。唰唰声混合着白沫子，撞击着瓶壁，泛着白沫。一瓶满了，下一位。又一瓶满了，下一位。

一头奶羊一次能挤多少斤奶？我不知道。一斤这样的奶多少钱？我也不知道。

同样我不知道的还有此刻，两只羊，站在车里，面对一群前来索取奶水的人，会想些什么呢。它们呆呆站着，眼睛湿润，甚至发亮，长长的睫毛挑着一些昏暗下来的光线。它们的两瓣粉嘴，显得干燥，甚至带着一些委屈的样子。没有人在意它们想什么，就如同没有人在意我想什么。它们不过是他和他们产奶的工具——两只羊罢了。

确实是两只羊。来自郊区的羊，也或者是来自北山的羊，当然不可能再是更远的地方和更近的地方。它们在日渐逼来的征地拆迁中，嚅动着嘴唇，细嚼慢咽着糟糕透顶的饲料。挖掘机的轰鸣声在嘴边抖动，它们干涩的舌头也在抖动。它们一抬头，可见不远处高耸的楼群和塔吊，那是城市，和城市高高撅起的屁股。它们一回头，是莽莽群山，和山坡上的森林绿草，那是它们理想中的胃和肺。

这来自城乡接合部的羊，是时代的一颗零件。

它们第一次被带进城市，站在小区门口公然售卖奶水时，肯定是胆怯的，是羞涩的，是充满着浓稠的委屈的。就如同它们第一次站在晃来摇去的三轮车上，胃里肯定翻江倒海，跟一个在黄土里滚爬过的人站在随波起伏的船上，那种难受，都是一样的。

它们白花花的奶水被现场挤出来，被带回家，上锅加热。对，一定得现场挤，在众目睽睽之下，在光天化日之下。

人们似乎喝怕了掺水的羊奶，也担心添加过其他东西的羊奶。人们一边喝着寡淡无味的奶水，或者味道奇怪的奶水，一边咒骂那些坏了良心的人。在诚信和道德被当成擦过屁股的卫生纸，揉成一团，扔进垃圾桶时，人们试图用现场监督，用亲眼所见，来求得安全和放心。

这真是一个笑话，也是一种悲哀。

羊是无辜的。它们只需要草料，然后献出奶。至于掺水、作假、添加东西，这些做手脚的活，是你们人干的，也只有你们人能干得出来。

黄昏越发浓烈。

道路拥挤，车辆吼叫。两头站在车里任人挤奶的羊，怀着两颗慌张之心。它们会不会纵身一跃，逃离这带有某种暴露和侮辱的现场榨取？它们不会的，它们无路可逃，它们胆小懦弱。城市是不容许一只羊一路撒着豌豆般滚圆的粪蛋，信步走过步行街，走过商业大楼，走过十字路口，走过安装着假花的草坪。它们是城乡接合部的羊，挤奶是唯一的用途。为了让这种用途直观化，不被怀疑，它们带着奶水来到了小区门口。

很快，奶水被挤光了。空荡荡的奶子，如同一只旧布袋，或者漏了气的气球，软兮兮挂在两腿中间，再也没有那种沉重的鼓胀的晃荡感。

羊的眼睛越发湿润，似乎噙着眼泪，一不小心，就会落下来。卖羊奶的男人把二维码牌子塞进包里，把一堆毛票整理完毕，爬上电三轮，载着他的两头羊，颠颠簸簸走了。两头羊干瘦的屁股夹着细弱的尾巴，战战兢兢站着，稍不留神，就要一屁股坐到车斗里了。

它们上山了，挂着空空荡荡的"口袋"。黄昏被无形的手扯去，如同撤掉那条遮挡人性恶之花的旧床单。天，黑了下来。羊奶在锅上，冒着热气，洁白而又浓郁。

我想起白天见过的另外一群羊，它们走过河道时，被阳光晒得醉醺醺的。河道之前长满杂草，某个冬天，为了环境整治，那些草被连根铲掉了。黄土裸露在河床，像有人撕开了伤口，在西北高原的正午让人眼涩。那群羊走过光秃秃的河床，伸着细嘴，寻找着可以塞满牙缝的东西。

它们也是一群来自郊区或北山的羊。只是它们是山羊。

它们是山羊，便注定是用来吃肉的。在惯于掺假、进嘴的东西难以保障其安全的日子里，有人会不会把一只山羊用电三轮拉进城，在小区门口当着众人之面，宰杀掉，用亲眼目睹的死亡，证明一只羊的清白呢？

黄昏过后，天，很快就黑了。

裤子啊裤子，飘啊飘

我在城中村见过很多条悬挂在烈日下晾晒的裤子。

城中村的裤子们，皱皱巴巴，颜色渐褪，挂在屋顶的铁丝上，连个衣架都没有。洗了，就那么搭上去，裤裆处一折，也不怕铁锈。水滴滴答答落着。一排排的黑裤子、蓝裤子、灰裤子，像一个个刚从河坝捞鱼出来的人，站在岸边，一无所获，最后只好强作无谓，两手插进裤兜，朝着青白的天，打着口哨。

头顶的白鸽子，一圈圈飞，也打着口哨。

所有的黄昏来临之前，所有的裤子，都会被收掉。有些，是被一个光脊背的孩子收掉。有些，是被一个满脸雀斑的女人收掉。也有一些，即便晾了很久，终会被一阵狂风、一场急雨收掉。

可我在城市的马路边见过另一条晾晒的裤子。

在上文提到那个小区门口朝东走二三百米，是另一个小区——一家倒闭工厂的老旧家属院。越过围墙望去，裸露在外的红砖、挤满破损花盆的阳台、锈迹斑驳的电表箱、改拆过的白色塑钢窗户、枝蔓肆意盘绕的爬山虎，等等，一切都是上世纪的模样。

我没有时间搞清这片家属院的故事。我只是路过，在每个早晨、正午和黄昏。

路过家属院门口时，门口水泥台阶上，正坐着一堆老人。有的说着闲话，有的打着扑克，有的看着路人，也有的什么都没干，就那么坐着。一群六七十岁的人，带着皱纹、孤独和微弱的气息，在所有的时光里，消磨着这夏日暖风一样熬人的光景。他们应该都是那个工厂的退休职工，或者下岗工人。他们更多地来自东北，曾经响应号召，来建设三线。

我是在家属院不远处遇见那条裤子的。

高高的围墙下，有一排即将腰粗的白杨。高大的白杨，罩着天空，满地阴影，湿漉漉的。那条裤子就挂在两棵树中间绑着的一段绳子上。那是一条灰裤子，纯棉，有些厚，有些肥大。一个银色的衣架强行塞进裤腰，衣架两端撑在裤兜里，把白色的裤兜顶出来，像吐着两条舌头，舔舐这街道上翻腾的拥挤和灰土。也或者像这条裤子的两只手，从衣兜里伸出来，摊开着，向行人展示自己的空无一物，一副颇为无奈的样子。裤子明显是洗过的，腿弯处的折痕被扯平了，展展妥妥挂着。

这是一条无法判断穿者年龄的裤子。它中庸、平常、陈旧、四平八稳，似乎每个年龄段的人都可以扯过去，套在腿上。

我第一次见这条裤子的时候并没有在意。它仅仅是一条被晾晒的裤子，孤零零地悬挂在树荫里，风吹来，它心无旁骛地飘啊飘着。我走我的路。它捡拾树叶缝隙里遗漏的阳光。

三天过去了，五天过去了，甚至十天半月过去了。这条灰裤子依然挂在那里，没有人收掉。这么久了，我都老了一茬，它仍然原地不动。

后来，一个月过去了，它还是在那里挂着，风吹来，随意飘着，有点自暴自弃的样子。只有我，在每个上下班途经它时，跟它打个招呼，它依旧伸着两只裤兜用飘摇作为回应。它会是谁家的裤子呢？为什么会没有人收掉呢？是忘了，还是不想要了？还是它本来就属于这里，平日里，它提着衣架独自去游逛了。游乏了，跳进河里，洗了澡，回来，跳起来，把自己又挂在了绳子上。

我曾设想，某个午后，老人一手扶腰，一手把一条灰裤子放进了老旧的半自动洗衣机。她常年的腰椎间盘突出，像一根反骨，别在腰里，折磨着她所有的日子。老伴在沙发上，拿着遥控器，把电视频道翻了一遍又一遍，还是没有找到他要看的秦腔，到处是莺歌燕舞，到处在兜售商品，他日渐糊涂，难以搞清这个怪异的世界。他们应该有两个儿子，或者两女一子，但都不在身边，或许在城里买了房，周末过来看望他们一遭，或许在遥远的南方打工，一年也回不来一次，也或许和他们关系疏远，鲜有往来。他们是这个城市最孤独的人——留守老人。

衣服洗好了，洗衣机甩不干，靠北的阳台，四季阴沉。老人提着水淋淋的裤子，扶着栏杆，横着身子下了楼，出了小区，把裤子挂在了那根绳上。她折回来，坐在水泥台阶上，听一群和她一样的老人漫不经心的闲谈，诸如谁家的儿子半年没有回来，几楼的房子租给了一对小年轻，花鸟市场的水萝卜便宜了两毛钱，中午擀的粉条白矾放太少，三楼的老头昨天中风了……午后的阳光，烤得后背发烫，老人听着听着，打起了盹。那是一个千篇一律的午后，和三十年前，或许更早的午后，如出一辙，那时候，他们光鲜靓丽，对日子充满期望和活力，太阳依旧烘烤着后背。只是打了一个盹的时间，连梦都没有做成，几十年，就过去了。

那裤子就那么一直挂着，直到某一天，它被老人彻底遗忘了。也或者直到另一个某一天，老头子脑溢血过世了，那条裤子再也没人穿了，它同样被彻底遗弃了。

这只是我的某种想象。一条裤子挂在那里，一个月没有人收，它背后或许有一万种可能，有一万个故事，它已超出我对这人世的想象。它挂在那里，早已干透，甚至在风吹日晒里开始风化。即便它漫不经心，也难以掩饰其背后不为人知的事实。而事实，往往都是让人悲伤的。

人世间，真让人开心的事不多。

日子久了，那条裤子就成了那里的一部分，不可缺少，就如同街道边的早摊点、理发店、馒头大饼店，甚至一堆垃圾，一棵枯干的银杏树，一辆被大卸八块的共享单车，一群守在校门口接孩子的乡下女人，不可缺少。

我经过它，给它打招呼，一副老熟人的样子。它也是，一副老熟人的样子。它甚至还想跳下绳子，跟我去上班。我笑着，赶紧走开了。一条裤子跟着我去上班，会吓坏别人的。我经过那些闲坐的老人时，我忍不住想问他们，谁把裤子挂那儿，不管了。可我还是没好意思张口。它或许是他们中某个人的，也或许不是任何人的。万一它是自己跑来，自己挂上去的呢？也难说。

既然这样，我想，那裤子就这样永远地挂下去了。它不再属于任何人，它只属于自己。然而有一天早晨，我经过那里时，裤子竟然不见了。我昨天下班时，还看见它在暮色里，两条裤管在小车扇起的风里，练习着八字步，一夜之间，怎么会不见了。

它去了哪里？

我心里空落落的，像有人从心坎上取走了一件属于自己的东西。它会去了哪里？它不会被留守老人猛然间想起来，收了回去。应该不会，听闲聊的老人们说，那个孤零零的老人被儿子接走了，房子也出租了。他们临走时，想必不会想起那条灰裤子。当然，它也有可能被清洁工扯下来，丢进了垃圾桶。但我还是更加相信，那个夜晚，没有风，没有雨，没有月色，除了黑，什么也没有。裤子从绳子上跳下来，拍了拍裤腿处的灰，两手塞进裤兜，迈着八字步走掉了。在夜色里，它独自游逛在城市的大街小巷，或许它迷路了，再也回不来了，或许它不想回来了，有了新去处。

有没有人在午夜遇见过一条踽踽独行的裤子呢？如果有，就给它打个招呼吧。

隐　疾

天空泥泞不堪。每个人心怀隐疾。

路过精神病院门口时，灰鸽子垂直坠落，冷雨从地上起身而去，红叶李搓手跺脚，哈着热气。一个人弓着腰，从大雨里抽身而出，把一棵树，当做了独木桥，倒着走。

门口依然繁杂。

摆摊子的人，一手数钱，一手抓起生菜，铺在煎饼上，或者提起半把香蕉，塞进塑料袋。他们心存惶恐，不知道下一刻，面色乌黑的城管会从哪里气势汹汹扑来。他们做两手准备。一边以熬油点灯之苦，换取一家之需；一边时刻准备推着车子逃跑。

精神病院分两块。路边是门诊，对面斜坡上是住院部。

从住院部出来，到门诊做检查的病人，每天都有。他们统一穿着白蓝相间的竖条纹病号服，皱巴，陈旧，还粘着黄色药汁。他们面色暗黄，浮肿，头发蓬乱，面孔僵硬，行走迟钝。很多时候，他们三五个人手拉着手，或者一前一后扯着衣襟，排成一溜子，走了下来。身边跟着穿白大褂的大夫，进行看管，表情严肃。他们要在监督之下，去吃药、打针、拍片子。

他们是一堆"幼儿园"的"小朋友"，在坏叔叔的带领下，排着队，要去玩老鹰抓小鸡。他们穿过早晨的寒气，带着睡意和木讷，带着委屈，随时都有哭吼起来的危险。

他们是一群"犯人"，走向"刑场"。他们体内的疾病犯了错，干了坏事。这责任，要这无辜的肉体承担，即便他是冤枉的，可也要寻找替罪羊。这人间，最可怜的羊，莫过于替罪羊。

他们是一串"鱼"，串在铁丝上，眼珠翻白，尾巴摇摆。他们要被烤掉了。炭火在嬉笑，铁板在抓痒。坐在餐桌前的人出卖爱情，并用啤酒灌醉姑娘。

他们是我们，被生活的鞭子抽打着。羊群一般，茫茫然要去某个不确定的牧场。听说那里有沼泽，我们将深陷其中，难以自拔。

进门诊前，大夫顺手从摊子上买了擀面皮夹饼。一口咬下去，嘴角的辣椒油冒了出来，鲜红如血。他白皙的脸上，七八根胡须随风招摇。他高傲地走过这三五百米的距离，似乎所有与他擦肩而过的人都值得被怀疑患有精神疾病。不过也对，人们活得如此焦虑，谁又能没有疾病。

我曾很多次看到病人们走过马路，穿着拖鞋。鞋跟磨在地上，细密的灰尘在忘记修剪的指甲缝里沉淀，发酵。听说，穿了拖鞋，病人们就不会逃跑。拖鞋严重阻碍了他们奔跑的速度，甚至成为绊脚石。有时，连成一排的病人会走过大门而不入。是故意的，还是真的忘记了门？不得而知。在"领头羊"的带领下，他们走过了，后面紧随的大夫，立马大喊一声：站住！病人们瞬间站住，立正，不再动弹。大夫又喊：回来！由你们了。病人们向后转，整齐划一地在"领头羊"的带领下，走进了大门。

我也见过两三个病人，手拉着手，手上戴一个袖套。为什么要遮住？袖套里面有什么？听说，是绑在一起的两只手。为了防止有人逃跑，就用另一人作为牵扯。他们互相制约，最终变得顺从，乖巧。然而有一次，当两个牵着手的病人走到门口时，似乎密谋过很久一般，一起甩开步子，并着肩，朝远处跑去。大夫的饼子还未到手，他已无暇顾及，一边喊叫，一边追了上去。

大风啊，吹起了大夫白褂子的衣襟，呼啦啦翻飞着。大风啊，也吹起了病人们的长发，像秋天地埂上的芦苇，倒在了一边。他追啊，他们逃啊。

没有人知道最后怎么样了。但可以肯定的是，在大风呼啸里，他们会跑成我们此刻的模样，或许，他们已经跑成了我们，只是我们尚未察觉。

几年前，我曾和妻子去看她的小叔。

也是一个天空泥泞不堪的日子。医院门口的小摊位都是旧模样，连人都是褪色斑驳之样。我们买了水果，去住院部。

偌大的院子，周末，没有人。只有一些反复盛开的花，睡着了，它们的梦境迷离而幽深，如同罂粟点燃后的烟火。我们上三楼，门锁着，留有玻璃窗口，报了病人名字，护士让等着，她去叫人。过了片刻，领着小叔来了。透过玻璃，我看到了一个浑身虚胖、面部浮肿的人，表情干硬，眼神枯萎，挪着腿，缓慢走来。护士在门前等他过来，没有说话，只是指了一下玻璃窗外。小叔并没有因为我们的到来而有丝毫高兴，还是无动于衷的样子，呆呆站着。按医院规定，只能进去一人探望。妻子进去了，我在外面等着。她听到了病房里的各种喊叫声，病痛折磨的喊叫声、无缘无故的喊叫声、声嘶力竭的喊叫声、欲哭无泪的喊叫声、无欲无求的喊叫声、装疯卖傻的喊叫声、生无可恋的喊叫声……她还看到了年轻的、年迈的病人，赤脚光头，或麻木，或兴奋，或落寞，或悲伤，或痛苦，进出于病房，哭哭笑笑，甚至成群结队，追赶打闹，梦游一般。从办公室出来的大夫，满脸愠怒，大喊一声，病房和楼道瞬间陷入寂静，如各种运转的器械，瞬间断电一般，病人们浑身一缩，立马躲进房间，捉迷藏一般，不再出声。

在这里，大夫似乎把病人吓怕了。大夫有什么办法能把一群嬉笑怒骂无度的人震慑住？不知道啊。

妻子和小叔说着话。说了什么，隔着玻璃，无法听清。时间到了，护士让她出来，锁了门。我们提去的香蕉，小叔说，他不拿，拿进去会被别人抢了。他说这话时，真的很正常。我们一直拿他当病人看，可他说这句话时暴露了真正的病人并不是他，真正的病人似乎逍遥法外，在街区、在商厦、在酒店、在单位，在唯利是图、尔虞我诈的缝隙里。最后，香蕉被大夫提走了，据说，她会把香蕉一一分给所有人，像哄幼儿园小朋友一样。否则，病房里就乱了。

小叔年轻时，爱喝酒。二十多岁的人，不知天高地厚，也不惧生死。喝完酒，就闹事。有一年，和一帮县城的混混喝酒。喝醉了，小叔口出狂言，惹怒了混混，他们上来拳打脚踢，小叔也提着砖块反击，岂料身后一支啤酒瓶砸来，落在头上。玻璃碴四溅，鲜血咕嘟直冒。混混们都跑了，没找到一个。住院，所有费用家里人承担了。报案，也不了了之，毕竟那时没有监控，也无可靠的人脉。

出院后，小叔落下了脑震荡的后遗症，整个人变得迟钝、迷糊，可他依然没有放弃酗酒的恶习。隔三岔五就去找人喝酒，喝完酒，出言不逊，又挨打。如此几年，小叔似乎受了太多刺激，人变了样，不论肉体还是精神。有时，眼仁一翻，口吐白沫，倒在地上四肢抽搐，过片刻，从地上翻身而起，随手拿起东西，不分青红皂白开始乱打乱砸。

从那时起，大家断定小叔精神不正常了，如此下去，会疯掉的。最后，经过商量，家里人将其送到精神病院治疗。随后的好些年，断断续续，小叔都是在精神病院度过的。他在医院久了，大家都忘记这世上还有他这么一个人，在铁门紧锁、药味弥漫的浑浊世界活着。

而同样很多年前，天空尚未落下雨，一些尘土，还未搅和成泥。尘土以尘土的模样，如灰斗篷，罩在城市头顶。

我带着母亲去精神病院看病。那时，精神病院还没建起门诊楼。看病、住院，都在北坡住院部。

也不知从何时起，母亲开始失眠、头疼、眼睛干涩。那些年，母亲四十来岁，尚且年轻。很多年份，正月，过完年，她都要去天津打工。一去一年，有时，失眠严重，整夜难安，实在熬不住，她买了车票，只好回来。回来后，还带着愧疚，说自己上半年挣钱，下半年看病，没挣几个钱，都用来看病了。母亲说这些话时，秋后的落日庞大，把最后的光亮一丝丝扯掉。面对昏暗而来的逼窄天空，城中村的出租屋里，塞满苦涩的云团。

失眠，是一台挖掘机，在母亲的脑袋中整夜挖着。似乎这台机器从来没有一个零件坏掉过，似乎驾驶的人永远不知疲乏也无须吃喝。它一直挖啊挖着。母亲一天天疲惫起来，一天天苍老起来。当我们在暗夜是如死人一般，把沉重的肉体摊在炕上，借着某个梦境来填补生活的裂缝时，母亲独自一人醒着，睡意离她有万里之遥。她是这茫茫黑暗中唯一的守夜人。

天亮了，我们依然贪睡，母亲早早起来，开始忙家里的一摊子。忙完，她顶着一头雾蒙蒙的晨霭，给我们说昨晚又没有睡着，然后坐在炕头，两手抱着脑袋，像抱着沉重之物。她的眼睛发干，满是血丝，她用凉水反复清洗，也无济于事。

母亲说，要是有些安眠药，我吃了，睡个十天半月，我这病，也就好了。我们虽听着，但难以感同身受。

母亲又说，人活着没意思，还不如死了，最起码能睡个好觉。我们听着，脊背发凉。

那台挖掘机，轰隆隆响着，似乎真的要把母亲挖空，然后垮塌了。如果母亲最后彻底倒下，我们的日子将如何面对，想起来都是可怕之事，我们不能没有一个为我们操持供我们惦念的母亲。

有人说母亲是更年期，也有人说母亲是抑郁症，还有人说母亲是高血压。

而我已带着母亲把城里大大小小的医院跑遍了。每到一处，把脉，询问，拍片，取药。大包大包的药，母亲提着，一边惜疼花了钱，一边坐上班车回了乡下。她得熬药去了。她说，这些年我吃的药怕能把一间屋子装满了。母亲也曾住过一段时间院，病情有所减轻，大夫说是焦虑。但后来，那些成山的药吃完了，病情并没有缓解。母亲到处打问偏方，偏方一堆，试了一遍，也无济于事。母亲心神不宁，不知哪里出了问题。我们跑遍了医院，不知道该如何下手了。只好给她买一些正天丸、安神补脑液之类的药。买药，吃药，买药，吃药，陷入了无限循环，而对于疾病却难以祛除。最后，买药，吃药，成了我们的日常，也成了母亲自我安慰的一种方式，甚至一种迷信。

有一天，有人说，要不到精神病院看看吧，睡不着是头里面的病，精神病院就是治疗头里面的疾病的。听人这么说，好像也有道理。

我带着母亲去精神病院时，天空灰尘滚滚，抑或是一些阴云滚滚。我难以分辨，我同样难以分辨人们对于精神病院的态度。人们认为去了精神病院就等于患有精神病一样。那种讳莫如深，那种异样眼光，那种窃窃私语，那种防备、抵触、躲避。我们走过医院长长的走廊，一些看病的人闷着头擦肩而过，他们都不高兴，他们都觉得自己患了某种难以治愈的疾病。院子不远处，是大大的花园，栽着花花草草，一些猩红的花，不知好歹地开着，一副赖皮样子。两三个穿白蓝相间病号服的人在体育设施上活动筋骨，他们那么自由、舒展、无所谓，似乎很享受毫无忧虑的光景。

多年以后的今天，母亲失眠的病并未好转多少，而我已忘了那天的光景。我只记得一个大夫给母亲把了脉，因为之前拍有B超、CT、核磁共振的片子，他没有让再拍，然后在手掌大的纸片上写了一些难以认清的字，打发我们取药。

我们带着一堆白色药片，大大小小的药片，白得让人晕眩的药片，据说是一些专治失眠抑郁但副作用很大的药片，离开了医院。从医院出来的那一刻，我们松了一口气。走在人潮翻滚的马路上，没有人知道我们有病，我们与他人一样，只有隐疾，秘而不宣。可一踏入医院，我们立马就成了病人。

后来，母亲的病依旧，那些药吃完了，好像于事无补。我们再也没有去过精神病院。

一个人在精神病院的门口走惯了，也就无所谓天空了。下雨，泥泞。不下雨，内心泥泞。

总有不尽如人意，让我们难以自拔。

我像一个陌生人一样，路过他们。路过早点摊，路过他们的戒备之心，和对生活廉价的期待。路过一排梧桐树，路过它们宽阔的掌心，和火焰一般在燃烧的秋天。也路过了那些进进出出于医院的人，路过他们的疾病、苦楚，和那些恍惚游离的身心。我甚至路过了我自己，路过我深藏不露的无助、茫然，和大醉后借着月光的哭泣。

我还路过了什么？

那个在医院门口躺着的女人，春天了，依然套着毛衣、羽绒服和厚厚的鞋子。她躺在马路上，毛衣牵起来，露出了肚皮上剖宫产留下的刀痕。她大声号啕，悲伤如同她倾泻在地上的暗黄色头发，河流一般铺了开去。我们都是踩着她的悲伤走路的陌生人啊。可我依然觉得她是我的某位亲戚,或者跟我有着丝丝缕缕的联系。这世间,所有困苦的人都和我有关系。

她在地上躺了好久,也哭了好久。午后的阳光,是一枚枚图钉,把哭泣摁在大地上。她的男人,也或许是兄弟,使劲往起拉她,扯她,劝她,都无济于事。他们定是要去精神病院的。没有人知道他们所背负的苦难,没有人知道她的哭泣背后暗藏着什么,甚至也没有人知道他们最后怎么样了。

还有那个少年,坐在门口的道沿上。他把头垂下去,那般沉重,像一颗石头搭在两腿之间。我看到他时,他就那样坐着。头发长而散乱,两手抱着膝盖。只有他背上的黑书包高高隆起,像另一颗石头,压在他脊梁上。他隔壁的教堂,院门半闭,高高的十字架,站着灰鸽子。没有风,灰鸽子也在垂直坠落。看门人把自己深深藏进壳里,蜗牛一般,有被轮胎碾轧之后咯嘣的脆响。

我没有看清少年的长相,但我知道他有着落寞的表情。他为何而坐?

整整一个上午,他就那样坐着。整整一个下午,他还是那样坐着。最后在暮色里,把自己坐成了第三块石头,不动弹,也不言语。三块黑石头,内心裹着什么样的岩浆,就裹着什么样的故事。可已经是黑夜了。黑夜里,人心和故事都黑漆漆的了。

我在长风呼啸的夜晚,睡在城中村,听微雨敲打着屋顶的铁皮,散乱地溅起了满院嘈杂之声。我想起了少年,石头一般。我不想在第二天遇见他。

还有那些坐着班车从另一个县城赶来的人。每个周一,我们同车而坐,来到这个小城。在车上,每一次,都有人急切地询问司机精神病院去不去,有些司机好些,会说经过,到时候会停车。有些恶劣,充耳不闻,要么言语生硬如同吃过枪药。那些打问精神病院的人,有些独自一人,问毕,依然满心不安,在座位上很是别扭,自言自语，大意是要去看自家的亲戚，在那里住院，家人没有人管了，已经半年了，他想看看人活着没。有些是两个人，打问的人迷迷糊糊站起问完，然后坐下，显得慌乱。他旁边，坐着亲人，裹得严严实实，从他灰暗木讷的脸上，就可以看出要去给他看病了。

这些搭乘班车，要去城里看病的人，多是乡下的。他们得很早起来，从村里坐车进县城，然后转乘班车。他们都灰扑扑的，提着旧式黑皮包，里面塞得鼓鼓囊囊。而他带着的人，特意穿了新衣裳，毕竟要去市里，要见人，得拾掇拾掇。在乡下，一个病人，看不好，甚至死了，也都无所谓的。可要说去精神病院，大家多多少少就会带着偏见，以为那个人疯了，有精神病了。可那个人没有疯，他只是吃遍了药，难以治愈，在别人的提议下，被家人带到了遥远的城里，送进了精神病院而已。

车在路上跑着，窗外夜色汹涌，离黎明尚早。渭河在高速公路南岸，结着厚重的冰。渭河凝固，寒意凝固。一个人带着昏沉睡意，去向不确定的远方。听说远方，那个被药片、针管、手术刀、病床、铁门等夯筑的城堡，会把那些岌岌可危、随时崩断的神经，绑紧，结牢，会把大脑里溅满泥浆的镜片用消毒液擦拭出反光，会让人变成你们所认为的正常的人。

他把自己往衣服里缩了缩，在塌陷的座位上，蜷成一个包子。只有这样，他才觉得安全。而危险就在不远处潜伏，如同火焰和开水，随时要把他蒸熟，上桌，蘸上佐料，被血红大嘴吞掉。

这个世界危机四伏。黑夜潜藏在黎明之前，随时偷袭掠夺你的梦境。你的梦境，在八十码的速度里支离破碎。

我总是要经过精神病院门口的。有时，下了班车，我打车，会特意捎上他们，毕竟同路。到了精神病院门口，放下他们。我也是一个身藏疾病之人，只是无人知晓。我想，你们去吧，也算是替我看病了。这人间，谁不会忧郁、悲伤、压抑、疯狂、抑郁、痛苦、死亡、分裂、毁灭呢？只是，我们伪装出所谓的健康，招摇过市罢了。谁敢把另一个患病的自己从牢笼里放出来？没人敢。

据说，以前，这里每天看病的只有几十人，现在，二三百人了。看病的人越来越多了，医院的生意越来越好了。

我们都是病人。世界不会在乎。活生生的光景不会在乎。

喂，老瓜

老瓜走过莲亭菜市场时，鱼贯而过的半挂车疯了一般，飙过了羲皇大道。它们接二连三卷起的尘浪，像一场沙尘暴，把整个叫莲亭的城中村都埋没了。

那些尘土纷纷扬扬跌下来，落在了老瓜的深蓝色帽檐上，粗布制服的肩膀上、袖子上、鞋面上，以及他麦茬一样潦草的胡子上。此刻，他并不比那些卖菜的摊贩光鲜多少。

远远看见老瓜埋头刷着手机走来，我躲在一辆车后，与他错过。我竟然不好意思见他，不是怕，也不是欠他，更不是故作清高，只是觉得于心不忍。

我的同学老瓜，跟我同一年上的师范。

前三年，我们并不认识。后面两年，上大专，都学中文。中文共两个班，百十来人，教室紧邻，我们便常见面，却也并不怎么熟悉。他跟我们宿舍一同学是老乡，晚上常一起翻墙去网吧包夜，通宵打游戏，或者看黄片，白天两人回到宿舍，挤在一起睡大觉，醒来后满脸死相，目光呆滞，还不忘一起讨论游戏的装备、等级、宠物等。他们黑白颠倒，沉迷网络，感觉已经要在青春期报废了。

因是老瓜常来我们宿舍，也常在我们宿舍留宿，大家便彼此熟知了起来。

老瓜，本名瓜德钢，似乎很像郭德纲，但十多年前，是郭德纲尚未出名，还是我们寡闻，不知道有郭德纲此人。要不，我们给老瓜起绰号，也就不至于如此草率。当然，我们对他姓瓜一直颇感怪异，天底下竟有姓瓜的？我们挤干了脑海里所有的人名，也想不起还有第二个姓瓜的。

老瓜矮胖，有点像武大郎，不过比武大郎略高点，好看点。老瓜的头发四季不梳，堪比鸡窝。大圆脸，二十出头的人，已满脸密实的胡子。当我们正嫩得滴水的时候，他已经像一根老倭瓜，熟透到开裂，露出了满肚子的瓜籽。

除了上网，睡觉，和他那气急败坏的长相，他几乎再无一厘米的特点，供人闲扯时谈及。在大专两年，他几乎就要寂寂无名，淹没于校园江湖了。

他的成名，是在一个骚动不安的夜晚。

我们男生宿舍都在一栋楼上。我跟老瓜的宿舍在四楼西边，东边是比我们低一级还是两级的学生，我记不清了。一层楼，我们共用一个厕所，一个水房。厕所有五六个坑位，水房有两个长水槽。因人多，水火不留情，抢厕所的事，时有发生。蹲在坑里的，优哉游哉，抽着烟，思考着前半生，烟灰在坑边落了一层。甚至端一本玄幻小说，细细品味，不起来，快把半本书翻完了，才抖着两条麻辣酸硬的腿颤巍巍起了身。有个比我们低一级的小伙，就有这毛病，一进厕所，能蹲一个钟头，在坑子里不停地抽烟，看玄幻黄色小说。外面的人快要憋爆了，他依然无动于衷。这小伙个高，偏瘦，染一头黄毛，脸上的青春痘抠破后没有长好，满脸麻子窝，看着瘆人。小伙是城里人，仗着家中有钱，仗着认识几个社会上的混混，在校园里盛气凌人，动不动就把别人捣两拳，或者恐吓一番，大家迫于他的淫威，也多是忍气吞声。

平日里，下自习后，他除了霸占茅坑，还在楼道里大吼大叫，嘴里脏话犹如喷粪。那时，正流行小灵通，他家有钱，两三千元买了个供他耍，他怕别人不知道他有小灵通，故意在楼道里显摆。此外，这人还有一毛病，让大家作呕，就是晚上把脚搭在水池中，水龙头拧开，直接冲脚。这水池都是平日大家洗饭缸洗衣服的，他却用来洗脚，太他妈不是人了。可大家终究还是敢怒不敢言，只好背后骂骂，过过嘴瘾。至于念书、打扫卫生、排队打饭之类的事，对他来说就是个笑话。他唯一还能证明不是个渣滓的地方，就是参加了学校的合唱团，而且美声唱得挺好。据说，他打小就学唱歌，也参加过一些比赛，得过几个奖。我们听过他唱歌，当然是学校元旦晚会上，他当领唱，比起我们这些嗓音跟驴叫一样的，确实高几个档次。

那两年，他一直是学校的扛把子。我们也纳闷，像这样的人，是怎么考进师范的。师范在当时，分数线很高，能考上的，基本是尖子生。把一个混混弄进师范，大家强烈认为，简直是米汤里掉进了一粒老鼠粪。

而这个时候的老瓜呢，也正在平平庸庸、默默无闻地混着自己的日子，除了上网、睡觉，似乎干不了什么正事，连个恋爱都没谈。我们觉得他也就这么寡淡地毕业了。

但有天晚上，老瓜去上厕所，坑子都占满了人。许是晚上吃坏了肚子，老瓜从我们宿舍跑着出去时就骂着，操，快拉死老子了。在厕所，他抱着咕咕叫的肚子，已经到了忍无可忍的程度，再耽搁一秒，他就要喷了。他抬起一脚，踹在门上（每个坑位都有一米高的隔板和一扇门），骂道，你不出来，吃屎着哩吗？（这好像是他上了一趟学，唯一一次暴躁，还是叫屎憋的。）里面没人理，他又踹了一脚，嗷嗷叫着。门开了，是扛把子，他裤裆拉链都没拉好，一出坑，便反手抽了老瓜一个耳光，骂道，你他妈找死，你这么急，是要吃老子的热屎吗？老瓜摸了一把脸，没言语，抱着肚子，钻进坑子，进去之前，扛把子又朝他后脑勺唾了一口唾沫。

老瓜拉完之后，径直回到自己宿舍，也没说啥，在床底下摸出一把刀子，揣进衣袖，朝扛把子的宿舍走去。到宿舍门口，他一脚把人家门踢开，站在门口，指着扛把子叫道，你狗日的出来。扛把子先是一蒙,还没有人敢这么叫过他。等他反应了片刻,才从床上爬起,穿上拖鞋,歪着头,点根烟,走了出来,问道,你吃屎出来了?找你大爷啥事?

你他妈打我,还唾我?老瓜挺着脖子问,他个太矮。

就打你个孙子,不服吗?说着又是反手一巴掌,抽在了老瓜脸上,老瓜还没站稳,鼻子上又挨了一拳。

拳刚收回,扛把子一声惨叫,倒在了地上,双手抱肚,两腿乱蹬,面目扭拧。楼道里挤满了围观的人,人们在惨叫声里,借着昏暗不堪的灯光,看到老瓜手里捏着一把刀子,刀刃上的血,滴滴答答落着……

老瓜杀人了——

老瓜杀人的消息连夜传遍了学校。老瓜一夜之间成了校园名人。大家私下觉得老瓜这一刀戳得好,拍手称快。

扛把子没死,住院去了。老瓜第二天被派出所的带走了。

后来,扛把子从医院出来,又回到了学校。老瓜的刀子戳在他的肚子上,好在平日喝啤酒,肚子上膘厚,才不至于伤到要害。打那以后,扛把子一下蔫了,不再嚣张了,走起路来,头低着,跟个孙子一样。遗憾的是,他再也唱不成美声了。大家开玩笑说,他肚子漏气,一唱美声,气全从戳破的洞里出来了。

至于老瓜,在看守所待了半月,就出来了。因是对方先动手打人,他是反击,加之学校怕把事闹大,便从中调停,再没有引起啥大的麻烦。扛把子的医药费谁付的,我们不大清楚,老瓜穷得都在学校后门的面馆赊账吃饭,哪有钱赔付。而这事,也是万万不敢跟父母说的。老瓜从看守所出来后,明显白了,瘦了。打那以后,他就成了学校的名人,也成了大家心目中真正的扛把子。一个人用拳脚再施威逞能,比起用刀子说话,到底不是一个档次。

戳人事件几个月后,我们就毕业了。

毕业以后,大家各奔东西。有在酒店当客服,成天铺床单的。

有去新疆当老师的，结果有一年暑假没有回家，去水库游泳，淹死了。有考了公务员，分配到偏远乡镇的。也有去南方发财的，结果进了传销组织，不知下落。多是让人感慨唏嘘之事。人一毕业进入社会，就像花一开，立马面临凋残，尽是不如意之事，让人心戚。

老瓜最后去了哪里，我不知道。毕业后，基本失联了。城市不大，但人流拥挤，杂事缠人，终是难以再见的。但我想着，像老瓜那样的人，跟我一样，毫无棱角，也无特长，不用多久，便会淹没在这人世间。而他长于我的，是逼急了也会起身反抗，就像兔子，也是会咬人的。我只会逆来顺受。

后来，听人说，老瓜一直在天水，没有去外地。在伏羲庙那块摆啤酒摊，生意也是一般。他谈了女朋友。女朋友竟是我们宿舍跟他一起包夜的那小伙的前女友。别人说来，我倒是吃惊。念书时，也没见他跟那女生之间有啥往来啊，互相说起对方时，也多是嫌弃之言。毕业后，我那舍友和那女生分了。可即便如此，这样总有点撬朋友前女友的嫌疑，让人尴尬啊。说出来，也是会被人嫌弃的。但感情这破事，谁又能说个所以然，鸳鸯谱乱点也是常见之事。毕业以后，他们之间究竟发生了什么故事，我无从知晓。只是在一时惊讶之后，也便无所谓了。

有一天，舍友带我和别人去他啤酒摊喝酒。说是喝酒，其实是照顾他生意。他们之间并没有因为女人产生嫌隙，甚至一点尴尬都没有。好像压根就没这回事，可能是我多想了。见到老瓜时，他穿一件旧短袖，沾满垢甲，肚子垫着，定是喝啤酒喝的。依旧是满脸胡子，头发蓬乱，似乎没有多大变化。

我们入座，他也跟着一屁股瘫进黄塑料椅里，生意也懒得招呼了。打发给他打工的小伙抱来两箱啤酒，从邻摊要了花生和烤肉。我们喝着酒，说一些别后之事，大多是同学都在哪里混日子，混得多惨等等，也会说起学校的一些搞笑事，诸如当时男生和食堂的女大厨同住一层楼，共用一个厕所。我们上厕所时，要在门口喊有没人，若有女的回答，我们会等人家上完出来，若无人应答，便可进去。有次，我们去上厕所，站门口喊有没人，无人应，我们便走了进去，刚走到小便池前，一颗硕大的脑袋从厕所门缝里伸出来，一脸惊恐，尖叫道——啊——流氓，我们刚入学不久，正是胆小时期，吓得屁滚尿流，夺门而逃。我们清楚地看到那张脸正是食堂卖面皮的女人。从那以后，我再没吃过她的面皮，有心理阴影。说完之后，大家哈哈一笑，举杯再喝。我们唯独没有说及老瓜戳人的事，那应该是这几十年里他最高光的时刻，应该扯出来，借着酒意，吹吹牛皮，但他没有。他只是一个劲儿喝自己的啤酒。他量极好，能喝一箱，最后他自己喝得圆鼓鼓的，跟一只生气的河豚一样，瘫在椅子上，随时都有爆破的危险。

他骂道，一晚上挣的钱，全被我喝光了，我操，连雇的服务员的工资都付不起。他用舌头舔了一圈肥厚的嘴唇，说，来来来，再碰一个，今日有酒今日醉，管他娘个三七二十一。

那一晚，酒钱最后谁掏的，我不知道，但应该不是老瓜免费供的酒。

再后来，我便有四五年没有见过老瓜。

听人说，他和女友吹了。我想着他们吹，也是迟早的事。他们"勾搭"在一起，是为了填补毕业后迎面扑来的空虚，抱团取暖罢了。时间一久，各自被社会漂洗后，也便劳燕分飞了。况且，他俩真不是一根调上弹的，一个阳关道、一个独木桥；一个瘦长，一个矮矬；一个喋喋不休，一个沉默少言；一个心比天高，一个风轻云淡；一个爱着包包口红高跟鞋，一个摆着啤酒摊子混吃喝。我那舍友，就是受不了这样的女人，才跟她拜拜的。老瓜跟她，终究不是一路人，即便上过一张床，但不会有结果。不出所料，他们散伙了。

据说，有天，老瓜心血来潮，骑上他丢了都没人捡的破摩托，带着女友去南山浪。上山，有一段路坑洼不平，很糟糕。两人骑着摩托，挣得摩托死去活来。坑槽满地的路，颠得摩托上跳下蹿，车背上的两个人，也是上跳下蹿，坐不稳当。老瓜给女友吹着牛，说他骑摩托技术如何了得，能在木头杠子上骑着跑。也不知女友是否在听，反正一直没有应声。老瓜吹得得意忘形，唾沫挂了一嘴皮。骑出了坑洼路段，他满身轻松，一脚油门，飙了前去。等上到山顶，摩托一停，才发现后面没人。事后才知道，摩托太颠，女友手没抓牢，像一只麻袋，颠下车，丢进了大坑里。她大喊老瓜，老瓜吹牛正得劲，摩托声又大，没听见。事后，他怪自己没给摩托安后视镜，要不然，丢下去，还能看见。就为这事，女友跟他散伙了。

老瓜好像也早知道有这一天，一丝痛苦都没有，甚至还有一些庆幸，他把我跟舍友请上，又喝了一场。他唯一告诫我们的是，人不能得意忘形，一忘形，准出事。

第二年，老瓜还是摆着啤酒摊。其实啤酒摊也不好摆，不是随便支张塑料桌椅，码堆啤酒，就可以的。得走后门，找人，托关系，在城管那里备案登记，然后人家给你划定区域，你交一定的费用，才能摆摊开业。否则，人家过来，三下五除二，把你桌椅就没收了。

那几年，啤酒摊不好摆，关键批不下来地方。老瓜最后托啥关系搞到的，我不清楚。我想他们家是不是有啥亲戚当领导。可第二年，一个夏天，本来是挣钱的黄金时间，结果隔三岔五下雨。一下雨，就冷，谁没病冒着雨在露天摊子喝啤酒啊。那个夏天，老瓜亏本了。亏本之后，也不知道他干什么去了。

毕业几年，我和好多同学都混够了，也干怕了招聘的工作，纷纷报名参加了考试。有考一年，考上了，去当老师的。有考两年，三年，甚至四年，熬白了头，熬花了眼，终于混进了体制内的。几年时间，我那些同学，包括我，陆陆续续，大都考上了编制。考上了，一个个被分到大山深处，当起了小学老师。大家也想得开，反正上师范，就是当老师的。也有个别的，被城里的花花世界迷了心，乡下待不住，熬到周五下班，赶紧进城，吃喝玩乐。几年下来，结婚的结婚，生娃的生娃，一个个陷入生活的泥潭，尽显疲态，再也没有折腾的力气了。有一些，长年在村学教书，慢慢木讷起来，没有了上学时的机灵，穿着陈旧，办事小气，喜好说教他人。

老瓜也参加了考试。一年，两年，三年，四年……他接连名落孙山。就连念书时比他差十倍的人，也考上了，而他，只有叹气的份，他苦涩地摇着头：没命，再不考了，先人个板板。他还不断安慰自己：只要有本事，干啥都能发财。我们想笑，忍住了，继续听他吐槽当老师有多不好。

老瓜没有考上老师，也没有再摆摊，他干什么去了？好几年，又没他的消息了。我那舍友，因在山里当老师，也很少跟我往来了。

直到有一天，我穿过天水郡，顶着一头灰土，提着两元钱的面条，准备回莲亭的出租屋做饭时，在巷道口，遇见了老瓜。我当时正为中午的浆水用蒜炝还是葱炝犯愁，没注意路上。老瓜走过来，喊了一声：大作家，思考啥人生大事呢？走路没精打采的。我应声抬头，一晃眼，没认出老瓜。他穿着一身藏蓝色城管服，戴着一顶类似警察的城管帽。好在他那张别有一番特色的脸，可以让我在人流中将他区分开来。他那肥厚的嘴唇、几乎要霸占整张脸的胡子、朝天的鼻孔，以及被烟熏黄的大板牙，这些特征，如今，愈加明显了。

我们握手，寒暄。他发烟，我不抽，没接。他问我高升了没？我苦笑着，高升个辣椒，混日子罢了。他问我住哪儿？中午提面条干啥？我说莲亭租房，中午回去做饭。他说他也租房住，一个人随便凑合着住就行了，没必要在房子上花冤枉钱。他还说自己做饭也好，干净点，最关键油好，现在外面的饭不能吃。我点头称是。他问我媳妇工作调过来了没？我还是苦笑，没人没钱，调动不易啊。

他说你这么大名气，领导应该特殊招呼。然后，骂了一通政府，发了一番牢骚。

他早已没有了当初那种即便矮矬但还算单纯的模样，随之而来的是漂浮不定的生活，和前路不明的愁绪，对他反复的蹂躏，让他陷入了一种邋遢、絮叨、疲惫的青年困境。他摘掉帽子，用手拍打着帽子上的灰土。他已经秃顶，稀稀拉拉的毛发被正午的风吹起来，让人心寒。毕业十年，生活把我们打回了原形，该是猪的变成了猪，该是狗的变成了狗，该是猴的变成了猴。

我在他一连串提问的间隙，问了他一些情况。他现在当城管了，不过是协管员。想必还是那个存在或不存在的亲戚背后帮的忙吧，这年头，别看一个协管员，谋的人也很多，没点后门，是安插不进去的。他负责的正是莲亭这一块的马路和市场，关键是巷子口的菜摊子和小吃摊。他要像一道阀门一样，把摊贩们关在巷道口。也要像放羊人一样，把时不时溢到马路上的摊贩，赶进去。也得像只牧羊犬一样，守在路沿上，左手对讲机，右手枸杞茶杯，两眼机警地睃巡着摊贩们，对任何一只有企图乱跑的羊进行打击。

我问工资咋样，他说一月两千来元。我说还能凑合。他说就是，挣一点总比没有的好。我说你这轻松。他说确实他妈的轻松，一天就是站着，动动眼睛，动动嘴，有点浪费生命啊。我说习惯了就好了，干啥都一样没意思。他说也是，干啥都没意思。我本来还想问他结婚了没，他慌张了起来，说，你回吧，有时间了再谝，小队长来了，看见我不在，要骂人的。说着便转身走了。他那早已滚圆的身躯，撑着变形的制服，脚底下拖拖拉拉地跑过了马路。他就这样，成了生活的手下败将，亦如我，完全臣服于琐碎的日子，只有喘息的机会。他给我留下了一个陈旧、疲塌、茫然的背影。这背影，何尝不是我们这一代人的背影。

我依然记得他提着刀子，站在楼道里，满脸冷峻、凛然的样子。那只是他这辈子最刺眼的一瞬，也估计是最后一道回光。从此以后，他连黯淡的本事都没有了。

我有无限的沮丧，在这个正午。

后来，我还见过两三次老瓜，但我基本都躲掉了。我怕见他。怕见一个不如意的人，怕见他千篇一律的旧日子，怕想起那些明晃晃又轻飘飘的青春，怕把我比他略强的日子摆给他看。

再后来，我搬离了莲亭，再也见不到老瓜了，就好像那些青春，之前还有贪恋的可能，现在，被时间之手，扫到一起，倒进了垃圾桶。最终，我们一无所有了。

梧　桐

桥二沟口的梧桐很粗了。

桥二沟的风，却那么长久地细着。

桥二沟，没有桥，只有一条一膀子宽的沟，流淌着污浊的水。后来，沟上面铺了盖板，水走了暗路，沟也就看不来了。只有一排梧桐树，站在路边，老样子。那是一些法国梧桐，赤裸腰身，表皮光滑，远看，灰绿相间，有种迷彩的错觉。树冠有明显被人为反复修剪过的痕迹，除了那碗口大的瘢痕，枝条的走势几近相同。城市么，就喜欢规则，也在通过规则制造着整齐和重复。

我从梧桐树下走过的时候，是某个暮春。阳光明亮，滴滴答答，落了满地，珠玉一般溅起来。日渐生长的燥热，开始漫游，让人对万物产生幻觉，甚至时间，是不是某个暮春，也不能确定了。

梧桐树下，那个轮椅上坐着的人，再一次准时出现了。

繁盛起来的叶片，手牵着手，为人行道铺下了浓厚的阴影。一些忘了脱落的球形果实，真像一颗颗褐色铃铛，被绿手掌细细摇响。我已无数次走过了这些阴影，无数次在无声的铃铛间倾听。那个坐在梧桐树下的人，也无数次被我经过。

那是一个年轻人，二十来岁的样子，五官端正，面色白皙，有着浓浓的眉毛，流水一般，在他清淡的脸上荡开去。他坐在轮椅上，两只手搭在腿面，灰衣服，黑裤子。指甲剪过，上弦月一样，只是也带着些许苍白。

他就那样坐着，面无表情，脑袋微斜。那是一双还算清澈的眼神，甚至有一些纤细的波纹在起伏着，稍不留心，便起了浪花。但我依然从他的眼神里看到了空茫茫的东西，是河边的芦苇？是午后的街道？还是一个人昏暗不明的去路？是他背后盛大花园里的春秋？

是的，他背着一座花园。越过冬青，越过草坪，那里面，花事繁密而响亮，游人往返如流水，四季更迭，枯荣难分难解。可这一切跟他没有关系，它们只是他的背影，或者说，他只是它们的背景。

他只有坐着，也只能坐着，一动不动，雕塑一般。花园不远处，倒是有一尊雕塑——一个古时的女诗人。起初，她拥有残损的手臂，汉白玉的石头，沾满泥垢，甚至生了青苔，迎风立着，背影纤瘦，倒有几分楚楚可怜之意。后来。人们换了新的雕像，人，还是那个已故的人，可体态变得丰盈，甚至肥腻，面目全非，风韵荡然无存，要不是脚下刻着名字，无人认识是谁。她那相貌，真跟这附近小区里退休老干部的婆娘一样，浓妆艳抹，丰乳肥臀，甚至带着某种不可一世的优越感，进出于商厦。

雕塑。肉身的雕塑。石头的雕塑。他和雕塑之间存在着某种牵连和隐喻吗？

应该没有，有，也是牵强附会。

每天早晨，约十点，白发苍苍的老人会准时把他从花园一侧的旧小区推出来，很吃力地推上一处陡坡，然后来到梧桐树下。老人应该是他母亲，从他们的相貌上可以略辨一二，他们都有消瘦的下颌，和掉下来的眼角。老人该有七十来岁了吧，满头白发，在阳光下，如同一团化不开的雪，渗着寒意。

在梧桐树下安顿好之后，她拖着那条不太灵便的腿，走过冬青掩映的小区。她或许是去做午饭了，或许去照顾另一个需要照顾的人了，或许是吃一顿到点的药，也或许还有其他可能。但我并不知道。

轮椅上的人，究竟发生过什么。我无从知晓，他借着一片阴凉，缄默不语，向世界保密着自己的故事。而他的母亲把他摆好以后，用颤巍巍的背影，同样给这个世界一片空白。

我曾托人打问他们的故事。这似乎很不道德，有种窥探隐私的卑劣。我其实也未必好奇他们的故事。这世上，每个人都扛着一堆属于自己的故事，如同经卷，随便撕掉一页，大都是难念的段落，都写着辛酸的过程和不如意的结尾。我只是有时为他们担心，这样看似寡淡的日子，会持续多久。一个轮椅上沉默的人，一个年迈的母亲，会撑着日子走多久，都是难以说清的事。

正午，我走过那些梧桐，有时，轮椅上的人还在那里。呆呆的，目光空洞，如同摆件，日子一久，也便无人在乎了。他的脚面上，落着一些光斑，风吹，光斑游弋，风不吹，光斑依然游弋。他的头顶，是层叠的叶片，葱绿的，风吹，叶片筛动，阳光漏掉。风不吹，叶片不筛动，阳光挂在叶片的夹层里，有细长而尖锐的光芒，散射开来。有时，也恰巧遇到老人，推着轮椅，走过梧桐树，他们顶着光斑，缓慢远去。而有些光，却再也找不到他们了。在陡坡处，她努力后倾，拉着轮椅，防止轮椅借着惯性冲出去。她那后倾的背影，像极了这世上所有母亲的背影，在苦难面前的抗拒、挣扎和无能为力。

有时，什么也没有。梧桐树下，空荡荡的。

梧桐树下，空荡荡了好久。大约有月余时间了，梧桐树下，就真的空荡荡了。

我的隐忧最终成为现实。这让人怅然。只是我依旧不知道，他们怎么了。也没有人在乎他们怎么了。

这桥二沟的梧桐，叶子开始黄了，唰啦啦响着，交换着内心的密语。冬天已到来已是显而易见的事。一些寒冷在不远的北方厉兵秣马。一个人在内心捡拾越冬的柴火，并把裸露在外的伤口封好。梧桐树下，长久地空了。就如同压根没有一个年轻人和他的轮椅、他的母亲出现过一样。这城市，大风一刮，万物片甲不留，何况一个微不足道的人呢。

梧桐树下，从来没有轮椅上的人。就如同桥二沟口只有白杨，压根就没有梧桐一样。是我记错了。记忆就是这么不可靠。它让一棵棵树满城乱跑，长在它们需要存在的地方。然后，故事结束了，一排树，便退回了虚构的火焰，让疼痛成为满地灰烬，四散而去。

我同样在那个老厂子的家属院门口，遇见了一个苍老的人，也是坐在轮椅上，背对着街道。他昏昏欲睡，老年斑遍布手背。巨大的树荫落下来，盖住了他，一点光斑也没有。

梧桐树下的年轻人，家属院门口的老人。他们之间有着什么关系呢？他是他的前半生，还是他是他的后半生？还是他们以不同的形象，证明着我日渐繁重的错觉。

虎 头

清晨，依然是旧模样。逼窄的巷道，青蓝而狭长的天。灰鸽子如同草鱼，胆小，寻常，被光膀子的男人吓跑。一早买菜的老太太来了，她多年前被马路上的三轮车撞坏的腿，旧病复发，让她走路摇晃。

咳嗽，韭菜，布袋，煤渣，尿盆，晾衣绳上的鞋带，民营医院值夜班回来的姑娘，骑摩托送外卖的小伙，满头大汗电话不停送快递的中年人，因迟到进不了校门的小学生，等等。我走过这习以为常的巷道。又是一天，太阳尚未骑上墙头，便已知结局。

只有西侧巷道口那个疯子，是我难以确定其结局的。

巷道口，挨着一堵院墙，孤零零地在外面倚着一间拳头大的破砖房。真是很破了。屋顶用石棉瓦搭着，遮风挡雨。红砖败露，有些甚至断残。一扇红漆木门，油漆剥落，裸着发霉的木头。没有窗户。这不是一间柴房，也不是厕所，是一个叫虎头的疯子的房子。

我经过他的门口时，疯子虎头已经起来，坐在门槛上，衣衫不整，满脸污垢。他嘴里絮絮叨叨说着什么，偶尔可以听见几个脏词，在他嘴里像瓜子皮一样飞出来。透过他半开的门，我大约可以看清他黑乎乎的屋子，只支着一张单人床，床上堆着棉絮外露的被子，仅此而已，再无其他，也再无落脚之地。屋里不时向外飘着某种污秽的气味，是霉味，是尿臊，是腥膻，似乎都有。

有时候，疯子虎头是不在的。他不在的时候，听说是流浪去了。他想走多远，就走多远。但不管走到哪里，他都会找到回来的路。回来时，他抱着一堆破烂，丢在门口，从里面挑拣可用的东西。

有时候，疯子虎头是在的，只是没有坐在门口，而是在巷子口的大青石上躺着，他不知从哪里搞来了一顶帽子，歪斜地戴在头上，帽檐把半张脸遮住了，只留下了胡子蒿草一般蓬乱的半张脸。嘴里唱着秦腔，细听，唱的是《探窑》："老娘不必泪纷纷，听儿把话说原因。我的父在朝官一品，膝下无子断了根。所生我姐妹人三个，个个儿长大配婚姻……"大风吹来，他的衣衫飘摇，唱腔隐约。这暮春的寒流，携着沙尘，攻城拔寨。不用多久，全世界都一片混沌了。风继续刮着。风越大，他的唱腔越大。那腔调，像一块旧布，在长风里呼啦啦响着。

在西北，每个大风里唱秦腔的人，都在心窝里包着一堆往事。疯子虎头的心窝里，也包着一堆。他已不再诉说，也无人愿意倾听。反正一个疯子的话，况且那么肮脏，谁信呢。

虎头年轻时，也是一表人才，相貌堂堂。父亲老虎是一家三线企业的工人，母亲改嫁了。早些年，企业效益好，老虎也挣了一点钱，在莲亭买了块地，盖了两层民房。他想，两个儿子，一人一层，他住中间堂屋。盖了房，他这一辈子的任务就完成了一大半。另一小半，就是给两个儿子娶媳妇的事。

但日子总没有那么顺风顺水。后来，企业效益严重下滑。一个生产机床的厂子，在智能化、信息化的挤压之下，加之身处内陆，交通运输不便，订单日益减少，滑坡是必然的。老虎的两个儿子，大儿子虎头，小儿子虎尾，都没有工作，一个在粮库当装卸工，一个在酒店干保安，都不是牢靠饭碗，说砸也就砸了，顶多挣点零花钱，混混日子罢了。老虎为两个儿子的工作，也是费了周折。大儿子虎头，中专毕业，按理说，要是能找个可靠的人，弄个乡镇干部或者村学老师，也是有可能的。但办事的人，拿了他的钱，给自己儿子把事办了，气得老虎差点吐血。二儿子虎尾，人身体壮实，脑瓜子鬼道，贪玩，初中没毕业。老虎想不到办法，只能让他自谋生计了。但他深信，他的二儿子有一个好脑子，有些事，别人大脑里转一圈，他已经转了两圈，以后再咋混，也不至于吃亏。

那时候，企业里有这么一条不成文的规定，父母在企业干够二十年，到五十岁就可以退休，人退岗在，退休金照发，岗位由自己直系亲属顶替，大多都是子女顶了。老虎考虑到后路，自己五十冒头，已无所求，也再无机会，不如早点下来，让儿子顶上。即便企业效益很不行，但社保还是有的。权衡之后，他把大儿子虎头从粮库叫来，弄进了企业。

没几年，老虎得猛病，给两个儿子娶媳妇的心愿未遂，便撒手而去了。

老虎过世之前，倒是通过亲戚撺掇了一个姑娘。乡下人，长得一般，但性子好，人干活泼辣。他本想着让人家姑娘从两个儿子里面挑，挑上哪个是哪个，反正都是自己的儿子。他把姑娘带他家来耍，正好是三月天，飘絮乱飘，青杏豆大，油菜泛黄的日子，村里唱大戏。姑娘在他家住了两天，看了两天戏，便回了。回去，捎来的话，说是看上老大虎头，虎头长得秀气，人腼腆，性子绵，跟她能搭配。老虎觉得看上老大也好，老大年长，内向，早点娶妻成家，他也就放心了，免得一拖再拖，最后没了合适的，打了光棍。当他准备给虎头订婚的时候，猛一下，谁都没想到，活生生一个人，平时也没喊过一句身体不适，说没就没了。

父亲是顶梁柱，人一殁，家里无主，虎头的婚事，也只能暂缓了。

老虎活着时，他家的院，他说了算。十来间房，他们住过三间，其余的全租了出去，租金他收。他说，以后我死了，这房，你们兄弟一人一层，房费各自收各自的，互不干涉，以后万一拆迁，补偿款对半分，老话虽说亲兄弟，明算账，但老话还说，兄弟齐心，其利断金，你俩要互相帮衬，互相支持。老虎死了后，兄弟两人按遗言一人一层，各自出租，各自收取房租，各自过活。老虎在时，老虎、虎头、虎尾，完完整整一家人。老虎就像一根纽带，把三个人串在一起。老虎殁时，这带子也就断了，兄弟两人，分锅离灶，成了两家人。

三年后，也或者是四年后，在城中村这样的地方，时间不重要。重要的是，那些烟火升腾的背后，被遮蔽的光阴，就如同虎头和虎尾的光阴，淌着淌着，一条河流就干涸了，另一条就澎湃汹涌了。后来，厂子倒闭，虎头下岗，又干起了装卸工的活，他人老实，活重，没一段时间，整个人脱了形。接着，那个乡下姑娘，就是看上虎头的那个，也不知何故，跟虎尾结婚了。于是，虎头一直打着光棍，一晃眼，四十岁的人，这辈子似乎也就再没啥出路了。他开始成天喝酒，喝大了，不去干活，醉醺醺的，坐在院子里，守着四四方方的天，像守着一口井，痴痴地笑。再后来，一层的房租，全被虎尾收了。他成了这个院子名正言顺的主人，而虎头，这个浑身破落不堪的人，成了一个寄居者。他已经不去上班了，一头扎进酒瓶里，一天不喝醉，就要死掉一般。

而这一切，都是虎尾利用几年时间慢慢经营出来的。他利用自己的鬼道，把老实到无用的虎头步步紧逼，他自己则步步为营，最后，虎头跌入悬崖，他则走上了生活的康庄大道。在虎头身上，他把鬼道二字发挥到了极致。他说，兄弟齐心，其利断金。意思就是说，在利益面前，兄弟要争夺的心都是一样的，为了利益，那股狠劲，能把黄金都搞断。他还说，这世道，阳世人间，人弄人，阴曹地府，鬼日鬼。

另一个春暖花开，青杏悬枝，春风吹拂的日子，村里早已不再唱戏。虎头疯了，他疯了的标志，是扒掉自己的衣裳，赤条条在巷道里号叫着跑掉了。大家都说虎头疯了，却不知虎头是怎么疯的。这些年，虎头沉默如铁，寸言不发，把万千心事装在心窝，发酵着，发酵着，那些心事成了甲烷，似乎一遇到火，便爆炸了。

离家出走半月之后，他披着一件破棉袄回来了。回来后，虎尾不再叫他进院子，而是把他推进门口那个柴房里。从此，虎头就在那间巴掌大的房子里落了脚。虎尾的女人好几次看不过眼，想把虎头叫回屋里，还想带他去医院看看，也想给他找几件像样的衣裳穿穿。毕竟，她曾经看上的是老大虎头。不管她跟虎尾曾发生了什么，但心里，还是记着当初第一眼看到虎头时的那种文静气。她给虎尾反复提过这事，最后招致而来的是谩骂，甚至说急了便是拳脚相加。她无可奈何，只好看着虎头彻彻底底沦落成了疯子，她唯一能做的，就是一天给他送一顿饭。

买菜回来的老太太，坐在院中，阳光从屋顶移过来，落在院里，一寸寸，流淌开来。她敲打着自己的膝盖，疼痛让她的暮年，如同一只旧瓷碗，长满了裂缝。她常有预感，用不了多久，她就碎成一地，连个声响都没有。身后的花，开的开，落的落，没有悲伤的情绪。我坐在她的对面，听她拉拉杂杂说起疯子虎头家的旧事。

她说着，就像把伤疤揭起一样，牙缝里总是发出因疼痛而吐出的叹息声。她老了，满脸的皱纹，堆积如山。她摸了一下眼角，浑浊的眼里，看不清这个漫长上午的倒影。她起身，吃力地把一把蒜皮扔进垃圾桶，扯着衣襟，进了厨房。

我再次走过巷道，还是重叠的一天，结局似乎永远定型。风还是那场风，灰鸽子还是那群灰鸽子，墙头还是那墙头，满院关着的人还是那些人，就连他们说话吵架呻吟打呼噜的声响，也是一样的。老太太，还是闲坐着，上午的光线，缓慢移动，抽丝剥茧一般，将她大半生的故事一一收走。

当我来到疯子虎头的房门口时，他一年四季半敞的门，竟锁上了。一把黑色铁锁，挂在门扣上。可能是觉得铁锁还不够牢固，在门扣和拉手上又扎了几圈铁丝，用钳子拧紧。这显然不是疯子虎头所为，他不会把自己锁在门外，断了后路，况且，他也没有工具。黑锁、铁丝，把门和墙面牢固地捆绑在一起，黑房子和外面的世界，断绝了关系。而虎头呢？他没有在门口出现过。或许他出现过，他趁着夜色，在某个流浪归来的夜晚，摸到冰凉的铁锁时，心一下子凉透了。他试图撞开门，或者徒手撬开铁锁，可终究是徒劳的。这个世界，已给他夯起了一道坚不可摧的围墙，他只能独自在墙外流浪，无论生死。

虎头倚着门坐了一夜，寒冷犹如抽筋砸骨一般，让他浑身颤抖。他无限怀念一门之隔的房子，虽然肮脏不堪，但足以让他躺下，蜷缩着，抵御风寒，哪怕是大雪翻滚，寒意杀人，他都能把自己捂热，甚至捂出一段父亲在世时喜乐的光景来。现在，他无路可退，无处可去，他彻底成了一名流浪汉。

这些年，在弟弟虎尾的各种阴谋阳谋之下，用极尽狡猾之道，把他一点点吸干榨净了。从工作，到媳妇，再到一层楼，直到今夜，他最后的落脚之所，也被没收。他真的在这世上赤条条了。

我曾想，在无数个夜晚，守着巷道里漫长的风声，或者人们散乱的脚步声。同样在无数个白天,看着大地上辽阔的人间,或者人间那生死疲劳和尔虞我诈,疯子虎头有没有想过这些年,他到底经历了什么,有没有想过他一步步的后撤终将跌落悬崖,有没有想过这样活着究竟为了什么。

没有人知道虎头是怎么想的。

那一夜,秋霜落下,巷道里的狗,冻得呜呜哭。破房子跟前的老国槐,叶子落了厚厚一层。天抹明时,虎头顶着一身白霜和树叶,摇摇晃晃离开了巷道,轻飘飘的,有人以为是一只破塑料袋,被风刮出了巷道,呼啦啦飘远了。

我从虎头住的房子前经过时,锁子依旧挂着,冷冰冰的样子,我想他再也不会回来了,他的故事,到此为止。若不是别人讲起,或许,有些事也就烟消云散了,就如同,他曾在这世上来过,或者不曾来过,都无所谓了。这拥挤而繁杂的人间,终究是寂寥而空旷的。除了屈指可数的人,没有谁在意你的生死。只有房前的老国槐,叶子绿了,枯了,落了,把四季的悲喜刻画在叶面上。

紧挨着破房子,是红漆铁皮的大门,门敞开着。院子里,略显臃肿的女人蹲在地上,搓洗着衣服,白花花的后背和大红的裤衩腰,露在外面,她身前的洗衣机轰隆隆响动着,污水漫过院子。台阶上,一个光膀子的男人坐着,一手举着鸟笼,一手拿着手机拍照。他肥硕的脸,像一只蒸开花的馒头。他的口哨声,让笼子里的画眉鸟惊慌失措。这是正午,灰鸽子落在屋顶,咕咕叫着。做饭的人,把葱段倒进了锅里,滋啦啦的响声,溢满了巷道。逼窄的巷道,夹着青蓝而狭长的天。

用不了多久,这院子将被拆掉。院墙上,红漆刷了一个大大的"拆"字,"拆"字上,还套着一个圆圈。巷道里已经有人反复说起拆迁的事了,大家心急如焚,又焦躁不安。一拆暴富的日子,指日可待。而这些,和疯子虎头毫无瓜葛。疯子虎头究竟还在不在这世上,也难说了。

乌鸡人家

从疯子虎头曾经的住处，往后走，走到巷道另一个入口，马路边，便是小李不锈钢工程部。小李我不认识，不锈钢我知道，至于工程部，有点言过其实了，不过是个临街小铺面罢了。

这一溜铺面都不大。一排平房，隔成十个平方米的房子，对外出租。门头上，用不锈钢焊了架子，上面贴着一张带有"小李不锈钢工程部"的喷绘。我是从这喷绘上知道这家店主叫小李的。架子明显大了，喷绘有点捉襟见肘。也或许是故意露出上下半截架子，让别人看他手艺的。

喷绘上，除了几个大字，还密密麻麻地印着好多小字，不锈钢、防护网、扶梯、扶手、拉闸门窗、卷闸门、旗杆、货架、小吃车、宣传栏、阳光棚、彩钢房、不锈钢大门、围墙护栏、铁艺大小工程、不锈钢管材批发等等。看来他还会好多，无奈地方有限，只能省略，毕竟还要留点空间印上联系电话和"专业技术、值得信赖"几个字。

我要说的，不是小李的工程部，也不是小李和他的一家人。我只是想说说他家的一群乌鸡。

一开始，乌鸡有两只，都是母鸡。

黑乎乎的鸡，披着黑斗篷，顶着黑冠子，腿上的两撮黑毛，像穿着黑棉裤，一直拖到地上，只留着黑爪子晾在外面。每天早晨，它们从门口立着的破铁笼里跳出来，在地上捡食一些饭渣、馍渣，然后开始在附近溜达。它们的活动范围就在门口一大块空地上，最远到路边的行道树前，刨刨土，找找虫子吃。

一个乡下来的人在城里生活，会对他人产生某种戒备和防范。而在农村，是熟人社会，他会把自己暴露在村里，暴露在生活中。

城市不行，一切都陌生且充满危机。两只乌鸡，也和人一样。它们虽然保持着某种乡下的习惯，诸如喜欢刨土、喜欢跳起来捉昆虫吃、喜欢随地拉一泡屎，但它们更多的是警惕和拘束。不远处，正在修桥，人多车杂，机器轰鸣，钢筋水泥成堆码放。这些，对两只鸡来说，都是危险的，是带着某种威胁的。它们选择在小李一家人目光所及的范围内活动，甚至连隔壁邻居家都不去串门子。它们完全适应了城市里的一套规则，也成了两只地道的城里乌鸡。

我每天经过那堆满材料的铺子时，门已经打开，一个三十多岁的男人，想必就是小李，头发蓬乱，满脸皱褶，穿着拖鞋，蹲在门口刷牙，毛巾搭在脖子上，刷牙水吐在眼前摆着的盆子里，牙膏沫子溅了两脚面。旁边的破藤椅上，坐着他的女人，没有来得及梳洗，头发随便扎成马尾，脸色蜡黄。怀里抱着差不多两岁的孩子。孩子一大早要吃奶，女人嫌烦，气哄哄骂着孩子，把衣襟撩起，把乳头塞给他。孩子一头扎进胸口，像只小牛犊，哼哧哼哧吸着奶。女人喊疼，又开始骂孩子。一些光线从东边斜落下来，微黄的光，细密的光，落在衣襟没有遮住的乳房上。白皙，透明，隐约可见蓝色血管。孩子稀疏的黄发，被风吹动，柔软，又凌乱。某个早晨，一些眩晕的景致，在一个过路人眼里，起起伏伏。

从他们两口子的对话里，能听出不是本地人。有点南方口音，湖南？浙江？江西？具体哪里，听不出来。

他们的身边，是无所事事的乌鸡。我再次见到它们时，已经不是两只了。多出了四只小乌鸡崽。黑线球一样，圆滚滚，毛茸茸，镶嵌着两粒眼珠子，像从宣纸上突然跳出来的，还带着一些晕染开来的水印。它们叽叽叫着，跟在母鸡尾股后面，翻刨树根处的泥土。原本被踩踏瓷实的土，已被它们刨得松软，还烙着竹叶样的小脚印。或者在门口啄食着一片烂菜叶，菜叶被啄成筛子眼，碎成几片，它们各自叼一片，跑到一边，独自享用去了，嘴里没有的，跑来跑去抢别人的，抢到了，一人啄一头，谁也不饶谁，扯来扯去，最后扯断了菜，摔到地上，打了几个滚。

它们是什么时候孵出来的？况且也没有公乌鸡。

小时候，每年四五月，天一暖，油菜花落，结了鼓胀的荚。黄瓜长了一拃。葵花苗齐膝高了。母亲就开始抱来老母鸡孵小鸡了。孵小鸡，我们叫抱鸡娃。大人们闲聊，我们一边玩耍，顺耳听说，公鸡给母鸡踏过蛋后，母鸡下的蛋，才能孵出小鸡。那时不懂什么叫踏蛋，现在想来，就是交配。交配完，成为受精卵，才具备了孵出小鸡的基本条件。至于哪些蛋能孵出小鸡，村里的女人们是会甄别的。她们拿着鸡蛋，举在电灯泡下，翻来转去，仔细观察，最后确认哪些蛋可以孵，便放在一起。不能孵的，卖了钱，或吃掉。鸡蛋在灯下，是淡淡的橘黄色，呈半透明，蛋清蛋黄隐约可见。但具体怎么辨识，我们小孩，是不懂的。家里若有公鸡，即可挑选一些圆而大的蛋。若没有，就要去别人家换。换来蛋，找好竹箩，铺上厚厚的麦草，把十几二十颗整齐地摆在草窝里，最后把母鸡放在鸡蛋上。这样从早到晚，没昼没夜，母鸡寸步不离蹲在草窝，它蓬松的羽毛下，温腾腾的。鸡娃们在温热的怀抱里，由一片混沌，渐渐成形。叽叽叽，老娘抱你三七二十一。二十一天后，鸡娃就开始破壳而出了。母鸡熬得直打盹，两眼血红，羽毛灰暗。叽一声，一只嫩黄的小脑袋从它翅膀的缝隙里探了出来，好奇，惊讶，甚至有一丝胆怯。叽一声，又一只小脑袋。叽叽叽，小鸡们一只只陆续出来了……

想必小李家的小乌鸡也是自己孵的。可他们哪里来的鸡蛋呢？

二十一天了。想来漫长，可在流水一般平白无奇的光景里，二十一天，只是河流的一圈波纹，连水滴都不会溅起。看惯了那两只无所事事的乌鸡，想当然地认为它们一直在那里，寻觅着自己的生活。可不曾想，它们其中的一只，在一个人记忆的夹缝里，已经抚育了一堆儿女。

我总是在上下班的路上看到它们。它们是不认识我的。当我再次注意到那些鸡崽时,它们已经脱掉了绒衣,换上了夹克,鸡冠凸出,两腿细长,当初可爱的样子荡然无存。万物都是在最小的时候,让人心生欢喜,无限恋爱,人亦一样。

后来,它们真的长大了,跟那两只母鸡没有区别了。披着黑斗篷,顶着黑冠子,腿上的两撮黑毛,像穿着黑棉裤,拖到地上,沾着泥巴,在门口溜溜达达。我常想,这可能是这个城里为数不多的几只散养乌鸡吧。城管那么凶,乌鸡又在人行道上过日子,为什么没有被逮走?真是万幸呢。

再后来,门口还剩两只乌鸡了,是那对老乌鸡,还是新长大的,难以辨认。其他的乌鸡呢?卖掉了,杀掉吃肉了,寄回老家了,送人了,也是不得而知。只有两只乌鸡的门口,显得空旷、寂寥。叫小李的男人光着上身,蹲在地上,焊着铁架子。女人在一旁门口洗锅,饭渣倒进一只破碟子里,跑来抢食的鸡把碟子踏翻了。女人骂着,弯腰,把饭渣捡进碟子。她的腰上,露出了白花花的赘肉。

那个吃奶的孩子,站在地上,眼前的凳子上放着铝饭碗,围着小熊护襟,左手横握着铁勺,挖面条吃,胸口上挂着面条和口水。他有明亮的眼珠,和微微下塌的鼻子。

又是一个深秋,路边的叶子落了一层。冷风扫过街道,莲亭脏乱不堪。我再次路过小李的工程铺。铺子门虚掩着,里面是打骂的声音和铁器撞击的声音。男人吼道,你他妈给我滚,带上你的小杂种。一阵响亮的巴掌声。女人哭着,骂道,我算是眼瞎了,你连个畜生都不如。又是玻璃破碎的尖锐声。

大风太紧,大风太寒,大风把人间的事吹得一片杂乱。大风把孩子撕裂般的哭声刮得断断续续。大风起了,时间一把一把,乱如掉落的头发，难以打理。

明年的春末夏初，还会有毛茸茸的嫩生生的小乌鸡吗？像从国画里跳出来的样子，叽叽叫着，可爱极了。

后　记

我在秦州电视台上班时，有一年，单位搬迁到了安民家园小区西侧，此前，在区政府招待所。当时，我租住在莲亭。从莲亭去单位，公交只能坐半路，还需走段路程。两地相距也不是很远，于是上下班步行，单趟约半个钟头。

这段路途，虽不算长，但要经过卫校、安民家园小区、一老旧家属院、三院（精神病院）、瀛池大桥，最后到莲亭。除去周末，每日经过，便对四周人事多有留心。生活波澜不惊，然细看，则多是皱褶，而皱褶里，则掩着喜怒哀乐、鸡毛蒜皮，掩着难以言说，抑或视而不见的东西。我就是那个爱把生活翻来翻去的人吧。

那些在卫校门缝中讨要生活的人、那两只在众目睽睽之下被挤奶的羊、那些进出于医院的人、那条被人遗忘的裤子、那个陷入生活难以自拔的同学、那个梧桐树下轮椅上的人、那个疯掉后不知所终的光棍、那对开铺子养乌鸡的小两口，或许还有更多，只是尚未被我翻捡出来，正是他们，缝补成了这斑驳人世，也连缀成了人间坎坷之路。

每个晨昏和正午，我途经他们，他们何尝又不在途经着我。他们看到那个而立之年的人，每天往返于此，那般庸碌，那般倦怠，那般强作欢颜，那般心事重重。他们定然觉得，这短短的一生，我们何其相似。是啊，我们何其相似，甚至，我们就是同一个人，在这短短的路途中，仅是分出那么些个自己，来尝人间疾苦和稀缺的欢喜罢了。

在活着面前，一切，终究都是殊途同归。

后来，电视台更换了新名，我也去了其他单位，那段路，便不再走了，那些人，有些已早早离去，有些因拆迁、因环境整治等各种原因，也不在了。不在了，也就不在了。

借过

嗯，苜蓿们

　　苜蓿们在打盹。这是六月，或者七月，无所谓。反正苜蓿们在河道边，打盹。阳光盛大，如铝盆，倒扣过来，盛满万物，万物有疲惫之态。久不见雨，城市干燥，洒水车反复奔波，直到把最后一口水咳出，肚腹空空，抖着身躯，躺在路边歇息。洒水车和苜蓿们毫无瓜葛。

　　河流，应是有名字的，我不知道。除去几次暴雨，很多时候，它不是河流，仅是溪水。溪水从南面扭动而来，身躯细瘦，甚至在某段时间，因为干旱，流着流着，便不见了踪迹。它们藏于蒿草之中，不知所终。而另一头，一条叫藕（我们本地念 xī）河的流水还在等着它，等它推波助澜，等它扶持前行。但它没有抵达和汇聚的力气了，一条溪水也有疲惫之时，在六月，或者七月。溪水和苜蓿们关系不大。

　　而河床反倒开阔，宽度足有百米。蒿草，碎石，人类的废弃物，洪水冲刷过的踪迹，在河道里独自徘徊的人。这是之前，而随后，环境整治，几台推土机啃食而过以后，泥土覆盖了一切。泥土干焦后,一片灰白,河床变得单调而沉默。好在河床东侧,还有苜蓿,如同灰床单上缀着的绿花边。

河床东侧的小土坡,为何要种一长溜苜蓿呢?

绿化,环保,防止水土流失,或者有人随手一种。我也搞不清。它们卡在两座水泥大桥中间,被高楼包裹,像极了工业化时代内心暗藏的一方小乡愁。

二月刚过,三月挑头,乡下冷,草木尚且沉睡。而城市,万物急躁,在各种喧嚣和催熟中,柳芽睁了眼,碧桃开了花,风筝挂满了天空。春天迫不及待,便敞露胸怀,把一切全盘托出。苜蓿们,自然也从泥土中挤出来,先是举着茸茸的"小拳头",随后,叶片微微打开,一瓣,两瓣,七八瓣,也是茸茸的,叶片呈椭圆,绿中泛白。苜蓿成簇长,一簇苜蓿就是一个小团伙。风吹来,它们在枯草中,摆摆头,一副楚楚可怜之态。

起初,小土坡尚且灰白,过几日,细看,竟有一层薄绿,如轻烟,丝丝缕缕。

然而苜蓿是不会被遗忘的。它们刚从泥土挤出来,睡眼惺忪,一副不知世事之样,就已迎来了指尖。也不知是有人成天盯着这片苜蓿的长势,还是人们血液里的那种乡土基因总会按时苏醒,反正,女人们很准时,在某一天,突然撒满了小土坡。她们大都五六十岁,短发,满脸皱褶中,有洗不净的生活之尘。她们用臃肿的身体翻过大桥护栏,来到苜蓿们中间,从衣兜中翻出塑料袋,顺手一抖,皱巴巴的袋子胀起来,装满空气。她们蹲在泥土之上,埋着头,缓慢蠕动,像大地上结出的一颗颗苦瓜。起初,小土坡上人少,后来,便多了起来,拥拥挤挤,远看,密密麻麻,如豆如蚁,这么多人,真是不可思议。

掐苜蓿。拨开杂草,让苜蓿暴露在外,大拇指和食指一掐,苜蓿从根茎处断裂,指甲缝染上绿色。掐掉的苜蓿,捏在手心,待有小半把后,顺手装进袋子。半个下午过去了,一个下午快过去了。

塑料袋里，虚哄哄，鼓了起来，苜蓿不少了。女人们翻看老年机，已是五点，校门口接孙子要迟到了。起身，太猛，大脑供血不足，眼冒金星，大脑空白，身子晃了晃，才站稳，却又觉得蹲了一下午，双腿发酸发胀。但已顾不得太多，拍打着裤腿上的土，一路瘸拐，小跑着，翻过护栏，赶公交车去了。

苜蓿会掐很久，一个月，或者近两个月。除去下雨，几乎每天都有人蹲在那里掐苜蓿。我总想，这么不停掐着，苜蓿能来得及生长吗？苜蓿疼不疼呢？苜蓿会不会烦了懒得再长呢？反正，女人们毫无节制地掐着，似乎总是掐不完的样子。直到有一天，我和媳妇去凑热闹时，才发现，苜蓿们孱弱不堪，且稀稀拉拉，被人们反反复复踩踏得疲惫不堪，得拨开杂草和枯叶，悉心找寻，才能发现，要掐到手并非易事。

这便是城市的苜蓿，在夹缝中，尚未体味到成长的乐趣，便已被迫不及待的手掐回家，成了腹中之物。

在乡野，大片大片的苜蓿不紧不慢地生长，大人们农闲时，提着篮子去掐，小半天，已是一篮。孩子们，瞅个周末，相约起来，三五成群打打闹闹去了田野，随便进一块苜蓿地，玩够了，才动手掐。要掐"胖"苜蓿，太琐碎的，不屑于下手。到傍晚，已掐了大半篮。回家路上，打打闹闹，夕阳中，洒了一路笑声，雨点一般。

苜蓿提回家，或做浆水酸菜，或凉拌，或撒进洋芋豆腐中，或做成臊子面的浇头。在漫长的冬季，乡野人家，除去洋芋白菜，饭桌上难见其他蔬菜，苜蓿自是没有。苜蓿洗净，经开水焯过，会由灰绿变成翠绿，一上桌，呀！那么新鲜，那么显眼，让昏沉的生活瞬间明亮了几分。

不知道城市的苜蓿们被掐回家后，会用来做什么。太少，似乎干什么都很欠缺。看着虚哄哄半袋，一过水，再一捏，仅有拳头大小，于我等粗鲁之人食用，是一点不解馋的。当城里人，就是这般，看似物质很富裕，但都是工业品，而真正天然的绿色食品，实是不多的。在北方小城，人们看似挤公交、逛超市，粉墨亮相于高楼之间，但大多刚逃离土地，是半条"泥腿子"，骨子里还是一个农民。每到春天来临，每一根血管里都会扬起泥土味的波澜。于是，那块苜蓿地便成了一方解愁之地。

过了三月，又过了四月。万物蜕掉春天的皮，热浪塞满城市，草木蓬勃，欲望流荡，繁花一茬胜过一茬，衣衫一件薄过一件。苜蓿们长大了，从一寸到半尺，从芽变成了草。远远望去，一片葱郁，已不再是"花边"，而是"短裤"了。几场雨后，苜蓿们越发葱茏，成了墨绿色，和城市中的草木有了明显色差。毕竟是乡野之物，即便落脚城市，基因里还是带着烂漫和纯粹，要长，就彻底长，要绿，就拼命绿。

小土坡上再没有人掐苜蓿了。曾经的拥挤，被茎叶遮蔽掉。苜蓿们自是不能掐了，掐回去，也无法下咽。小土坡，空空荡荡，风摇动着苜蓿们细长的腰肢，椭圆叶片亮出深刻的指纹。风再吹，就有了微波之样。若在乡野，大风吹，苜蓿们便跑满山坡。有人举着镰刀割回家，有人把牲畜赶了进去，有人躺在其中，看天空，如一块蓝色瓦片，扣在大地上，而看天的人，是瓦沿上悬挂的一滴水。

后来，苜蓿们就开始打盹了。这是六月，或者七月。小土坡朝西，被夏日烈阳炙烤，泥土干燥，水分尽失，加之久不见雨，异常干旱。苜蓿们打着盹，一寸寸睡着了。它们一睡不醒，开始枯萎，发黄，最后，叶片零落，茎秆斜卧。而洒水车是不会光顾它们的，扯着水管的环卫工人也是不会来到这里的。

最后，苜蓿们死在了夏日午后。

而在乡野，它们此刻应该开花了。紫蓝色，穗状，每一朵，都像舌尖上吐露而出的秘语，或者蝴蝶在草丛间欲飞的片刻。大片的苜蓿开花了，大片的紫和蓝，都是风的模样。大片的爱和恨，都是生生死死的模样。大片的梦境，都是有去无回的模样。漫山遍野，把一个少年的往事浮起，在夏日午后，于一片干枯之地凭吊、默哀。

后来,小土坡长了蒿草,稀稀拉拉。苜蓿们似乎不曾来过,如虚幻之物,在春天徒然而过。

河道依旧,溪水时常消匿。此刻,打盹的,不再是苜蓿,而是我。苜蓿明年还会发芽吧?嗯,明年再说吧。

花坛或者菜园

朝西,去某小区。去干什么倒是不记得了。

这一大片小区,在城边,多是廉租房、经适房,以老人居住为主。大致分两类,一类是老城区人,旧城改造,迁移于此;一类是农村人进城,在此买了房,带着老人来接送孩子上学。老人们每天聚在小区门口,或三五成群坐于路边闲聊,或围成一圈为一步棋争得面红耳赤,或在摊边捡拾菜叶,或抱着孙子扯一片阴凉来昏昏欲睡,也或独自一人背着拾来的硬纸板蹒跚而行。

沿着小区再向西走,是一条不太宽敞的街道,因是死路,车不多,倒是两侧的花坛很阔气。在人行道上,用砖砌到齐腰高,呈长方形,每个长六七米,再贴上灰色大理石,里面装满土。从南到北,两溜子。我倒是没有数过,具体有多少方这样的花坛。暂且叫它们花坛吧,即便没有花,它也有着花坛的模样和理想。

花坛修起了,看大理石的颜色,已有许多时日,一年,两年,或者更久。好在大理石干净,泛着光泽。干净不是因为清理过,而是顽童们在上面嬉耍,土灰都蹭到了衣服上。日子一久,大理石越发光亮。花坛筑起后,里面倒了土,但一直空着,没有绿植,是忘了栽种,还是栽不栽都无关紧要?这个,就不知道了。只是顽童们跳进去,到处踩踏,不久,泥土便被踩实,如同路面,黄土也被踩出了白色。

某条街道的花坛一直空着，也很正常，毕竟这里是城边，且大多住老人，绿化与否，似乎也无所谓。

只是某一天，有老人看着这花坛闲着，一天天闲下去，长了荒草，颇觉可惜。便找来铲子，一点点翻了。镢头是没有的，镢头在乡下甚至已经腐朽在记忆中。翻起来也不易，第一翻，地太硬，铲子差点折断。只得等雨后，土地湿润。雨，说来便来。雨让花坛中的泥土略显松软，再翻，轻松了些许。几天时间，花坛们一一翻遍，老人已是腰酸背痛，误了不少事，遭了老伴不少数落和调侃。自然也招惹不少围观者，大家或做冷眼旁观，或议论不休，也或回家找来铲子，自占一块，反正也是无人管理。

翻过地，刚是春末夏初，种菜略晚，但也勉强可种。于是买来菜籽，撒于土中。也买来菜苗，种于土中。有些蔬菜，如豆角、洋芋，甚至铺了地膜，一行，两行，三五行。不种便罢，种上，就成了心事，得一直惦记。惦记发芽没，惦记出苗没，惦记被人拔掉没，惦记有人踩踏没。于是，提着水桶，得空就跑去看，似乎比照顾孙子都尽心。发了芽，心生欢喜，没发芽，又是忧虑。没有踩踏、破坏，心里安稳了些。浇水，拔草，匀苗。干完后，坐在花坛边，歇一阵，与围观的人闲聊，说起菜苗，很是自豪，几乎要一株株夸下去。其实出门时，已忘了家人的责备。她不顾这些，这么多年，她在梦里种着一片菜园。每到清明前后，种瓜点豆。每一个菜芽都把梦顶一顶，顶着顶着，就破土而出了。到五六月，蔬菜繁盛，开花结果，梦的帷帐上落满紫斑蜻蜓。每一朵花都骑着出嫁时的枣红马，每一枚果实都有十月分娩时的疼痛。八九月，蔬菜们爬满梦的窗台，荡秋千，厨房里做饭的人，锅碗叮当，菜香迷人，她听见有人敲响了侧门，她的心微微一颤。到了十月，蔬菜们睡着了，时光的羽毛粘在枯叶上，梦罩下来，心头一派疲惫。这么多年过去了，梦中的蔬菜收了几茬，而生活依然破旧，年迈和虚弱，开始如同子女，陪伴左右。她常念及二十岁的光景，有阳光灿烂，有青草如浪，有长风万里，有白衬衫和绿军鞋，有辽阔的土地，可以摆放无尽的力气，有激荡的爱恨和决绝，也有葵花落日一般金黄、玉米旗帜一般挺拔、洋芋人心一般瓷实、麦浪大海一般起伏，有蝴蝶、青虫，有黄鹂、喜鹊，有田鼠、灰兔……可后来，她来到城市，于钢筋水泥中寻觅生活，最后，螃蟹一般，蜕掉乡村的壳，成了市民。

但她骨头上的泥土，怎么也蜕不去。每到深夜，那些泥土，开始喂养梦境。

在花坛中忙完，歇息片刻，拍打完裤腿上的泥土，提起小水桶，回家去。瘫痪在床的老伴，脸色灰暗。从工厂下岗那天起，他就一直脸色灰暗，如同车床上那块被反复敲打的砧板。她端去水时，老伴嚷道，你把烂菜比我都当事，种点那能吃还是能卖？她又从抽屉中取出药瓶，边分拣边回，不能吃，也不能卖，我就爱种。老伴咳嗽几声，在咳嗽的间隙中挤出一句，我要是能动，早给你拔掉了，大儿子离婚五六年了连个媳妇都没找下，二儿子的娃秋天上小学到现在没托下关系，你不操心，尽整些没用的，真是吹着喇叭拦买卖——没事找事。她没有言传，她知道再回一句，会有无休止的争吵。一辈子了，都是这般。她钻进厨房，把一副药倒进砂锅，添水后，放在煤气灶上。她于暗夜袭来的失眠，已在脑海中生长半年，蓬勃如荒草，四处蔓延。她没有告诉任何人。

我经过那条街道时，阳光如盛大的雨水，铺排而下。花坛内，长满洋芋苗，如碗口大小，横平竖直，整整齐齐。洋芋苗的土壅过了，土皮散碎，每一株苗下，都有少许土，像它们的小围裙。另一个花坛内，种了豆角、菠菜和大葱。三根旧竹竿搭了架，呈三角形，顶头用绳子绑着。豆角秧有两拃长了，细细柔柔，盘在竹竿上。菠菜倒是长大了，巴掌一般大，明显摘过，缺了一小块。大葱的土也壅过，两侧起了垄，便于蓄雨水。另外的花坛，同样种了洋芋、豆角、菠菜等。

在花坛旁走过,竟有恍惚之感,隐约回到了乡下田野或菜园。洋芋苗青,菠菜鲜嫩,长风起伏,碧空万里,有群鸟落下,有炊烟升起,有牛羊遍野,有劳作的人伸直腰杆,有放牧的孩童坐在地埂。甚至一瞬间猛然想起跟着父亲去锄地,跟着母亲去菜园浇水。夏日漫长,流光晃荡。然而这种恍惚,只是片刻的,蔬菜们长在花坛中,局促而拘谨,懦弱且无助,像被绑架一般。它们看着人来人往和车水马龙,它们听着喧嚣轰鸣,它们没有辽阔的视野和土地,没有更多的同伴,没有鸟鸣、露水、昆虫和寂静。它们是城市的闯入者,冒冒失失,另类而孤僻。它们是城市的借居者,无法找到归宿。

它们是另一个从乡野来到城市的我们。我们,不过是被看不见的手,种在钢筋水泥中的一棵菜。

后来的某天早晨,她借着买早餐之机,去看了看她的菜园。她以为自己老眼昏花,使劲看了许久,才再次确认,那些洋芋、菠菜、豆角、大葱,竟不见了。泥土被重新翻过,瓷砖被重新擦过。花坛里,挤满了密密实实的冬青树,还栽有几株高杆月季。泥土湿润,发黑,用水浇过。冬青们叶子略微耷拉,并不精神。月季开了一半,移栽后,没有力气再开了,就那么挑在枝头,像是失血过多。那些蔬菜确是不见了。

这几天,老伴的病情加重,加之脾气越发糟糕,她没敢出门。她不知道那些蔬菜是何时被铲的,这些冬青、月季是何时所栽。她隐约记得前两天楼下有机器的嘈杂声和人的喧闹声。

此刻,她想说点什么,不知该给谁说。她心里空荡荡的,好像有人从她心窝里挖走了什么,甚至感觉有人把她的心也挖走了。她还曾设想,再过些日子,豆角、葱、菠菜就可以吃了,那是自己种的,没有农药,没有污染,炒一盘,上桌,定会很香。到秋天,洋芋长成,挖回家,煮着吃,炒着吃,都香。可现在,一切都没有了。

她没有去买菜，折身，进了小区。她有落寞的背影和沉重的叹息。

后来，就没有人记得这花坛中曾种过蔬菜。似乎那些冬青一直绿着，似乎那些月季不分节令一直开着。似乎这城市，都是千篇一律，都藏不住任何心事。

在这片小区，老人多了，四处都是迟暮之气。白发，皱纹，老年斑，洗到藕断丝连的粗布衣衫，疾病，隐痛，不成气候的子女和兄弟之间的纷争，儿媳的冷眼，停电断水的正午，以及那些存在过或者，不曾存在过的蔬菜……我从他们之间走过，我看到我的暮年，迎面扑来。抑或，另一个我正混于他们中间，难以分辨。

花与女生

应是初夏，我去上班，草木新鲜，不热不燥。沿人行道步行，有段路，贴着墙根种了竹子、紫荆、蔷薇、紫薇、香花槐、冬青等，以作绿化之用。竹子、冬青不见开花，紫荆、香花槐、蔷薇三四月开，一茬接一茬，紫色、白色、粉色、红色，一路走过，悦人之心。紫薇七月开花，一大串又一大串，花色明显，开在梢头，垂下来，风吹着，往返摇摆。皱状的花瓣，明黄的花蕊，总是粘满蜂蝶，嗡嗡之声，混着花团，如一朵彩云，飘来飘去。但竹子们下面，长了一排植物，齐腰高，叶片呈倒卵形，革质，生于顶端，枝条坚硬，呈灰褐色，略显粗糙。其他植物长叶，默然而立；其他植物开花，也默然而立。不言不语，不闻不问，顶着竹子们投下的阴影中，落落寡欢的样子。

它们是我所不认识的。它们就那样在路边，四季绿色，朴素，寡言。我想它们就是这般了。

某一天，中午步行回家，路过那不知名的植物，隐隐闻见一缕香味。淡淡的，带着一丝甜，略似桂花香，但又比桂花香轻薄一分。于是，闻着香味，低头找寻，在那不知名的植物顶端，发现了一簇白花。花纯白，有五个花瓣，略微后卷，有蜡质光泽，花蕊如舌，花柄略长。尚未开花的骨朵拳头一般，挤在花朵中间。

凑近一闻，这香味，果然是这花的。于是用手机中叫"形色"的软件拍照一查，方知此花叫海桐。

海桐，于是让人想起大海，也想起梧桐，或海边的梧桐。但这都是乱想，大海在遥远的南方或东方，这里只有黄土千里，如凝固的巨浪，世代如此。我见过大海，但那席卷而来的气势和毫不停息的拍岸声，让人惶恐和烦躁，唯有站在黄土上，看长风万里，才心生安稳。我这泥做的骨肉和灵魂，呵呵。梧桐倒是常见，粗枝大叶，每年早早开花，紫色，喇叭状，大大咧咧，吹着春天的曲调，花期短，没几天，啪，落下一朵，啪，又落下一朵，蔫耷耷的，被人踩扁了。但这是海桐，和大海、梧桐，并无牵连。

百度这样介绍海桐，录于此：海桐（学名：*Pittosporum tobira*），是双子叶植物纲、海桐科、海桐花属常绿灌木或小乔木，高达6米，嫩枝披褐色柔毛，有皮孔。叶聚生于枝顶，二年生；伞形花序或伞房状伞形花序顶生或近顶生，花白色，有芳香，后变黄色；蒴果圆球形，有棱或呈三角形，直径12毫米；花期3至5月，果熟期9至10月。产于中国江苏南部、浙江、福建、台湾、广东等地；朝鲜、日本亦有分布。

我说对此物面生，原来是南方来客。这几年，城市绿化，引进了不少外地植物，有迁来之后，立马安家落户、生儿育女者，也有水土不服、气息奄奄者。海桐呢，在这城市，我再未见过，或许仅有此一处。是试种还是就种了这么一些，不知道。但百度说高度可达六米，而这些海桐，不足一米，我也未见过园林工人修剪。网上图片，海桐叶片油亮泛光，但这些明显黯淡且粗糙，如患病之人的脸色。网上图片，花呈伞状，一簇一簇，甚是繁密，而这些花，多则七八朵，少则四五朵，稀稀拉拉，花也并不鲜亮。

这南方来客，借居于西北，明显不服这干燥、寒冷之地。

过了这排海桐，便是卫校。

卫校之前在城中心，后来搬至这里。这里之前是聋哑学校，搬到城东去了。卫校搬来后，进行了扩建。我没有去过校园，只站在我家窗口，能瞥见校园一角，刷了暗红漆的教学楼，宽大的操场，一栋土黄色旧楼（据说是聋哑学校家属楼，因为安置问题未达成协议，一直没有拆除），楼顶东侧竟然长一棵两米高的榆树，不知水泥地上，它是如何扎根的。只是春天，它依然发芽，夏天，依然碧绿，秋天依然落叶，到了冬天，陷入寒冷和阴沉的天空，若有若无。它也是借居于水泥上，独自在坚硬中生长。

卫校因是中专，以护士专业为主，故女生居多。每天下午放学，校门口会有几处临时小摊，烤串、麻辣烫、水果、面皮、饼干零食、袜子内衣等。女学生穿绿白相间的校服，三五成群，出校门，围着摊子，买东西，要么去后门处商店取快递，网上购物已成为她们生活中很重要的一件事。校服过于宽大，把她们青春的身体装在里面，并不自由。她们大都十六七岁，或披肩发，或扎成马尾，化了淡妆，一边说笑，一边刷着手机。

到了周末，学校放假，女学生就可自由出入于校门。她们脱掉校服，脸上擦得厚而白，如同上了腻子，只是擦到下巴处，而脖子没有擦，反衬得更加黑黄，和脸似乎脱节了。然后换上时尚服饰，背着洋气的包，扭扭捏捏出了宿舍。眼影、口红、文身、假睫毛、腮红、耳环、烫发、破洞裤、内增高、做了各种图案的指甲，样样齐全，应该都是网上淘的。她们出校门，或去逛街，或去约会。她们用各种修饰，极力掩饰自己的十几岁。远远看去，她们真的不像十几岁。

她们走在阴影浓烈的国槐树下，背影明艳，和即将盛开的紫薇花那般相似。我也曾是十五岁上的中等师范，那时，校服亦是宽大,亦是那种常见的蓝白,亦是装着青春期那空荡荡且明晃晃的身体和懵懂。班上有一半是女生,个个素面朝天,剪着短发,还残留着初三时那种闷头学习、不懂世事的纯真和木讷。到周末,也去逛街,多是去商业城,买一两件便宜衣服,五六十元,就很开心。大多时候,都在教室写作业,要么约三五好友去后山看书。日子过得极为朴素、简单。就像那海桐花,藏在叶子中间,寂然,安静,甚至带着泛黄的陈旧。

我们上学时,没有淘宝、快递,没有多余衣服,没有人浓妆艳抹。十多年过去了,一个时代接着一个时代在过去,我们曾经所拥有并在乎的,如今已被当做廉价品,并遭抛弃了。

看着卫校的女生们,她们已完全有别于我们。打扮得花枝乱颤,以成熟和性感取悦于人,走过去,留下浓烈的香水味,久久不肯散去,她们挽着男友的手,招手打车,扬长而去。但我依然在她们的身影中看到某种青涩,如同一枚枚柿子,在初夏,还绿着,要等到几场寒霜过后,才会变甜。可她们在社会的泥沙裹挟中,网络、金钱、浮躁、欲望、喧嚣、利益,犹如催熟剂,一针针于无形中注射着,她们在不知不觉中,已与这个时代合拍。这并非苛责。或许,这就是她们的生活方式,我用旧时模板去框住她们,未免挑剔。不光是她们,是所有和她们同龄的人,都如此这般,与时代合拍了。

她们有属于自己的花期,只是开得太早了。她们提前蜕掉青涩的绒毛,早早成熟,用丰满与生活打成一片。她们提前把二十多岁的光景借过来,进行透支,她们还不知道自己透支过的每一分最终都会被生活加上成倍的利息进行偿还。

似乎每一代人在年少时都是如此吧。要么怎么会有年少无知一词。或许在另一代人眼中,我们也是提前盛开,提前蜕毛,提前透支,只是我们并不知道,我们在用生活的苦涩来偿还当初挥霍掉的时光。

过了卫校，就没有卫校了，也没有海桐花了。

但我还是想起海桐花，它们纯白的瓣、淡淡的香，没有嘈杂，没有生长，在阴影中，静默如初，静默如内心的执念，只在月光下开着。你来看，它们开，你不来看，它们也开。它们守着花期，在初夏，微暖的光景中，一点点盛开，如同心事，只待月圆时分说给流水听。它们不早熟，甚至晚于南方许久，含苞的骨朵，把秘密藏在手心，握着拳头，要等到开心的时候，才打开手，给你看。蒴果要到九十月才结好，果壳裂开，露出红色果肉，石榴籽一般，一粒一粒，极为可爱。有麻雀落于枝头，啄了果肉，扑棱着翅膀，飞到了高处。

网上说，海桐根、叶、籽可祛风邪，活经络，散淤血，止疼痛；海桐皮可治腰膝痛、风癣、风虫牙疼。因为其味苦且辣，苦辣的植物，则能除身体中的疼痛之疾，这似乎和生活一般，苦辣的生活，也总会治疗身体上的做作和矫情。

我们的今天，就缺这么一味苦辣的药。那些年少的人，在蜜和糖中，不知苦辣为何物，也不知纯白的海桐花为何物，但生活迟早会把这碗药端到眼前，迫使他们慢慢喝下。我们都是在喝，或者刚刚喝完这碗药的人。

午睡时刻

小区门口，正对着一座便桥，名为天慈桥。这座小城，近年修了不少桥，均以天为首字，诸如天秀、天润，且称为天字辈吧。天慈桥为其官名，刻于桥头所立大石上，知之者不多。老百姓不叫其官名，而叫蘑菇桥。因桥上有数个蘑菇样白色凉亭，故名。"蘑菇"高三四米，顶端撑开，如伞，可避雨遮阳，"蘑菇"底端做了两层圆形木台阶，供人休憩。

桥有二三百米长，这个长度由河道决定，宽约五米。铁制框架，桥面铺木板，两侧护栏刷了白漆。

桥下是藕河，早些年，河水细若游丝，几近干涸，河道以荒草为主，偶有附近小孩进河道戏耍，荒草淹没人身，只闻嬉笑声在草丛中飘出，间或有数只麻雀被惊吓到，拍打着翅膀，从荒草间弹起，四散开去。这些年，河水倒是宽了许多，人不能再蹦跶过去。河水偶尔会变得清澈，甚至可见河底泥沙，映着蓝天看，水竟也是蓝色，绸缎一般。近来，河道两侧搞公园，修有轨电车，河道被挖得满地狼藉，河水不再顺河道流淌，而是漫延开来，带着泥土，浑浊不堪，倒有几分像"黄河"。河道里跑满各种施工机械时，孩子们就不见了，麻雀们也不见了。唯有流水，日复一日，喋喋不休，给河床吐诉着怨气。

平日，蘑菇亭下，会坐一些附近居民，或乘凉，或闲聊，或发呆想着心事，或带着孙子玩闹。到了晚间，护栏、蘑菇亭边沿的彩灯亮起，跳广场舞的、搞直播的、拉着音响唱歌的，极为热闹，围观者众。我也去凉亭下闲坐，吹吹风，看看落日，瞅瞅往来的行人，多是消闲之事。

偶有一天回家，正午一点前后，经过凉亭，发现几个台阶上都睡着一圈人。侧身弯腿，面朝里侧，脊背在外，头脚相连，呈环形。因是正午，阳光浓烈，泼洒下来，如开水一般烫人，明晃晃铺在地上。河道里并没有风，只有温热，从桥下蒸腾上来，裹着桥面。不是蝉鸣，也非飞机的轰鸣，某种未知的声音在城市上空嗡嗡作响，带着一股锈迹斑驳的颜色，又纷纷落下，毫不停歇，给这正午时刻又增加了燥热和烦闷。路上行人稀少，都在家中避暑。此刻，应是饭后收拾完毕碗碟，躺于床上，吹着空调，午睡的时刻。

侧卧在蘑菇亭下的人，都是女性，从她们盘起的蓬乱头发、露在腰间的红短袖和粗笨的腰身上，可以看出。此刻，她们在午睡，她们穿着破旧的迷彩服、家里过时的校服、粘满白漆的黑布裤和开了胶的运动鞋，头下枕着一个包袱，里面应是水杯、干粮、旧衣衫、烂帽子、口罩、手套等。此刻，她们睡在薄薄的阴影下，脸上盖着凉帽，被热气和声浪包裹着，如一枚枚鸡蛋。她们应该睡着了，安静，疲惫，用后背抵御着坚硬的生活。在梦中，她们有金色的奢望和清澈的日子。

她们真的乏透了。在硌人的木板上，蜷缩着，沉沉睡去。

她们应该是附近干活的民工。但我向来对这个词语很抵触，因为人们每说出这个词时，都带着不屑，好似民工就等于低贱、可怜、贫困和脏。我出身于农村，好多亲人都是民工，他们用双手、勤劳和汗水挣钱，每一分都很干净。看着在凉亭下午休的她们，我觉得她们就是我的姑姑、姨姨或者姐姐，是我不认识的亲人。在沉重不堪的日子中，她们没有固定工资、没有名贵之物、没有精致妆容、没有跳舞闲聊的时间，她们只有忙碌于水泥、砖头、沙子、腻子、灰尘、杂物之间，用血汗换来报酬，以此维持一个家庭的生活所需。或许，她们的男人，也在打工挣钱，但定然是不够的，孩子上学、老人生病，甚至还有买房后高额的贷款每月需要偿还。

她们忙碌了整个上午，满身泥土，灰尘糊住了面孔，只有两只眼睛亮着，像昏沉的生活中，内心不曾熄灭的灯盏。到中午，在水龙头下洗了手脸，向老板要了外卖，每人一碗炒面，当然，面钱十元，是从工钱中扣掉的。面送来，已坨成一块，缺油少盐，菜全靠白菜和洋葱撑着。好在量大，出力之人，饭量也大，这么多，可以吃饱。也没有碗，大家坐在地上，把塑料袋打开，放在砖头上，将就着吃了。饭后，老板发慈悲，每人送了一瓶矿泉水。

中午可以休息两个钟头，但她们大多都是租房，太远，回不去，只能随便找个地方待一会儿，到两点，接着干。干活的地方，是水泥地，一来热，二来满是灰土，不能休息，连个铺垫之物都没有。盛夏时分，午后容易迷糊，需要睡一会儿，哪怕仅有几分钟，也能缓过神来，下午有精神接着干。

去哪里？有人提议不远处蘑菇桥，桥上有凉亭，可勉强一睡。大家提着包袱和衣衫，带着难得的空闲，浑身松弛下来，朝蘑菇桥走来。桥上并没有想象的风，不过好在有凉亭，可以遮阳。她们坐上去，躺下，三个人一圈，头脚相连，围着凉亭柱子侧身而睡。刚躺倒，她们就睡着了。即便被温热罩着，即便木板让骨肉生疼，即便在光天化日之下，她们还是睡着了。她们仅仅想休息一阵。

不到两点，在闹铃声中，她们惊醒，搓搓脸，互相吆喝着，又去干活了。她们走了，台阶上空空荡荡，就好像她们不曾来过一般。她们的苦楚、汗水，她们手心的血泡、衣衫的水泥，她们肩上的担子、心头的疲惫，她们被老板的呵斥、被路人的蔑视，都在某个盛夏正午，被她们自己带走了。

阳光剧烈，热浪翻滚，每一个人都被酷暑翻来覆去煎熬，但酷暑并不会放过一群靠血汗换取报酬的人。她们来到桥上，午睡了片刻。她们只是借来一席之地，让疲惫之躯得以缓解。她们终究不属于这里，这里是广场舞、是直播、是无所事事、是霓虹缤纷、是市民的地盘。这个城市，那高楼大厦、那商场饭店、那大桥道路、那花坛绿地，都出自她们之手，但她们没有属于自己的一席之地，她们只能向城市借来这片阴凉。

这边的活，结束了，明天，她们要去其他地方。她们不会再来桥上午睡。不知道明天的正午，或者更多的正午，她们能否借来方寸之地，午睡片刻。她们不知道有人在她们睡着以后，经过她们的疲惫之躯，经过她们的梦境和光阴，也经过自己内心深处最疼痛的一角。那个人，她们可以叫他侄子、外甥、弟弟。他们都是这困苦大地上的亲人。

她们没有再来过。蘑菇桥依然。白色的蘑菇，铁制的蘑菇，掉了漆皮露出锈迹的蘑菇，依然在桥上，守着流水漫满河道，守着行人纷纷扰扰。但愿，那些在大地上寻觅生活的人，总能在午后找到一朵"蘑菇"，就如同一只流离的昆虫，总能在大雨中找到一朵蘑菇。然后，借着这一片逼仄之地，短暂安放身心。

就如这桥名——天慈，但愿上天总能以慈悲为怀，让活在夹缝和底层的亲人，能有如意之喜，至少，在梦中吧。

一辆拖拉机的生死录

拖拉机已沉睡。

或许没有人知道一辆拖拉机是何时来到这里的。城市一角，闲置的院落，豁口的围墙，烂尾的三层楼。不知是否因为盖到三层时，因某种原因，被城管阻止且把三楼拆了大半，空心砖、钢筋，裸露于外，留下一片狼藉。一楼，好似住着人，一两户，平日是不大见到的，但院中，绑着铁丝，天晴，会有衣衫搭在上面晾晒，天阴，自然会被收掉。也不知这一两户人，和这院子，和这房子，是何种关系。主人？租客？或者贸然的闯入者？不知道。

院子长满荒草，只有一条细路，从豁口处伸到楼下。荒草蔓延，麻蒿、苍耳、车前草、稗草、大蓟、红蓼、苦苣、灰菜、荠荠菜……还有更多，常见而不知其名，在院中，肆意生长。没有人清除，也没有人踩踏，它们在属于自己的一方小天地中，独自悲喜。

每一株草，都有属于自己的脾气。它们对这个世界爱理不理。它们不会在乎这院落，究竟有什么样的故事。它们只需要泥土、阳光、雨露和生死。

它们也不关心院子一角，一辆拖拉机睡着了。

一辆东方红牌拖拉机，停在那里，像一头狮子，死掉了。但它依然有庞然之躯，在荒芜中支撑着，它要用铁的骨头、铁的血液、铁的皮肉来证明一辆拖拉机，此刻依然在坚持。它没有在荒草中萎靡下去，没有瘫坐在泥土上，还挺着脊梁，在时间的消磨中，一天天，又一天天存在下去。

但它毕竟在这里已有许久了，三年五年，甚至八年九年。四只橡胶轮子已经破损、塌陷，被荒草包围，成为蚂蚁、蜈蚣、土元的住所。它们在轮胎中，运来泥巴、柴草，安家落户，生儿育女。机头上的外壳，红漆早已剥落，留下的是斑斑驳驳的锈迹，如同癣一般，在每一个阴雨天暗自生长，直到某一天，长成暗红的皮肤模样，然后，锈像蚕一般，把铁皮啃食成渣，一点点零落于草丛间。烟筒矗立，像一只鹅，伸着脖子，或许下一刻，就会发出鸣叫。这根曾经大口吞吐黑烟的管道，如今，竟然长出了一株树苗，细长的枝条，长满叶片。一棵构树苗，在一堆铁里生了根。或许是附近的构树果实，恰巧，掉进了烟筒，然后，它就长了起来，顺着烟管，向上，再向上，朝着光的方向，冒了出来，粘了满脸烟灰。方向盘，早已不知所终，或许是顽童们爬在上面戏耍，搞断，然后顺手抛弃了。座位上，应是铺过海绵垫子，现在也不知所终，垫子下的弹簧，依然紧绷，弹性仍存。上面落有几枚树叶。树叶那么轻，它们知道这一排弹簧，曾缓解过太多路途中的颠簸吗？它们不知道。它们知道，秋天，会有更多树叶落下来，覆盖掉一切。至于发动机呢，罩在外壳下面，像一腔心事，黑黢黢的，沉默寡言。它已不再跳动，不再把柴油转化成奔跑和力量。

没有带拖斗的拖拉机，就像没有拖累的人。

它睡着了，没有鼻息，更没有鼾声，连脉搏也没有。在梦中，它会梦见清醒时的往事吗？定然是会的。二十多年前，它被名叫天拖厂的一家拖拉机厂生产出来。刚喷过的红色油漆，新鲜、锃亮。崭新的发动机，像一颗年轻的心脏，充满活力和亢奋。耐磨结实的黑色轮胎、舒适的座椅、灵活的方向盘、明亮的前灯，组合到一起，让它威风凛凛，睥睨一切。当有人用摇把将它发动起来，它像一头雄性狮子，发出了清澈而兴奋的突突声，吐着咕咚咚的黑烟。一踩油门之后，它浑身一抖，脊梁一弓，向前冲了出去。在那个年代，它一路高歌，犹如骏马，奔驰在路上，前景光明，未来灿烂。

以后的日子，它被围观，被抚摸，被羡慕，被赞美，被精心呵护，被万千宠爱。它年富力强，它风光无限，它傲气凌人，它前景光明。它还被作为谈婚论嫁的筹码，为小伙子带来了一个姑娘。他开着拖拉机，戴着大红花，满脸阳光和笑容，在鞭炮声、赞叹声中，把新娘接回了家。当然，它也以勤恳、结实，证明着自己的秉性和价值。春天，它突突突唱着，拉着籽种、化肥，在坑洼不平的山路上扭动着身躯，朝田野走去。夏天，它突突突唱着，载着高高的麦子，像载着人间的黄金，稳妥地来到麦场，虽然一路走来，气喘吁吁，但它依然满心是丰收的喜悦。秋天，它在场里，突突突唱着，挂上铁碌碡，碾麦子，装好风扇，扬麦衣，最后一袋袋拉回家；它还要粉洋芋面，用橡胶带带动粉碎机，把洋芋打成末，分成渣和汁，汁沉淀后就是淀粉，晒干可以做粉条。到了冬天，腊月，空气中弥漫了寒冷和鞭炮炸裂的硫黄味，它载满一车人，突突突唱着，去赶集，人们拥拥挤挤，说说笑笑，它喜欢这种拥挤和吵闹，有人说了荤段子，它突突突的声音更大了，人们听懂了它的笑声，说，拖拉机笑得屁都出来了。

驾驶它的人，是个年轻小伙，二十多岁。父亲在铁路上当工人，母亲留守在家，操持家务。小伙对念书没兴趣，就喜欢翻腾机器。那时家境稍稍宽裕，父亲一咬牙，买了台拖拉机给儿子开。也算是一门手艺，一种出路，一个饭碗。儿子有了拖拉机，喜出望外，整天围着拖拉机打转，哪里磕碰了立马修补，机油少了立马添，轮胎气少了立马充，零件磨损了立马换，风雨来了立马用塑料布遮住。母亲嚷道，你真是把拖拉机当宝了，我把你拉扯了这么大，你也没把我这么"孝顺"一天。儿子脖子一歪，嘿嘿笑着，说，拖拉机挣的钱，今年过年给你缝一身新衣裳。后来，小伙结婚，生子，成了丈夫，也成了父亲。但他依然把拖拉机当"宝"，没有冷落过一天。春节了，他开着拖拉机，载着媳妇儿子，去转老丈人。风雪茫茫，拖拉机稳稳当当在山梁上跑着，他手握方向盘，看着冒出的黑烟，心里暖和，再回头看，风把媳妇的红头巾刮了起来，像一面旗子，儿子在媳妇怀里，依偎着，像一只兔子。风雪茫茫，他心里热乎乎的。

一家人的日子，就全靠拖拉机了。拉沙拉砖，碾场，粉洋芋面，运输费和人工费，一年下来，不多也不少，一家人的生活可以维持。比上不足，比下有余，如此，小伙也就满足了。而拖拉机给家里带来的便捷，也让他常记于心。

光阴，就在拖拉机的突突声中，一天天过去了。后来，拖拉机出过几次故障，维修以后，又"痊愈"了，每次修完，他从车下爬出来，身上、脸上沾满柴油，黑乎乎的，跟熊一般。光阴，在拖拉机的突突声中，又一天天过去了。村里多了三轮车，多了收割机，多了摩托车。三轮车轻巧，速度快，拉运起来方便，拖拉机相比就落伍了。收割机进地，齐刷刷过去，麦粒就出来了，省了运输和打碾，拖拉机相比落伍了。摩托车灵活，方便，载着人，呜一声就不见了踪影，赶集、走亲戚，人们都骑摩托，拖拉机相比也落伍了。

在时间的泥沙中，一些曾经崭新的东西陈旧了，一些曾经稀缺的东西过时了。一个时代的年轮碾压过去，好多东西都会粉身碎骨，都会被淘汰出局。拖拉机，从另一个时代迟缓而笨拙地走来，被一个追求速度、追求简便、追求轻浮的时代，所嫌弃，所抛弃。它的用途越来越小，跑在路上，冒着黑烟，声音嘈杂，被人们所鄙视、所嘲笑，甚至说，这么个老古董，是不是在梦游。而拖拉机也确实老了，用了十多年了，它的皮肤皱裂、骨头疏松、血液黏稠、心肌梗死。如同那个在铁路上工作了一辈子的扳道工，退休后回到家中，疾病缠身。它稍微跑一段路，便喘息不止，大脑缺氧，似乎要晕过去一般。到了午夜，天稍微一冷，血液凝固，咳嗽不停，虾着腰，抱着胸，咳着咳着，似乎要把心咳出来一般，咳结束了，它听见每一根骨头松弛下来，似乎要掉落了。虽然"医治"过几次，但终究是老了。而让它彻底败退的是在新的机械前，它的被冷落。

它停在墙角,半年,一年,两三年,都不会被动一下。它知道自己彻底无用了。它回忆往事,暗自抽泣。它的每一滴眼泪,都是一粒铁锈。红色的铁锈,每生出一朵,它就疼一次。

再后来,这里不再是农村,成了城市的一部分。曾经年轻的小伙,从拖拉机座驾上下来以后,已经苍老,面对生活,他举目茫然。他只会开拖拉机。在日后的困顿中,他必须寻求新的谋生方式,最后,他成了一名出租车司机。在奔跑中,他总是产生幻觉,在平坦的马路上不由得上下颠簸,在挂挡踩油门时用力过猛,在引擎声中嘴里不自觉地发出突突声,在风雪中不时回头看后排是否有拖斗,拖斗里是否坐着年轻的媳妇和年幼的儿子。他身体里的拖拉机自从发动起来以后,就一直奔跑着,再也没有熄火。从此,他浑身有着难以剔除的疲惫。

突突突,突突突……它要一直跑下去,没有归宿。

停在院角的拖拉机,尔后,就沉沉睡去了,不再醒来。如果醒来,它会被认为黑烟污染环境,噪声打扰市民,形象有损城市颜面。它是否在梦中,还会挺起脊梁,身子一抖,突突突喊叫着,带着亢奋和喜悦,回到那个已经破旧的年代。回到田野里,看葵花子落入泥土,看玉米从地膜中探出脑袋,看油菜花黄遍了山坡。回到麦场,看金黄的麦子从草叶里蹦跳出来,看人们吸溜着面条满头大汗,看灯火中一家人坐在粮食下闲聊旧事。回到巷道,看洋芋在地上憨笨地滚来滚去,看粉条挂满了屋檐,看白霜在黎明前落下。回到集市,看人们买了对联蜡烛蔬菜猪肉新衣裳,看红灯笼在木杆上月亮一般升起,看自己的额头前被绑上大红花,在正月初一早上开着迎喜神。它会的。它会回到那个人的身体里,一直跑啊跑,跑下去,但它有着铁锈般的忧伤,它没有归宿。

此刻,它在残破的院落中,和荒草,和烂尾的三层楼,和两户人家,共同存在着。于荒草,于烂尾楼,于那两户人家,它仅仅是一堆废铁而已。如果不是太过庞大,早就被捡去,交到垃圾收购站了。

然而，某一天，当人们看那院角时，拖拉机不见了。它不是长久地睡着了吗？怎么会消失不见。有人说，某一天夜里，那辆拖拉机站起来，抖掉身上的落叶和尘土，摔打了几圈胳膊，咳咳两声，突突突响了起来，然后从院墙豁口处出来，在城市的马路上奔跑了起来……说的人信誓旦旦，甚至说他看过监控，确实有一辆拖拉机，吐着黑烟，无人驾驶，跑过了民主路，跑过了步行街，跑过了广场，跑向了更黑的夜色里。然而又有人说，那辆拖拉机被荒草吃掉了。他亲眼所见，麻蒿、苍耳、车前草、稗草、大蓟、红蓼、苦苣、灰菜、荠荠菜……还有更多，常见而不知其名的草，伸着白森森的牙齿，把拖拉机一点点吃掉了，他听见荒草咬碎、咀嚼、下咽铁片的声音，唰唰唰，跟蚕吃桑叶一样，不到一个晚上，就吃得一干二净了，就连落在地上的铁渣也被草伸着绿舌头舔掉了。

荒草中，一无所有。那条细路，抽搐了一下，它似乎听到了什么在喊疼。

大 头

大头大头，吃喝不愁。

大头坐在医药超市门口蓝色铁椅上。铁椅有五六个座位，漆皮剥落，歪歪扭扭，坑坑洼洼，摆在台阶上。许是被单位淘汰掉，丢在马路边，有人搬到医药超市门口，用来闲坐。医药超市倒是乐意，靠着这铁椅，聚拢人气。有老人买完药，坐下来，闲聊一阵，也或者，闲聊毕了，想起药瓶子空了，进去买一瓶。于是，铁椅上，经常挤满人，手里提着塑料袋，要么装着药，要么装着菜。

大头就挤在老人们中间。大头的头有多大，没有背篓大，但跟个篮球差不多。头大也就罢了，还不圆，坑坑洼洼，洋芋一般。特别是额头前倾，屋檐一般伸出来，为眉毛以下的部分遮风挡雨。大头个儿矮，不到一米六。常年穿一件黑色拉链衫，拉链敞开，耷拉在两侧，像他折掉的翅膀。大头站起来后，才能看到他有点驼背，衣服被撑起，如驼峰，于是走路腰杆也挺不直。

挤在陈旧的人堆里，大头有种被淹没的感觉，只有一颗脑袋晃荡着，像气球在风里飘，但被绳子拴着。下午的阳光，正好挂在墙上，橘黄色的光，洒满每一个人的脸上、胸口、手背、膝盖、脚面，像一帧老旧泛黄的照片，也挂在墙上。大头坐着，先是听老人们扯家务事，听到一知半解处，他开始给老人们讲道理。挥着手，不停比划，嗓门提得很高，生怕别人不听，而脑袋摇晃得更欢快了。他似乎讲得很有道理，似乎又毫无道理，因为他嗓门大，把发表不同意见的人压了下去。本来人老了，说话也没几分力气，只好听着。有人拍拍屁股，揉打着坐麻的腿，嘟囔着走了。但更多的人还是听着，听他发表意见，反正是消磨时间，听听也无妨。当然，也有赞同的，不时插一句，对，对对，是，就是。讲完道理，他把老人们的药一个个掏出来，给大家讲药的功效、用量、副作用，这个大家倒是爱听，毕竟和切身的病有关，不敢大意，况且医药超市的小姑娘叽里咕噜讲了一大堆，都没听清，大头讲得慢，而且反复讲，甚至咬烂嚼碎地讲。至于他讲得合适不，大家也迷迷糊糊，反正他高声大嗓，喋喋不休，讲得嘴角上挂满白沫子。讲完药，他就开始讲国际国内形势，老人们不看手机，不听广播，电视权又在孙子手中，所以对国际国内形势一概不知，就只能靠大头传送资讯了。大头讲兴正浓，喷着唾沫星子，从阿富汗趋势扯到美国大选，从日本地震绕到非洲干旱，从新冠肺炎谈及巴以冲突，当然，还有国内的南方水灾、凉山大火、东北工业振兴、西北连环杀人案，甚至四川三星堆考古、云南大象迁徙，这座城市的项目建设进度、藕河跳水自杀、蔬菜价格上涨、某某路下水道堵塞等，他都一一道来，不紧不慢，说得津津有味，听者则全神贯注，满是新奇。最关键的是，大头不光讲事件本身，还会说清来龙去脉，并进行抽丝剥茧般的点评，最后抛出自己的观点。这就高明了。每次讲毕，大家都心满意足，受益匪浅，齐声道，对对对，是这么个理，是这么个理。晚上回去，饭后无事，就可以给老伴讲了，那时定会洋洋得意。

有人问，大头，你咋懂得这么多，你就念了个三年级啊。大头把衣衫一甩，神气十足，说，你问一下爱因斯坦念了几年书。那人哑然，不知作何回答，灰溜溜的。

天色渐晚，半天时间，又在扑闪之间，灰飞烟灭了。夕阳扯着丝，在楼缝间，一寸寸下沉了。人们起身，陆续回家，不忘说一句，大头，讲得真好。大头揩掉挂在上嘴唇的鼻涕，答了句，瞎掰。然后一一打招呼，李爷，慢走，回见了您，张爷，您也慢走，马婆婆，您下台阶看着点，别踩空了，回见了您。大头竟然满嘴东北味，但掺杂本地口音，听来很是奇怪。

大头起身，拉好拉链，扯展衣襟，该回家了。他的一天也结束了。

他就是这么个"热心人"。

有时，他不想讲，嘴干巴没劲，就会钻到象棋摊前。象棋摊有两三个，都在大松树下，好乘阴凉。地上摆着棋盘，下得久了，棋边开裂，棋面包浆，红漆黑漆也掉得差不多了。棋摊两侧，摆两副马扎，起初，两个人下，下着下着，四周就围满了人，一层捱一层，层层叠叠。棋摊上，伸着七八只手指拨，每走一步，都要引起一阵喧闹，有叫喊者，有咒骂者，有嘲笑者，有叹息者，真是为一步棋操碎了心，伤透了神。而真正下棋的人，早已被压在人身子下，不见踪影，只有一只手胡乱绕着，想重新夺回下棋的主动权，已无能为力了，只能喘着粗气，看一大帮陌生人在替自己，跟另一大帮陌生人下。大头在这个棋摊窜到那个棋摊，又从那个棋摊折到另一个棋摊。因为头大，人又挤得密密实实，进不去，只能在外面干着急，挠心抓肺的，这么热火的场面，他怎能不参与其中呢。他一会儿蹦跶着，试图通过人们的头顶看到棋盘，但那驼背明显影响着他的弹跳。他一会儿试图从腿缝里塞进脑袋，但腿都夹得很紧，根本容纳不下他的脑袋。他像一只狗头蜂，围着人堆不停打转。

终于有人接了电话，那一头是女人的骂声：我以为你出啥事了，准备报警呢。他出来买面条，结果一头钻进棋摊子，半个钟头进去，水开了，一家人还在等他的面条。他意犹未尽，从人堆里硬是挤了出来，大头趁着一瞬间的空隙，塞了进去。他的上半身进去了，但下半身还在外面，人堆再一挤，双脚离地，他直接悬了起来。在人们的喧闹中，他伸出胳膊，也在棋摊上指指点点，他努力提高嗓门，但还是被淹没了。他看中了一步棋，但人家不那样下，他心急火燎，伸手一把抢过棋子，准备自己下，结果人家一看是大头，在他手上打一巴掌，夺过棋子，照自己的棋路落了子，大头郁闷透顶，骂骂咧咧，唉声叹气。有人在他脑袋上拍了一巴掌，骂道，你个大头，你懂个屁，挤进来凑什么热闹。他使劲拧过脖子，看到了头顶密密实实的脸，皱巴巴的脸，黑乎乎的脸，神色紧张的脸，目光浑浊的脸，起伏荡漾的脸，虚幻陌生的脸，如一口锅一样，黑压压罩下来的脸。他还看到，一根枯萎的松针，悠悠然，落了下来，似乎在缝补这被喧闹撕裂的空气。

在棋摊上，很多时候，都没有他的立足之地，待人少时，他想凑过去下一盘，人家开始收摊了。他蹲下，帮着人家收拾棋子，又指教了一番那几步棋该如何走，又说：一炮在中宫，鸳鸯马去攻；一车河上立，中卒向前冲；引车塞象眼，炮在后相从；一马换二象，其势必英雄。那人歪着脑袋，瞅着大头，疑惑地问，你这也懂？看不出来啊。大头抖抖背，抱拳道，哪里哪里，承让承让。大头竟然满嘴书生口气。

在其他日子里，大头还是当着"热心人"。他不想去铁椅上坐着，也挤不进棋摊时，他就管理下午摆地摊的人。

每到四五点，小区门口，人行道上，陆陆续续来了摆地摊的人。人们顺地铺一块化肥袋，摆上要卖的东西，又扯一个塑料袋，塞屁股底下，顺势一坐。袋子上，有洋芋、胡萝卜、萝卜、大葱、白菜、波菜、洋葱、芫荽、卷心菜、茄子、辣椒……有些是附近山上村里人自己种的，留过吃的，其余的带下来，换点零花钱。当然，有些，可能是批发的。也有卖水果的，用三轮车拉来，车停路边，抱下箱子，放成一溜，有苹果、梨、香蕉、西瓜、圣女果、猕猴桃等，这些水果，除了苹果、梨，是本地的，其余的，都是水果市场进的货。当然，也有卖老年毛衫、鞋子、打底裤的，撑个铁架子，挂好衣物，等人挑选。也有卖两元货的，各种小玩意儿，全是两元，摆了满地。吃食自然也少不了，关东煮、麻辣烫、酸辣粉、烤面筋、面皮凉粉、炒河粉、炒米线……都是推一个铁皮车，两层，上层是菜品、锅灶，下层是煤气罐、水等，有人要，打开火，热油，下菜，爆炒，调料，装盒，带走。一份炒河粉八元，一碗面皮五元，一碗酸辣粉七元，一串烤面筋两块五。这方寸之地，每到下午至傍晚，总是分外热闹，烟火升腾，人来人往，各取所需。

大头不知从哪里找来了一顶城管帽子，旧了，头太大，戴不进去，一边撕了口子。他扣在头上，依然进不去，架在头顶，晃晃悠悠，最后找了白绳子，固定在帽子两端，系在下巴处，稳固了不少。他拉起拉链，一本正经，开始管理摆摊子的人。

蔬菜往门口挪一下，不要挡路。

水果，把一箱收了，都没地下脚了。

你那衣裳架子，放台阶上，这不就把空当留出来了吗。

还有卖吃食的，脚底下扔个硬纸板，把油隔住，要不地上弄得脏兮兮的。

后来，他不知从哪儿搞来一根擀面杖，缠上红布，胶带一粘，当起了指挥棒。他有模有样，举着棒子，指东指西，骂骂咧咧。现场的秩序并没有因为他的管理而有所整齐，反而更加杂乱。但他乐此不疲，从这边跑到那边，用脚踢踢这，又跑到那边，用棒戳戳那，总是嫌这嫌那，到处不如他意。认识的人，知道他在维持秩序，管理现场，不知道的人，以为他真是个城管呢，但细看，又显得怪异，帽子架在头顶，如鸡冠子，再忙活一阵，或许他都要急得鸣叫了。有人问，这人干啥的？另一人指指后山，意思是后山上的，又指指脑门，意思是大脑不够用。摆摊的人，明显烦他，但又不好发作，以防大头真的犟起来，六亲不认，掀了摊子，再跟一个大脑不好使的计较，被人嘲笑，就显得草率了。只好由着他指拨，当然，只是嘴里应承，手里没动，还笑着说，大头，辛苦啊，吃根香蕉，歇会儿。大头好不容易解开绳子，摘下帽子，擦了额头的汗，说，没得关系，为人民服务嘛。那人把香蕉递来，大头接过，塞进衣兜，又很正经地说，哎呀，不能拿群众一针一线啊。那人说，这又不是针线。大头点点头，道，也是也是，当官不为老百姓，不如回家挑大粪。大头打起了官腔，说完，把香蕉掏出来，犹豫片刻，又塞进衣兜，接着忙活去了。

在好多日子里，大头都在这街道上，或闲聊，或看棋，或管理。当然，也还有一些其他事，比如有个给老人们以上保健课为名，实则推销产品骗钱的店面，他混进去，在人家讲得正出神入化时，他站起来说出了骗人的真相，人家把他推了出来。有一天，被人家哄到废弃的砖墙后，狠狠揍了一顿，他就再不敢去了。比如他也去附近一个小学门口，等学生放学后，凑到校门口拍画片的学生跟前，跟他们玩。他拍画片玩得好，空手套白狼，不一会儿，把人家画片全赢了来，人家要，他不给，人家哭着叫了家长来，把他骂了一顿。于是，他也不再去校门口了。在千篇一律的日子中，偶尔，他会和补鞋的老头闲说一会儿。偶尔，他从地上捡两片枯黄的梧桐叶，拿在手中，翻来覆去看。也偶尔，他坐在台阶上，发呆，或抬头看着天，天阴着，灰云如瓦片，铺满天空，不知名的鸟飞走以后，天，就要下雨了。下雨了，大头还呆坐着，人们不知道他在想什么。补鞋匠喊他,大头,回啊。他回过神来,说,我头大,能遮住。雨,越下越大,大头的脸上、身上,都湿了。

  时间一长,附近的人都认识了大头,而大头也成了这街道的一部分。似乎老年人、药片、象棋、摊子和大头,一起织成了日子的网,罩在每一个人头顶上,缺一不可。而有了大头,这里的日子似乎多了几分意味,否则,干巴巴的光景,真是乏味而漫长,难以消磨。

  直到有一天,人们发现大头好久没有出现了。有人问,大头最近咋不见了?有人恍然,说,咦,是啊,大头真的不见了啊。人们不知道大头干什么去了,也不知大头出了什么事。但大头真的没有再来过。人们唏嘘着,感慨着,怀念着,提起了大头的往事。大头快三十岁了,和母亲相依为命,母亲在后山养几只羊,靠送羊奶维持生计。小时候,大头的头不大,后来得了怪病,医院看不好,母亲找了偏方,吃了一段时间,病未治愈,结果头越来越大,背都驼了。而大头父亲呢,有人说年轻时爬火车掉下来摔死了,也有人说跟上其他女人远走高飞了,还有说大头压根就没有父亲。大头对于有没有父亲,从未问过母亲,也无所谓。他和母亲担心,他的头越来越大,最后,会不会像西瓜一样,撑不住,大得裂开了。那可怎么办啊?好在,大头的头,长着长着,就停止生长了。小时候,人们叫他大头宝。他一口一口应着。长大了,人们直接叫他大头,把宝字取了。这是他让别人取得,他觉得他长大了,带着宝字,显得幼稚。人们叫他大头,他很乐意地答应,他本来就是大头。人们不知道大头的真名叫什么,大头也忘了他的真名叫什么。

  人们常说,大头大头,吃喝不愁。人们刚要这么说时,想起大头好久没有来了,或许,再也不会来了。人们心里起了隐隐的忧愁。

零 工

  我上班，坐 24 路公交车，要经过张家沟。张家沟是片城中村，趴在山坡上，呈阶梯状，挤满二层民房，全住着打工的。有一年，所有民房刷了白漆，远看，层层叠叠，有人开玩笑，说是"小布达拉宫"。张家沟山根下，是个丁字路口，路口西北侧，有片较为开阔的人行道。一年三百六十五天，除去年三十前后的十来天，和有雨雪的日子，人行道上总是挤满了人。

  这便是这座城市最主要的零工市场之一。

  说是市场，其实是半截马路而已。具体哪一年有的，说不清了，或许九十年代开始，乡里人能短暂离开土地，进城打工以后，这里便渐渐有了人。那时尚且不叫打工，叫搞副业，主业还是务农。三月，洋芋、玉米、葵花、胡麻、莜、荞，这些庄稼种完后，家里留下媳妇老人，料理农活家务，男人卷起铺盖，绳子一捆，搭个班车，进城搞副业。到盛夏，割麦子时节，再搭车回来。秋田收结束，九十月，相对清闲了，又出去搞副业。远点的，去北京西宁兰州西安乌鲁木齐，近点的，就去城里，往返方便，家里也有个照应。去外地，多是建筑队，也有煤矿、铅锌矿等矿场，有老乡带着，或者包工头领着。一去干多半年，能积攒点。在城里的，有一部分，也去建筑队，多则半年，少则数月，算小长工。另一部分，就是打零工的，活期短，一两天，最多六七天，干完了，再找。人们叫搭场，有活干，叫搭出去了。

  起初找活的人，没有固定场所，而找民工的老板（打零工的人把所有找人干活的一律叫老板，也不管是否真是老板，而被叫的人，心里也美滋滋的，有种高高在上的感觉），又无处可寻，加之那时联系不便，于是口头商议，就约在张家沟山根下。一开始，几个人，接着三五十人，后来越聚越多。小老板不用再东寻西找，直接来这里叫人干活。这里位于城中心，交通便捷，属于一处交通枢纽，坐很多公交都能到，加之附近有不少城中村，村里有民房出租，月租金二三百元，打工的人，就近租一间，来回步行，不费时间。

天长日久，这里便自发形成了一处零工市场。每天一早，五点半，天尚未亮，打零工的人起床，囫囵一洗，拿一片馍，塞进衣兜，提上工具包，匆匆出门了。到地方，已聚了不少人，大家围一堆，借火点烟，有一搭没一搭说着工钱、活计，抑或天气、农事和疾病、家务。抽完烟，掏出馍馍，干啃起来，没有水，不小心就噎住了，得咳好一阵才气顺。就这样，啃着馍，等老板们来叫人。慢慢地，人越聚越多，有二三百人了，大家都一样，一样的破旧，一样的单薄，一样的黯淡，一样的啃干馍、咳嗽。

天色微明，东边的山头刷满橘红色的云，接着云变得稀薄，变得金黄，太阳一跳，又一跳，从山顶出来，在云缝里露了半边脸，再跳，就不见了。天阴了，云层由灰变黑。

天光大亮了。路上，公交车多了起来，学生提着豆浆去往学校，清洁工已把半条街扫完，路上陆续有了上班的人。城市的开关启动，嘈杂和喧嚣瞬间扩散、升腾，最后弥漫开来，如泥浆，裹住了城市。打零工的人，看着云层像一块黑布，一寸寸扯来，罩在了头顶。他们还在等着，不知道今天的运气如何，也不知道今天将有什么活干，更不知道今天的工钱会是多少。

打零工的人，大致分泥瓦工、水电、木工、搬运、粉刷、装修、货运、家政等工种。有时，摘苹果、花椒、搞绿化、栽树，打扫卫生、倒垃圾，这些普通活，也有人来叫。有些城市，打零工的人会准备个纸板，上面写好自己可干的工种，然后塑料胶带一缠，挂在脖子，或立于地上。这边的没这个习惯，好像所有活都能干，只是好坏有别，况且有些活，纯粹是靠力气，没啥技术含量。有些人心灵手巧，还真是啥都能拿下。

过了七点，就有老板来叫人了，因为叫好人，拉进工地，开干，刚好八点，时间合适。老板多是开车来，车在路边尚未停稳，人们就簇拥过去，把车围个水泄不通，大家你推我搡，往前挤，挤不到前面，老板看不见，自然叫不上。早点搭出去，早点心安，一天的工钱也就基本到手了。老板摇下窗户，慢悠悠，点一根黑兰州，吸一口，吐出烟圈，故意显摆。人们有点心急，嚷道，老板，干啥活？老板伸一把手，五个，挖井桩。大家又轰隆一下，往前挤去，争先恐后，齐声道，我能干，我能干。挤不到跟前的，只得在外围踮起脚尖，朝里张望，但只能看到密密实实的花白脑袋，无奈之下，只能干着急。挖井桩，工钱高，一个井桩二三百元，这是行价，但极为辛苦，全靠力气。但打零工的人最不惜的就是力气，只要工钱高，都能吃下这个苦。大家都想去干，老板叫嚷着：后退一点，我下来。打开车门，把上半身放在外面，扫了一圈。都是一张张五六十岁、饱经沧桑、沟壑纵横、黝黑粗糙的乡下农民的脸，头发灰白，嘴唇干焦，胡子凌乱，前半生在泥土中摔打，后半生在城市里拼命。

老板挑选了五个稍微壮实、年轻的，一一指着，说，你们几个，跟我走。被点中的人，抱着工具包，挤上车，带着几分庆幸，几分踏实。没有被叫上的，嚷嚷着，散开了，三五成群，闲聊着。

若再有人来叫，还是如此，争抢着，围上去，问工种和价钱，然后期待着被挑中。

以前，打小长工的人多，但是见不到现钱，都是干一年，老板拖着到年底，一次性结清。但往往这个时候，有些老板不是躲起来，就是哄骗说工钱没到位，长期拖欠下去，最后想赖掉。干活的人，腊月二十几上门去讨要，偶尔能要来部分，但大多时候空手而归。一年的力气，就这样白白出了，一家人等着过年的钱，杳无音信。一个年，一家人都是愁容。虽然国家严厉打击拖欠农民工工资的行为，但是总有漏网之鱼，祸害穷苦人。去找劳动监察部门，又没有务工合同，只是口头商议，没有证据，人家也就推辞掉了。人们被骗怕了，也就不去打小长工了，去马路市场搭场，搭不出去，在屋里歇着，能搭出去，一天一二百元，干到晚上下班，一次性就结清了，基本不存在拖欠。大家挣的是现钱，也乐意，即便拖欠了，毕竟少，心里能承受。

到了九十点，找人干活的，基本就没有了。一早上，搭出去了有一百来人。剩余的，要么坐在地上，掏出扑克，打牌玩，要么坐在台阶上，抽烟，发呆，刷手机，要么聚在一起，听能谝的人，讲段子，说古今，吹牛逼。但毕竟没有搭出去，人们心里空落落的，因为一天的收入没有着落。

十多年前，这里的人，并不多，除了一部分打小长工之外，许多人还以种地为生，地是主业。现在，搞副业这个词已经过时，成为了另一个时代的记忆。打工，已成为主业，地是副业，甚至干脆不种了，全部撂荒，因为算一账，种地实在划不来。于是，大量农民放弃农业和农村，进城打工。进城以后，他们把老婆娃娃也带进城，娃娃上学，老婆接送做饭。有些人，靠商业贷款，在城里买了楼房，一心打工还房贷。而农村，只有在清明时，回去一趟，给先人上个坟。春节回去一趟，过几天年。其余时候，基本就不再回去，也顾不上回去了。

我下班，还是坐 24 路公交，正好赶上学生放学，车里塞满了人，大家前胸贴后背，挤得喘不上气，似乎再挤，就跟气球一般，爆了。

车过张家沟，我贴着车窗，朝外看，马路上，还坐着一些人。有些人，没搭出去，回屋子去了，想着下午再来。有些，中午不打算回去，在附近买一碗牛肉面，八元，填填肚子，然后回来，在路边屋檐下的台阶上，躺平，睡一阵。万一，万一有人来叫呢。大家抱着期待的心理，坐在道沿上，花坛边，或索性靠墙斜躺下来。许是出了一丝太阳，有些闷热，加之没有搭出去，心里拧着疙瘩，一个个蔫耷耷的，像连根拔起的苦苣菜，丢在路边，被暴晒了许久，再晒，就成干叶子了。

  人们把希望寄托在下午。要是下午能搭出去，也可挣五六十元，两三天的饭钱就出来了。

  这个露天市场，背后，西面，是一所私立幼儿园。有段时间，是这座城市收费最高的幼儿园，即便如此，有些条件尚可的家庭，也趋之若鹜，甚至托人报名。我一个朋友，把两个娃报进这所幼儿园，常感慨一年学费太贵，两个娃，快供给不起了。但说完，不免加一句，人家教得还是好。幼儿园北侧，过马路，是一所中学，始建于上世纪五十年代，很有历史了。之前初高中在一起，后来高中部搬出，只留下初中部。这所学校升学率在城区排名前二三位，口碑也尚可。我上初中时，班上第一名跟我一样考了师范，成绩很好，但未收到录取通知书，原因是有肝炎。后来检查，并没有。便上了这所中学，考试总是全年级第一名，后来上了北京航空航天大学，我们都很羡慕。但多年以后，不知何故，回到了我们那镇上，当了一名派出所户警，我们都替他惋惜，感慨人生命运，真是反复无常、难以捉摸。幼儿园南侧，是一个豪华小区，均是五六层，复式楼，仿古建筑，白墙青瓦。因为地段好、交通便捷、小区环境优雅、户型大，价位在一万五六一平方米。这个价位，在普通人每月拿三千元工资的城市，已经让人叹为观止了。小区一修起，就被抢购一空，当然，都是有钱人，普通人哪里能招架得住。我一同事，将近退休，也不知人家哪来的钱，从里面买了一套，有次闲坐问及，他说两层二百多平方米，一共三百多万。我们唏嘘感慨了许久，拿我们每月三千元的收入，不用吃喝花费，一年三万六，差不多得八十多年，真是不敢想象的天文数字。即便如此，这个小区，依然住得满满当当，有钱人似乎一直有钱，穷人在用血汗挣钱，也在长久地穷下去。沿着小区继续往南走，不远处，就是一处4A级景区——伏羲庙。伏羲庙是西北地区著名古建筑群之一，原名太昊宫，也叫人宗庙，全国重点文物保护单位。伏羲，是人文始祖，三皇之首，他画八卦，肇启文明；造书契，以代结绳之政；结网罟，以教佃渔；养育牺牲，以充庖厨；造屋庐，改善居室；制嫁娶，以俪皮为礼。还有养蚕、制琴、定节气、创占卜等。当然，也有传说，他和妹妹女娲结婚，生儿育女。我们都是他们的后代。然而，后代终究是不同的。

我有时想，这个露天市场，或许就是某种隐喻。一大群人，每天为了生计早早赶来，等着被挑拣之后，再去出卖力气，换取一二百元。而它的四周，从高档幼儿园开始，再到重点高中，然后是高端小区，最后回到了祖先的宗庙。另一些人的一生，在这个闭环里，以阔绰富裕的方式完全实现了。这或许就是差别，作为生命的差别，作为活着的差别。

我不知道在这里打零工的人，在闲聊时，谈及那幼儿院、高中、高端小区以及伏羲庙时，有何感想。也不知道去幼儿院的孩子们、坐在教室的中学生、进出小区的富人们、来来往往于景区的游客们，看到这里大量聚集着的打零工的人，有何感想。

这个世界都是这样，好多事情，我想不来。

我在公交车上，每次经过张家沟，常常听到不同的对话。有小孩看到窗外麇集的人群，问道，那些人是干吗的？大人答，搭场的，打零工的。孩子不解，问，啥是搭场的？就是出死力气挣钱的人。孩子还是懵懂。大人指指外面教育道，你可要好好念书，将来别跟他们一般。也有年迈的老太太，提着花鸟市场买的菜，多是白菜萝卜辣椒等便宜菜，看到外面，便说，挣点钱不容易啊，你看，那么多人等活干。另一个接着说，都是乡里来的，哎，为了一点钱，真不容易。有时也有中年夫妻，看相貌，是纯粹的市民，女人惊呼道，你看你看，密密麻麻的人，我有密集恐惧症，见不得这么多人。男人瞪一眼女人，接着盘他的珠子，不屑道，看你大惊小怪的，这有啥，每天都这样，人家一天一二百，光出点力气，啥心也不操，哪像我们，一点低保盼不来，哎，这公交车，慢死了，又把人一锅麻将耽误了。

　　当然，光这一块马路零工市场是不完整的，马路对面，摆着一排电三轮，二十来辆的样子。清一色的暗红色，旧了，漆皮掉了，但还是暗红色。三轮车，晚上是不开回去的，停那里，开电三轮的人，晚上回去即可。他们不搞装修、不和水泥、不挖井桩，他们主要搞运输，用车拉东西。总有好些东西，是要用电三轮拉起来更方便，比较冬天拉煤、搬家、运装修材料、送菜等。他们来了，一屁股放在车位上，吃馍馍，抽烟，等老板。若过了九十点，等不来活，便凑几个人，坐在电三轮的车斗里，开始玩扑克，斗地主、挖坑、打升级，总之消磨时间。若有人来叫，还是凑上前，簇拥着，问啥活，多少钱，能干多长时间，商量个差不多，最后还是老板点，点到谁是谁。互相也没有怨言，毕竟老板点人，谁也左右不了。

　　电三轮从墙根处倒出来，突突叫着，扬长而去，带着几分得意。开电三轮的人就像咸亨酒店中"穿长衫站着喝酒"的一类吧。

　　24路车，还会经过青年北路。在十字路口，拐弯，朝东去了。
　　在路口，也有一小群打零工的人，他们和张家沟的不一样。他们是拉架子车的，也是这个城市唯一靠拉架子车为生的一拨人了。
　　我上班时，他们已在墙根下等着，有八九个人，八九辆架子车。车子竖排着，一辆挨着一辆。都是那种用了多年的车子，车框陈旧，木头腐朽，扶手开裂，用铁丝固定着，绑了一圈又一圈，时间一久，铁丝生锈，也不牢固了。车轮倒是结实，城里的路，毕竟平坦，不比乡下那样坑洼。车框后面没有刮圈，刮圈在下坡路通过和地面摩擦产生阻力，起到刹车作用，不过在城里用途不大，城里一马平川。车框下面，有的用化肥袋，有的用旧布绑成一个兜状，里面塞着干馍、衣裳、工具、水杯等。有时他们斜倚着车帮，坐在地上，有时坐在车框里发呆、看手机，也有时几个人凑在一起，地上垫一张广告纸，同样打扑克玩。实在无所事事，就躺在车框里，闭着眼睛装睡，睁着眼睛看天。

他们穿那种掉色的迷彩服，袖子破了，耷拉着，没有缝补，膝盖磨得发白，裤管上粘着干水泥。一年四季似乎都是这身衣裳，天冷了，无外乎在里面添一件火气已散的旧毛衣，再冷，也就不出门了。

还是上世纪九十年代，人们出门搞副业，大多数去了建筑工地，也有一小部分拉架子车。那时候，交通不够发达，交通工具也没几样，好多需要运送的东西，就得靠架子车。城里人没有架子车，又不会拉架子车，只得找乡下来的。那时候，拉架子车，也是一种谋生的手段，靠力气，尚且能挣一点钱养家糊口。

曾记得年幼时，父亲和村里人搭伴去兰州搞副业，主要是到煤场拉蜂窝煤。也是用架子车，从煤场装好，送到居民家中。父亲一去就是半年，每年腊月底，背着大包小包回来过年，能给家里两三千元。这笔钱，用来过年，翻年开春买化肥、地膜，给我们兄妹交学费，还有家里买猪娃、鸡娃、油盐酱醋等。后来，社会变迁，有了天然气、电磁炉，取暖、做饭基本不再用煤，拉煤这一行当即便凭借力气，也难以挣钱了。无奈之下，父亲回到家里，忙时种地，闲时去建筑工地。

我也记得年幼时，大舅曾在城里拉过好长时间架子车，就跟现在一样。每天一早，拉着架子车来到固定的马路边，等着人来叫。没人叫，就熬着，到晚上，拉着架子车，再回到出租屋，用煤油炉做点饭吃。拉了几年，不知是挣不下钱，还是种地无暇顾及，不拉了。不拉以后，大多时候到张家沟打零工。

后来，城里多了人力三轮，多了电三轮，也多了皮卡车、私家车，拉架子车就越来越不景气了。毕竟架子车装得少，走得慢，还不如叫个三轮车，很快就把事情解决了。于是，那么多拉架子车的人，每天眼巴巴等着，最后几乎等到发霉、等到干瘪。人们终于发现，架子车的时代已经过去了。人们在叹息中处理掉架子车，另谋出路了。

如今，这几辆架子车，是这座城市最后的坚守者。我不知道他们一天有没有活，不知道他们能否挣到钱。我去上班时，他们在那里，黯然无光，如同几枚枯萎的树叶。下班时，他们有时在，有时不在，不知是搭出去了，还是等不住回出租屋了。但我知道，他们是这个时代的掉队者，他们六十多岁，头发如霜，面色憔悴，苍老已将他们的时光和力气收割得所剩无几。如果他们有几分力气，如果他们再年轻些，如果他们有一门手艺，退一步，如果他们靠土地能养活自己，或许，是不会依然坚守在马路边，期盼着有人来叫，哪怕钱少点。他们无法兜售的力气，在这座城市，变得廉价而多余。

每一天，车流、人流、轰鸣、嘈杂、权力、金钱、高楼、会所，这个城市极力用光鲜亮丽和森林高耸，展示快速发展的辉煌，一切冠冕堂皇、一切粉墨登场、一切欲壑难填，一切都在加速，一切都在奔跑，一切都在以满足人的无限欲望为目标。而这些，和他们没有关系，他们是被遗忘者，是落寞者。

在这群人中，有一个落落寡欢的人。他头发稀疏、花白、油腻，脸庞消瘦、黝黑，穿一件陈旧的绿迷彩上衣，两个肩章耷拉着，衣服半敞，露出里面的灰毛衣，灰毛衣领口，又露出黑漆漆的蓝线衣。下身一条黑裤子，天长日久，膝盖处已经掉色，成了暗红色。没有袜子，穿一双老布鞋，鞋也很旧了，粘着土，软塌塌套在脚上。当别人聚在一起闲聊时，或者围在一起打扑克时，他都是一个人呆呆坐在车框里，眼神黯淡。他就那么一直坐着，从上午到下午，从今天到明天。没有人知道他背后的生活，没有人知道他在想什么。在匆忙的人海中,他连漂浮的机会都没有,沉沉地,落在海底,被时间的沙子一层层覆盖了。我经过他的时候,想起了父亲、想起了大舅,也想起了故乡所有在外讨要生活的人,他们都是我的亲人,而我又无能为力,这真让人难过。

起初,他们还有八九个,渐渐地,没有活干,意味着没有收入,就不再来了,仅剩有四五个人坚守了。他们或许是真的没有出路的人,即便有一丝希望,或许都会另谋出路。

但有一天,这座城市要创建文明城市。那剩下的四五个人再也没有来过。

于是,这座城市最后一批拉架子车的人没有了。我们的城市,真干净。

我在睡梦中,隐约听见客厅门哐当一声,锁上了。

起床后,我发现小卧室门开着,我叫——妈——妈——,没有回应,我知道,母亲又去搭场了。周四吃晚饭时,她隐约提及,说周末你放假,和媳妇带孩子,我搭场去,挣几个零用钱,填补填补。我哦了一声,算是知晓了。

母亲应该是六点刚过出门的。一早起来,洗漱完毕,若时间宽裕,坐在客厅凳子上,吃一口馍,喝一口水,然后下楼,去坐公交。若迟了,塑料袋中装一片馍,匆匆出门了。有时家里没有馍,随手拿颗苹果,或者直接不吃,就走了。

这几年,我们家条件尚可,虽然买了房,不太贵,房钱都是前些年积攒的,也没有欠债。我和媳妇每月有固定工资,虽然不高,但够一家人花销。父亲有时在老家,种点洋芋、油菜,秋收后,从班车上带进城,供我们吃。闲暇时,也去搭场,能挣一点,虽积攒不下,但买油盐酱醋的够了。

我本是不同意母亲去搭场的,一来咱们手头不是很紧张,二来五十几的人了,苦了大半辈子,也该歇歇了,三来别人有闲话,说一家两人拿工资，还把父母打发出去挣钱。我说过几次，但母亲执意要去，我也就不勉强了。心想，一是母亲在楼房中待了五天，闷得慌，出去干活，换换气；二是长期忙惯了，闲下来各种不自在，有时老是失眠，干干活，乏了，回家睡个好觉；三是觉得自己尚且能靠力气挣钱，多少有点补贴家用，说明自己还有用，而不是伸手要钱，拖累子女。于是，由着母亲，周末，想去就去吧。农村进城的父母，总想着给子女，多挣一分，总想要当一个有用的人，都是如此。

母亲一去，大多时候都是一天，到晚上八点才能回来。我们做好饭，有时等她，有时留着。回家后，母亲换掉沾满灰土的衣裳，洗完手脸，抱着孙子稍歇片刻，才吃饭，我能看到她满脸的疲惫，甚至擦破皮的手背还隐隐渗着血。但她心里确是欢喜的，毕竟挣了一百来元，老板转账到了她微信上，她让我看看到账没，不要被骗了。吃饭时，问母亲今天啥活，在啥地方，活吃力不，跟谁去的。母亲边吃饭边跟我们絮叨。

有时候，等到上午十点多，没有人叫，也就回来了。回来后，念叨着，人多，活少，场不好搭，满是叹息和不甘。

母亲干的活很杂，多是人家叫干什么就干什么。在花园里锄过草，给私人盖房当过小工、搬过砖，到建筑工地打扫过垃圾，给新装修的房铲过腻子，甚至摘过苹果、樱桃、花椒。有一次，给私人家盖房，她和水泥，铁锹把断了。晚上临走时结账，只给了九十元，说好的一百二十元。那房主说坏了一把铁锹，得扣三十元，母亲理论了许久，人家还是执意不肯给，只好委屈地回来了。回来后，心情不好，满腔憋屈，说给我们听，一天挣了九十元，中午吃饭花了十元，下午铁丝还把裤子勾破了，这一天，算下来，白干了。说完，眼睛里飘着泪花儿。还有一次，去苹果园掐花。早上坐三轮车直接进地，中午在果园歇一阵，主家提来饭，吃一口，接着干，晚上住下，她一连干了三四天。回来的时候，整个人被晒得满脸黝黑，右手的大拇指和食指因为掐花柄，指甲裂开，流着血，后来用创可贴粘了，血又把创可贴浸透，再没有新的创可贴用，一直用旧的凑合着，到最后，又是血迹，又是花朵汁液，又是泥土，整个创可贴成了黑布头，指头也肿了，好几天洗手洗脸都费事。

有一次，中午过家门口的便桥，桥上有蘑菇凉亭，好几个中年妇女侧躺在凉亭下的台阶上午睡，从衣着上，就能看出是搭场干活的女人，中午无处可去，便在凉亭下歇一阵。看着她们的身影，我想起我的母亲，和她们一样，在回不来的正午，随便找一席之地躺下，歇一阵。为了生活，她们出力，受罪，在风霜中一天天老去。

到晚上，活干完得迟，她尽量赶公交，因为公交便宜，刷卡才七毛。有一次去另一个区干活，干完活，坐公交反了，又折回来，车走到半路，下班了，她硬是步行了一个钟头才回到家，没有舍得花十元钱打个出租车。

母亲和所有农村的母亲一样，半生节俭朴素，甚至对自己苛刻。这或许是农村女人的秉性，是血液里祖辈沿袭的东西，难以更改。

我知道母亲搭场辛苦，但我想母亲搭场挣钱，她自己心里舒坦。

在张家沟，那密密实实的打零工的人中，有三分之一是女人。她们穿着过时的带兜上衣，青布裤子，黑布鞋，或旧运动鞋。天冷，脖子上围一圈纱巾，戴一顶破帽子。也有些穿旧迷彩，穿孩子淘汰的旧校服。她们围成一堆，说着搭场的事，说着家务事，跺着站酸的腿，等人来叫。除了一些手艺活，其他的，都能干，不比男人差，也能吃下苦。就是工钱低一些，平均一天一百到一百五之间。大家也抢着去干，无论活多苦、多脏、多累。

每次坐公交，经过张家沟，我看窗外，总觉得母亲也站在她们中间，还没有搭出去。一恍惚，错把一个衣服颜色相近的看成母亲，但细看，又不是。再一想，她们和母亲一样，为了光阴，不辞辛劳，用力气换取一百来元，填补漏风的光阴，寻求内心的安然，用血和汗滋养子女的生活。她们都是我那含辛茹苦的母亲，平凡，苦涩，陈旧，又心怀慈悲。

我们家离张家沟不太远，坐 24 路公交，十五分钟就能到。有段时间，父亲从老家回来，让母亲帮我们带孩子，他去搭场。每周七天，除去下雨，总有两三天搭不出去，没活干。快到中午，要么回家，要么到一起搭场的工友家转一圈。回到家，说起搭场，总是感叹，搭场的人越来越多，几百人，密密麻麻，黑乌鸦一样，挤在一起，大眼瞪小眼，等人叫。但一早上，也没几个人来叫，搭出去的自然很少，快到中午，都散了。于是又感叹，经济不行，活少，人多，挣钱不容易。感叹毕，给一起的工友打电话，联络第二天的活，但也没有。

第三天去张家沟，不到八点，回来了。母亲问原因。父亲坐阳台，熬着罐罐茶，吃着馍，说是市场不见了，空荡荡，没几个人。

我想起有一天，浏览新闻，无意中看到一则报道：领导调研马路零工市场。我在此摘录几段：

> 零工市场是农村进城务工人员寻找工作的一项重要途径，既方便了农民工寻找工作，也为城市企业寻找劳动力提供了方便。但张家沟有一处自发形成的"劳务市场"，每天在人行道及路面上聚集大量务工人员，秩序混乱，环境卫生脏乱差，影响周边居民出行，占路找活抢活的现象较为突出，存在较大的交通安全隐患。为进一步规范马路零工市场，××××执法局×××中队对马路两旁"零工市场"进行宣传取缔，下发宣传告知书《致广大零工朋友的一封信》，将路边揽活的务工人员规劝至新建市场内。
>
> 8月20日，×××带领政府办、人社局、住建局、

综合执法局、国投公司等单位负责人,就零工劳务市场现状及迁建工作进行实地调研。

×××指出,尽快建立固定、规范的零工劳务市场是消除交通安全隐患、改善城市环境质量的重要举措,也是解决务工人员就业问题的民生工程。强调,要想群众之所想、急群众之所急,进一步优化劳务市场选址和方案设计,站在方便用工务工者的角度,充分考虑劳务供需双方交易、停车、等待等需求,为零工提供"晴天能遮阳、雨天能避雨、累了可休息"的等活场所。

父亲说完,我想应该是取缔了。父亲问原因,我说没秩序,脏乱差,占路抢活,影响交通,也不安全。父亲没有接话,继续喝茶,过了片刻,说,也是这么个情况,不过咋说呢,再过些年,零工也就没人干了,你看张家沟,满场子的人,但二三十岁的年轻人有几个?没一个,就连四十岁的都很少,全是些五六十岁的。年轻人,都怕出力,干不了这些脏活累活,宁可送个外卖,当个跑腿,也不会干打井桩、砌墙、粉刷这些活。等到我们这一茬人老了,干不动了,就没人干了。说着,出门去楼道吸烟了,带着疑虑丢下一句:城市要发展,不能光指望送外卖啊?

父亲有自己的不解,他不懂这个时代的列车,将驶向何方。但现实真的如此,我们这些年轻人,虽不至于无缚鸡之力,但好多体力活干不了,也害怕干。我们宁可跑跑腿、端端盘子、送送货,也不会在烈日下去工地上流油冒汗。至于以后,谁又去关心呢,大家把眼前的、各自的日子过好,已经不易了。

我网上搜了新闻,零工市场确实搬了,搬到城边一个小区隔壁。

我坐24路公交回家时,曾记得那是一片荒地,长满杂草,堆着建筑垃圾,后来进行了平整,水泥硬化了,砌了围墙。我看到时，正在安装伸缩门。也没在意，心想可能是收费停车场，反正这个城市停车难就跟肠炎一样，总是难以治愈。

看新闻，才知这片荒地成了零工市场。而随后，包括张家沟在内，天水郡、七里墩等地的马路零工市场都被取缔了。所有搭场的人，都被集中在这里。新闻上是这样说的：

> 一大早，记者在零工市场看到，场地内设有钢筋工、水电工、搬运工等工种招聘区。由于当天是零工市场投入使用的第一天，现场求职人员很多，人社局的工作人员正在为务工人员进行登记宣传，以方便他们找工作。
>
> "我们对零工市场以及对零工朋友的一个管理，相对于更人性化。第一个，对于我们的基础设施建设，有免费充电桩，免费停车位；第二个，我们把零工们聚集到一块，提供了一个很方便的场所。"人社局劳务办工作人员说。
>
> "我们以前就在伏羲庙那儿找工作，早上来了很冷。现在改到这个市场以后，市场里的热水也有了，啥都有，我们来以后都就方便了，我们也感觉安全了，找我们干活的老板一下就能找到我们，我们也感觉跟着去放心，安全。"零工说。

新闻上还说，零工市场将全年进行开放，每天开放时间为早上六点至下午六点。同时，人社局工作人员也积极对接用人单位，为务工人员提供就业信息、技能培训、政策咨询、权益保障等"一站式"服务。新闻中，配着几张图，一侧，白色的防雨棚，沿子上挂着水电工、钢筋工字样的大牌子，以示区域划分。下面，长条椅子上坐着一长溜人，大多穿着一色的旧迷彩、灰夹克、黑裤子、绿胶鞋，旁边放着工具包。他们坐着，阳光强烈，铺在水泥院子，甚至有些泛白，他们依然在等着，眼里有期待，也有茫然。另一侧，停着一溜子电三轮，但没有架子车。

那些存在了三十年的马路零工市场，从此再也没有了。

那些地方，空空荡荡，唯有被人们磨蹭得光亮的地面，唯有银杏树绿了黄了，唯有来来往往的行人把一阵风掠起，唯有麻雀落下时它们才知道故人离去，唯有人们在闲谈时说起那些地方曾经搭过场，唯有搭场的人出门时身不由己朝那个方向走了几步才回过神来。然后，再没有什么，马路依然是马路，风雨依然是风雨，光阴依然是光阴。除了回忆，没有什么能知道那些地方曾是出卖劳力的场所、曾是换取微薄报酬的窗口。

新建起的零工市场，除了偏远些，其他挺好的。人们一开始可能不习惯去，但天长日久，也就成为自然了。

母亲说，市场早上一元钱管一碗小米粥、一个馒头，中午五元钱，一碗面，前几天，好像还免费。母亲说完，父亲打电话给工友，说，张家沟搭场的搬了，到新地方了，咱们去看看情况，听说中午的饭免费，咱们尝一下。说着，父亲装上八块钱的兰州烟，出了门。

后 记

2019年初，从城中村离开后，我住进了自己的楼房，总算不在城里四处漂泊、四处寄居了。我住的那小区，在城边，东面是卫校，西面紧邻着几个小区，大都是保障性住房。小区北面，是北山。南面，过条马路，是藉河，河上有蘑菇桥。

于是，生活的半径大都在小区四周，买菜、吃饭、游逛、闲走等。

日子一久，也便熟知了这里。这里，也成了我生活的一部分，那些人事、花草、光景，便成了我人生路上的一段。

我常想，人间路，万万千千，而可行者，并不多。有些路，是别人的；有些路，难以抵达；有些路，满是荆棘，不敢涉足。人生路亦然，虽有无数种走法，可细想，自己能走者，确是寥寥无几。

后来，我们都走了一条拥塞不堪的路，毕竟我们都是平庸之人，有路可走，随大流而行，已是万幸。而有些时候，我们其实无路可走，但还得活着，于是，借过，借他人之道行走，或者在拥挤处，烦请他人让让。这便是无路可走的窘境，亦是现实。但又不得不如此。

那春天被反复掐掉芽尖，夏天就已枯萎的苜蓿；那在花坛中短暂生长的蔬菜，和生活颓败的老人；那些移栽到北方，只能在高墙下生长的海桐；那带着疲倦之躯躺在亭子下午睡的一群女人；那报废于荒草又不知去向的拖拉机；那能说会道且"热心"的大头；那些为了生计每天打零工兜售劳力的父母，包括我的父母……都一样，都是借过。苜蓿在城市借过，海桐在北方借过，蔬菜在花坛借过，女人们在亭子下借过，拖拉机在荒草中借过，大头在别人笑声里借过，父母们在马路上借过……

我何尝不在文字中借过，你又何尝不在我的这些文字中借过。

短短的一生，我们也仅是在人间借过。

萍踪

账 本

一师,即天水市第一师范学校。我上学那会儿,已和二师合并。一师叫本部,二师叫分部,但大家还是习惯叫一师、二师。一师有两个门,前门,即正门,我们不大走,常出进于后门。后门有两扇大铁门,开成缝子,拴一副铁链,刚好一人容身进出。如是胖子,会有被卡住的风险。为何要将铁门搞得欲说还休、半推半就,不明白。出后门,右转,靠藉河边,有一排平房,开着几家店铺。理发店、麻辣烫店、小卖铺,各一家,面馆两家。最边上,有家面馆,叫什么名字,我已忘记。或许当时名字也不重要。仅是喷了一张塑料布,贴在门头,风吹日晒,烟熏火燎,名字也模糊不清了。这家面馆老板四十来岁,长发梳成三七分。穿一件白衬衣,外套黑夹克。黑裤,黑皮鞋。人收拾得清爽、利落,像个老板,但又不像油腻腻的饭馆老板。老板人细瘦,个高,一米八以上。我们不知其姓名,便依外貌称呼其瘦老板。当然,瘦老板之名是一茬又一茬学长叫下来的,我们仅是传承,并非原创。瘦老板听口音是外地人,具体哪里人没问过。在一师上学两年,我们大多时候的中午饭都在瘦老板面馆里吃。偶尔去学校食堂，可食堂饭菜不好吃。机器面，要么煮不熟，外面软了，咬开里面生着；要么煮过头，捞起来稀里糊涂，如同面浆。菜呢，白菜粉条，洋芋丝，一股大豆油味道，吃久了闻着都腻歪。后来，食堂又开了米线店，偶尔，我们宿舍几人结伴提着缸子去买米线，排在一大堆女生中间，常被嘲笑。可我们一副泼皮相，毫不在乎。每天中午放学，宿舍八人互相吆喝，早早出门，去瘦老板面馆。稍晚一步，人多，就得排队。或打发一人，先去点面，其他人稍作休息，随后赶到。瘦老板的面馆不大，长条形，约十个平方米。门口挂着草绿色门帘，塑料的，一根一根垂下来。那时很流行这种门帘。沾了油污，手揭的那半截，黑漆漆的。一拉，粘手。门帘揭来揭去，颇不方便。瘦老板揽起门帘，顺胳膊丢到门头上。面馆里面，排着四张长条桌、十六个小方凳。门口有块水泥台。屋里人坐不下，只得移到外面。瘦老板在门口又支了四张桌子。每到中午，数十人拥到瘦老板面馆，有吃的，有等的，拥拥挤挤，很是热闹。瘦老板自然也忙，招呼来人、报餐、收拾碗筷、擦桌子、端饭、倒面汤、清扫地上垃圾，偶尔收钱找钱。他负责前台。后厨有两个人，一个是他老婆，另一个男的，不知道是瘦老板啥人。我们去时，他们在后厨忙着做饭，他们忙完出来时，我们已吃毕，回了学校。所以，是没见过正面的。

瘦老板的面馆有炒拉条、炒面片、油泼面、臊子面、烩面、炝锅面、浆水面、大肉面等，每碗两块五。应该还有炒菜，但学生吃不起。学校后面，面馆不少，价位一样。我们都拥到瘦老板面馆，并非他的面有多好吃，也并非价格便宜，主要是能记账。瘦老板有个账本。说是账本，其实是大黑皮笔记本。我们到瘦老板面馆吃完饭，随手在其他桌上拿来账本，翻到自己名字所在的一页。名字写在纸页上端，字有蚕豆大小，便于翻找。每吃一碗，并非写一次名字，也非记个加号，而是写"正"字。一碗饭，写一笔。五碗饭，一个"正"字，依次类推。写毕，朝瘦老板喊一声，今天的记上了。记上就行。他忙着把碗底的汤水倒进泔水桶，顺口回一句。他是不会查看的，我们也全凭自觉。他对我们这些师范生保持着某种天然的信任，而我们也以诚信作为一名师范生的操守和底线。上师范那会儿，我们家境大都贫困，每月生活费也就二百元。若上个网包几次夜、请同学喝个啤酒，或买一两件衣服，顺便给女朋友送个礼物，一学期的生活费不出一月，便花费殆尽。囊中羞涩，无钱吃饭，同学都勒着裤腰带，自然借不来。向父母伸手再要，实在如茅子（厕所）门拾了毛巾——不敢揩（开）口。又不能偷，不能抢。怎么办？总不能饿着，得想点法子。于是，也不知从某年某届开始，有人到瘦老板跟前吃完饭，掏不出饭钱，就开始记账。也于是，大家口口相传，如遇救星，陆续都去记账。时间渐久，吃饭记账，也便成了习惯，约定俗成，且一届跟着一届，届届如此。我上学那会儿，跟舍友两人记一个账。我们把记账的那页叫账号。我们的账号上写舍友的名字，我们每顿吃两碗，写两笔。很快，账号上布满密密麻麻的"正"。有一颗"正"缺胳膊少腿，一两天，也就完整了。当然，到瘦老板跟前记账的，皆是男生。女生一则不爱吃面，不远处的米线店、酸辣粉店，是她们的去处；二则平日节约，手头有钱，不至于走到两手空空记账吃饭的地步。日子久了，瘦老板的账本被大家翻得虚腾腾的，像一个人，满腹牢骚，憋得难受。毕竟那一颗"正"字，就代表着十多块钱。翻久了，账本纸页多有破损，且沾满辣椒油、茶水、饭汤、烟灰和指印。整个账本油腻腻、旧兮兮的。有的账号上，"正"字稀稀拉拉。有的犹如蚂蚁方阵，紧锣密鼓，一页不够，第二页接着来。大多时候，我们手头略一宽松，会拿钱到瘦老板处还账。还完钱，瘦老板把相应数目的"正"字用黑笔涂抹掉，或给我们另开一页，接着记。他数了钱，用手梳一下头发，朝我们笑着说，合适。拿着钱，去了后厨，想必是去给老婆交钱了。每次还账完毕，我们心里因长久欠债而积在心窝的一汪歉意感和难为情，便如锅底面汤，被刮出倒掉了。我们带着自信、畅快，甚至理所当然，又开始了新账的记录。当然，也并非所有男生都如我们一般自觉。有些人实在没钱，个别人故意拖欠。于是，每到开学，瘦老板就夹着账本，到男生宿舍楼，每层喊叫着欠账学生的名字。他认识每一个记账的学生，但不知宿舍，只得每层楼喊叫寻找。他知道，每逢开学，大家都带着生活费，还没花销。若迟一两月，钱花光，黄花菜便凉了。还有一个时间段，便是每年学生毕业前几天。他自然又夹着账本，来到宿舍楼，向毕业生讨要欠账。有些欠了两年，账本子记了几页，若现在不要，几天后，学生毕业，猢狲一般四散而去，隐入尘烟，他从哪里去找。所以，那几天他天天守在楼道，或宿舍，一心要钱。偶尔，楼道里响起他叫名字的声音，外地口音回荡着，带着面馆的味道。或许，绝大多数的欠账，他都收回了，个别人的收不来，他也无所谓了。毕竟，新的一届学生又入学了，新的账本又开始记了。新一届学生来了，我们犹如海水，被后浪推到了沙滩，湮没于沙粒。

毕业后，偶尔也想起瘦老板，想起他的面馆，和那黑皮账本，想一起记账吃饭的日子，全是明媚日子，就像面馆边上那一排紫叶李，在春天，开满了花朵，繁密、素雅、白净，在春风里摇曳着，如同青春，花瓣片片凋零。但我终究再没有机会去瘦老板的面馆吃一碗面，再也不用记账，直截了当付钱。吃完，来碗面汤，不急不躁，边喝边和瘦老板絮叨絮叨旧事。我得感谢他，在我们漏洞百出的光景中，帮助我们；感谢他，在我们捉襟见肘的青春里，喂养我们。我们的胃里，曾每天装满了他的面和菜，我们的骨肉里，有他面馆的影子，有他信任的味道，有他喊叫名字的声响。我终究没有再去过，哪怕去一次，也没有。

后来，某次听同学闲谈，说起瘦老板，说他老婆出车祸殁了。我心里一惊，大脑空白，木了片刻。我又想起瘦老板，瘦如竹竿，长发油黑，面色白皙，总穿着白衬衣、黑夹克。可他老婆究竟长什么样，我毫无印象。我吃过两年她做的面，可我对她毫无印象，哪怕背影，也没有。她没有了，瘦老板的日子倾斜了下来，风雨飘摇。

再后来，一师改名，成了职校。中等师范自此进入历史的箩筐，被塞进了角落，尘封起来。一师后门，因修大桥，把两侧铺面全征收、拆迁了。大桥南段，从河中插来，粗暴而生硬地别在学校后门那条路上。曾经的面馆、商店、诊所、面皮摊、补鞋摊、台球案、小酒吧、理发店等，荡然无存，就好像当初未曾存在过一般，半点蛛丝马迹也没有。自然，瘦老板的面馆也被拆掉了。那里种了草木，成了绿化带。瘦老板呢，就那样，和我们的青春一起，最终，在这个城市，不知所终了。

仁和里的旧时光

在天水电视台上班那四年，即2007—2011年，大多时候，我吃早餐都去仁和里。

电视台在南城根。早八点半左右，去单位签到，签完，在办公室低声询问有人去吃早餐不，有人，则结伴同去。到单位门口，总有遇见迟到的女同事，把包暂存到门房，吊着双手进院子。因为提着包，万一碰见领导，定会被收拾几句。空着手，会造成已上班只是中途出去了一趟的假象。

出单位，右转，上台阶，出尚义巷，过条马路，正对的巷道，便是仁和里。仁和里也是一条巷道。

巷道口，大槐树下，有好多临时早摊点。呱呱、面皮、擀面皮、猪油盒、杏茶、豆腐脑、菜夹饼等。那些摊点摆了好多年，至今还在。他们从何时摆起的，我没问过。但从我知晓后，这么多年，他们一直在那儿。只有过年几天，他们不摆。创建文明城市，城管嫌他们影响市容，不让摆。其余日子，无论阴晴雨雪，一天不落。

　　沿着马路东侧，早摊点一溜子摆在路边，人行道上支着几张小矮桌，摆着几把木凳。凳子高，桌子低，吃早餐，得弯头挺背，有点像单峰骆驼。桌椅破旧，粘满油垢，铺了塑料布，四角翘着，或布满裂缝，缝隙里满是垢甲。不过吃早餐的人不大在意。桌上，摆着酒盒，盒中塞满一次性筷子。一边丢着一卷卫生纸，纸质太劣，扯一段，白末子乱飞。稍微沾点水，便软塌塌成了一团。

　　我吃早餐，每天几乎固定，老三样，一碗荷包蛋，一个猪油盒，一碗擀面皮。擀面皮有两家。一家是甘谷人的，一家是秦州人的。甘谷和秦州都是两口子经营。甘谷两口子，个子都低，微胖。秦州两口子，个子都高，且瘦。两个摊子，两胖两瘦，两高两低，很有趣。吃早餐的人，自然不知道他们姓名。为了区分，就叫胖擀面皮和瘦擀面皮。

　　他们都用小推车摆摊，每天早晨五点，推到巷道口，地方是固定的，十多年了，一直在那儿。小推车分两层，上层一边摆着擀面皮、各种调料，尤以油泼辣椒为主，一大盆。一边放一案板，用来切、拌擀面皮。案板前放一旧鞋盒，里面装着零钱。正面是块玻璃，玻璃有个洞。吃完早餐的人，把钱从洞里塞进去，丢进纸盒。需要找钱，他们顾不上，闷着头，忙活手中的事，说，自己找吧。吃早餐的人拿起零钱，说，没多拿啊，你看。他们也不看，哦哦着，说，老买主，放心着呢。推车下层，放着备用的碗筷、擀面皮、洗碗水等。不过碗上套着塑料袋，吃完，塑料袋提起一卷，丢进垃圾桶，碗在水中一涮即可。

　　胖擀面皮和瘦擀面皮都好吃。擀面皮厚，柔软，有嚼头，辣椒也香。我觉得胖擀面皮家的略咸，便常吃瘦擀面皮家的，合我胃口。吃久了，似乎成了固定买主，再去吃胖擀面皮家的，怕被瘦擀面皮瞅见，不好意思。

　　于是，我就常年吃瘦擀面皮家的。先吃擀面皮，吃一半，再吃荷包蛋和猪油盒,两样吃毕,最后把剩余的擀面皮吃完,嘴里留着辣香。如果后吃荷包蛋,汤水会把辣香冲进肚,吃完了一咂吧嘴,便有怅然之感。这是我的经验。吃完擀面皮,还有一个趣事,就是拿筷子夹碗底的芝麻。也不叫夹,夹不住,筷子头蘸点唾沫,粘。白芝麻,裹着红油,落在塑料袋上,七八颗。等待同事吃早餐的片刻,粘芝麻吃,颇为有趣。芝麻进嘴,有细碎的香。似乎是一顿完美早餐的细小点缀,如锦上添花。

吃饱喝足,迈着八字步,闲谈着,回单位,收拾好摄像机,出去采访。我们自嘲是电视民工。

冬天,天颇寒冷,我们也去吃,惯性一般。毕竟自己是单身汉,不做早餐,附近也再无早餐点。

仁和里巷道口,跟民主路衔接,风大。早摊点支起帐篷,摆上蜂窝煤炉,可寒气依然逼人,风从缝隙中窜进来,我们瑟缩着,坐在凳子上吃早餐。不过得下嘴快点,稍有迟缓,怕就结冰了。

有次,我跟同事正吃早餐,来了单位另一部门的美女同事,坐在了我们对面。人家长得漂亮,又是老员工,自然是看不起我们的。见面,她脖子翘着,脑袋歪着,目不斜视,很是高傲。因是同事,碍于面子,我们本欲和她打招呼,一抬头,看到了她鼻子下明溜溜挂着一根鼻涕。许是感冒,许是天冷冻出来的。她似乎意识到了我们,也抬头,正好几目相对。她忙掏出纸巾,擦掉鼻涕,满脸通红,极为尴尬。她匆匆吃完,便匆匆离去了。临走时,竟跟我们主动打了招呼。可能她觉得自己的美女形象在那一刻,至少在我们面前,坍塌了。此后,每次遇见,她曾经不可一世的高傲气消失殆尽,如同泄气的皮球。她主动倾身跟我们打招呼,还带着些许尴尬,厚厚的脂粉上,浮着一层奇怪的笑意。

每天早上八九点,是早摊点最忙的时候。瘦擀面皮的瘦女人忙着切。擀面皮摊开如饼,摆在旁边,瘦女人不用看,伸手揭过一张,卷成卷,拿到刀当当当切,切成一指宽,手掌一揉,本是成卷的擀面皮，微微弹动着，散乱开来。瘦男人递来碗，女人一接，一手把擀面皮抓进碗，递回瘦男人。男人接过碗，调醋、蒜汁、盐、辣椒。调好，端到食客桌前。如此循环。切擀面皮、调擀面皮，日子久了，两口子已异常熟悉，甚至都成了肌肉记忆，大多时候，手下忙着，眼睛根本不看，而是招呼人，或跟旁边的早点摊闲聊。两口子，各忙各的，配合默契，互相也不大说话。成天在一起，锅碗瓢盆，家长里短，也没啥可说。

时间久了，不知是因为每天早起，也不知是每天跟擀面皮打交道，两口子面色满是烟火模样，陈旧，黯淡，皱纹里落满清晨尚未退尽的夜色，和小煤炉中弥漫而来的灰尘。两个人也是油腻腻的，油腻腻的面孔，油腻腻的手指，甚至油腻腻的衣衫。女人常年穿掉色的粉上衣，围着已不辨色的围裙，溅满辣椒油。男人穿一件黑夹克，围着假皮黑围裙。皮子裂开，打着卷。皮子跟推车边磨蹭的地方，直接秃噜了，留着白底，白底脏了，成了另一种黑。

到十点，一则没有买主了，二则城管有规定，他们就该收摊了。碗筷装进推车，桌子板凳架在车顶，随意一绑。地上的垃圾，清扫毕，装进桶，倒于路边的大垃圾桶中。收拾毕，他们推着车，车轱辘吱扭扭叫着，碗颠得哗啦啦响着，朝巷道中缓慢走去。他们租着巷道中的民房，还是买有楼房，我不知晓。

十点一过，巷道口空荡荡的，要不是地上的油渍，看不出这里是早餐点，看不出这里烟火滚荡、人声喧哗，看不出一个人的早晨是在一碗擀面皮里吸溜开的……只有老槐树的叶子，稀稀拉拉落着，像一个从遥远处走来的老人，把心事掏出来，和一群麻雀诉说。一群麻雀，跳跃着，捡拾着人们遗落的饭渣，上午的阳光，明晃晃的，如水一般，被它们搅动了，水波荡漾。

2011年初夏，我离开了电视台，去乡下一所小学教书，后又去了另一家文化单位工作。工作之地和居住之地都离仁和里很远，便没有机会再去那里吃早餐，偶尔想起，还是馋那擀面皮。

多年以后，一个早晨，路过仁和里，遂想起进巷道吃一碗擀面皮。

巷道还是旧时模样，只是地面水泥硬化了，不像以前遍布大窝小坑。早点摊也还是旧时模样，那么一溜子排着，谁都没有挪动一寸。只是又多了几个摊子，摆在周围。煎饼馃子、凉粉、肉饼等。也有人提着竹篮，装满时令水果售卖。

我坐下，要了一碗擀面皮，瘦擀面皮在忙碌的间隙，抬头看我一眼。他应是认识我的，毕竟我曾吃过四年。他说坐，醋多是不？我嗯了一声。他记得我，知道我吃得酸。食客不少，有人加了饼子带走，也有人坐下细嚼慢咽。他一个人站在推车前，又是切，又是调，手忙脚乱。有人排队，等得一久，便抱怨起来。他带着歉意，又是解释，又是安抚，说，一个人么，就是慢点，你不要急，马上就好。那人嘟囔着，很不情愿。

吃毕，我去付钱，顺便问，媳妇呢，怎么你一个？

他没有抬头，切着擀面皮，淡然地说，殁了。

我心里一紧，生出难过之情。他确实异常忙碌了，也比以前黑瘦了，腰也半弓起来，手脚更不如以前灵便了。脸上，除了酱黑、苍老、和堆满的皱纹，我再看不出他的表情，没有悲伤，没有落魄。那么忙，或许他顾不上悲伤，也或许，他早已悲伤过了，就像河流，在某个午夜，独自流着，流着流着，也便干涸了。只是，他少了支柱，或者一条"胳膊"，生活的旧屋子是倾斜的，而他独自撑着，撑得吃力，无助，颇不如意，但又能如何。

我没有问他媳妇是哪年殁的，因何殁的。问了又能如何，仅会徒增悲伤。她殁了，就再也不会回到他身边，熟练地切擀面皮了，也不会回到他身边，把满是烟火和油腻的日子往前推了。我自然再也吃不到她切的擀面皮了，她切得那么均匀，宽细刚好，就像我们付钱时，她笑着看我们一眼，笑意不淡不浓，刚好。

我依然记得他的媳妇，瘦高个，头发乌黑，束在脑后，扎成马尾。瓜子脸，大眼，下巴微微向前，爱说笑。可是，她已殁了，世间再也看不见了。

我从电视台离开后的日子，电视台搬走了。那片地，卖给了开发商，盖了高楼，房价高得吓人。跟我吃过早餐的同事，有些依旧扛着摄像机东奔西跑，有些到其他地方觅得一碗饭吃，有些去了更遥远的他乡，我们难以相见，有些杳无音讯、不知所终了。他们各自奔波，生儿育女，或至今单身，或早已离婚，深陷生活的泥淖，难以脱身。他们如我一般，悲喜交集，爱恨重叠，身不由己。那些明晃晃的二十来岁，如仁和里上午的阳光，如流水一般，也如那个女人一般，说殁就殁了，世间再也没有那段时光了。

我总是想起那些二十来岁的日子，和同事走过深深的巷道，气定神闲，无所事事。没有爱情，没有房价，没有背负家庭，没有生存压力，累，也仅是肉体，倒头一睡，第二天，依然精神。

那时，一碗擀面皮两块五，一个猪油盒一块五，一碗荷包蛋一块五。五块五，便是一顿丰盛的早餐。如今，一碗擀面皮五块了。

那时，我们坐在凳子上，说着笑话，夹起裹着红辣椒油的擀面皮，一抬头，老槐树的叶子，碧绿，层叠，微风起，叶子荡漾。上午的阳光，拥有新鲜、明亮、微黄的光芒，就像我们不知所终的未来，从树叶缝中闪烁。

闪烁啊闪烁，如梦一般虚幻的味道和生死。

逆行菩萨

我在莲亭租房住时，正在秦州电视台工作。

要去上班，出巷道，过马路，可绕至天水郡，过瀛池大桥，上段坡路，最后到单位。如此行程，路途较远，很不划算。后来，我便选择进莲亭北面，东拐西拐，七转八转，穿过狭长错综的巷道，再到马路上，稍行，便是瀛池大桥。如此行程，距离最短，省时，这是我多次摸索行走后得出的。其实，也节省不了几分钟，全是心理作用。

巷道中间，有一庙，应是村里家神，庙门没锁，进去，殿门倒是锁着。院子长杂草、开野花，有鸟雀起落，地上铺一层鞭炮皮，下过雨，纸皮泡胀，红色洇开。庙隔壁，有一所小学，大铁门把学生锁在里面。门口有人摆摊，多是老人，头发灰白，面容浮肿，摊上是学生玩耍所用的零碎物品。中午、晚上放学前，挤满家长，多是三十来岁的女人。衣衫鲜艳，红红绿绿，脚蹬便宜高跟皮鞋。满脸脂粉，可脸色黝黑，布满雀斑，化妆品涂了很厚，还是遮不住。脖子上倒没涂，于是，下巴和脖子便生出一道分界线，黑白分明，如同泾渭。这些家长，除了莲亭本村的，其余全是带着孩子进城念书，租住在莲亭的乡里女人。

巷道中，还有流浪猫狗、诊所、商店、米面店、麻辣烫店、化妆品店等，数量不一。此外，全是居民院落，盖着三层楼房，挨挨挤挤，甚至勾肩搭背。出去主巷道，其余巷道异常逼仄、昏暗，两侧住户，在二楼三楼加盖阳台，两边阳台伸出来，贴在一起，两家人，打开窗户，都可以互相发烟点烟、搬弄是非。巷道中行走的人，抬头，天是一条细缝。巷道难见天日，坑洼不平，行走深一脚浅一脚，如同过山洞一般。

巷道口，有一铺面挂着纸牌，用墨汁大写"煤油"二字。边上一铺面，门头贴一红色喷绘，上印白字"弹棉花"。往前，旧砖墙面上，用红漆写"打坟抬埋，24小时服务"，但无联系方式。

2018年秋，莲亭北面开始拆迁，这块地，卖给了房地产开发商。卖了多少钱，我等平头百姓，自然不知。只是我从同事采访回来的新闻中看到，由抽调干部组成的拆迁工作组，已入户排摸、测量、登记、宣传。最大的问题是拆迁面积，工作组和有些住户的数字不在一个层面，相持不下。最后，工作组拿出原始资料，附以政策，多次登门，彼此各退一步，私下互有妥协，最终达成协议，住户签了字。当然，现在拆迁，补偿一来及时到位，二来补偿可观。无论现金，还是返迁，都较为顺利。个别难缠群体，工作组多想几个法子，自然就攻克了，他们叫"拔钉子"。

某一天，我再次穿过巷道，巷道依旧深深，依旧拐弯抹角，猫狗还在，铺面招牌还在，一切都是往日模样，可终究有所异常——没人了。坐在门口摇扇发呆的老人不知所终，蹲在院子洗衣裳的女人不知所终，在出租屋一边做饭一边咒骂孩子的父母不知所终，涂着猩红嘴唇穿着肉色丝袜的姑娘不知所终，头发如同鸡窝面色蜡黄靠方便面维生的小伙不知所终，校门口摆摊卖零食的中年女人不知所终，坐在树荫下光膀子逗弄笼子画眉的男人不知所终……那些铺面关了门，小摊不见了，学生也无踪影。只是流浪猫狗多了起来，巷道中被丢弃的衣物、家具、生活用品多了起来，漫不经心的风多了起来……

似乎一夜之间，他们全部搬离了。连同那些光阴、旧事、未来，甚至吵闹、琐碎、寡淡，一并搬走了。那么，他们都去了哪里？

我并不知晓。

又一个某一天，我再次穿过巷道，巷道不再深深，不再拐弯抹角，猫狗消匿。院子被拆成了一堆堆废墟，庙被拆成了一堆废墟，学校也被拆成了一堆废墟。破碎的砖砾，遍地的杂物，横戳的钢筋……黄色的庞大器械攀在废墟上，破碎锤不停"点头"，当当当的击打声不绝于耳。水泥、石头、砖块，应声碎裂，尘土沸腾。当当当，当当当……无休无止，整个莲亭都在抖动，都在破碎，都在成为废墟……

巷道依然畅通，只是在拆除的房屋四周拉了警戒线。我依然穿行其中，为了便捷。

还是某一天，我又一次穿过巷道。这段日子，拆迁已全部完成。莲亭北片如同倒伏的残兵败将,或者某个激战过后的战场,残破、颓废、死寂、凌乱。拆迁完成,废墟在等待,接下来该如何处置。莲亭成了荒岛。在废墟中,恍若隔世。

当我行至巷道中间——一个拆除过的院落门口,我看到了一尊菩萨。瓷菩萨,七八寸,高如筷子,白瓷。头顶方巾,一手捧宝瓶,一手拇指食指相扣,端坐于莲花台上。菩萨柳叶眉,丹凤眼,樱桃嘴,鹅蛋脸,神情安详。莲花、衣衫、方巾用蓝色晕染了一番,勾了银边。可毕竟做工粗糙,瓷面坑洼,布满气泡,带着裂缝,落满灰尘。细看,倒像盗版菩萨,滥竽充数于人间。其坐于一个塑料透明酒盒中,酒盒一面掏空,上面盖一块黄布。黄布皱皱巴巴,粘满油污,应是酒盒中的装饰物。

门口已拆迁得面目全非,菩萨坐在酒盒中,酒盒摆在砖头上。菩萨身后,是满院废墟。也不知谁家院子,依方位判断,定不是那个庙。菩萨从何而来?菩萨为何突然坐在了废墟里?

我依旧在巷道中往返,菩萨依旧在那里端坐。日子一天天过去了。起初,菩萨面前多了香炉,有焚香的痕迹。接着,有了蜡烛,燃到一半,被风熄灭。后来,香蜡多了起来。香炉中,插满香,有些烧到一半,灭了,有些仅留下灰迹。砖头上,是蜡烛烧过后积下的成片蜡油。接着,便多了两束假花,插在矿泉水瓶中。玫红、橘黄、深蓝的花朵,簇拥着,极为艳丽。一个矿泉水瓶倒了,花搭在酒盒上。又过了一段时间,菩萨面前,多了供品,诸如面包、点心、饼干、馓子,诸如橘子、苹果、圣女果,等等。有些放不下,把四周杂物挪开,铺上断砖,平平展展,如同香案。再接着,地上多了焚烧过冥币的痕迹,纸灰被风吹散,有些卡在砖缝间,像夭折的黑蝴蝶。多了鞭炮的纸屑,散落满地,红艳一片,如同夏花。也多了膝盖跪下的痕迹,隐约拓在灰土中。

最后,菩萨四周竟用绿铁皮搭了半米高的房子。四片铁皮,应是从建筑工地捡来的,用铁丝绑住,下端用砖头压着。房里的废砖等杂物，已被清理干净，只留下菩萨坐于酒盒，面前摆着香炉、蜡烛、假花和供品、冥币，以及半盒火柴。

这俨然成了一座新诞生的小庙。

我一周五天，每天四次穿过巷道，都没有在菩萨跟前碰见任何人。何人所为，我不得而知。我也不知道过些日子，这里还会有哪些变化。果然，有人拿来裁成一半的旧被面，挂在铁皮上，成了门帘。粉红被面，金黄牡丹，碧绿枝叶，两只斑斓鸳鸯游戏其间，大红的喜字，拦腰裁断，留了一半。接着，里面又多了一对假蜡烛，蜡烛是塑料的，深红色，外壳高出半截，里面安一黄色塑料片，形如火焰，微风吹，塑料片摇曳，猛一看，还真以为是一对蜡烛在燃烧。

菩萨在庙里，深居其间。他依然有粗制滥造般的柳叶眉、丹凤眼、樱桃嘴、鹅蛋脸，他依然有经久不变的神情，他依然享受着人间供奉，还有跪拜、祈求。他身上的浮尘被擦去了，白瓷泛着亮光，那脸上似乎生了笑意。他定是满意的、欣喜的，在一堆废墟中有了自己的神龛，甚至庙宇和供养。

巷道中，房屋皆成废墟，等着被清运走。巷道寂寂，唯有麻雀如秋叶，被风吹落下来，满地翻滚。我不知道，接着，那些我未曾见到的人还会给菩萨添置什么，还会将这小庙怎么装饰。但我知道，菩萨可能会长久地居住于此。因为运走这些废墟，开发商盖楼的日子据说还遥遥无期。

可是，某一天，当我再次穿过巷道，却发现菩萨连同他的庙和供物一并不见了。我怀疑我走错了路，我重走了一遍，没有。我怀疑菩萨搬了家，我又仔细找寻了一番，也没有。原先那地方，再次堆满砖砾、水泥、杂物。似乎那里压根就没有出现过菩萨，一切仅是我的某种错觉。

菩萨去了哪里？

菩萨不在了，废墟还在，我也依旧穿过废墟，像一条鱼，游过淤泥。日子一久，我便将菩萨忘了。人间多琐事，且缠于身上，不尽如人意者又占三五分，谁会去惦记一个模棱两可的菩萨呢。

有一天，我一个朋友叫我喝酒。

在烤肉摊上，我说你一开出租车挣钱的人，喝什么酒？他和我碰杯，说，最近歇着呢。

为啥？

心里不舒坦。

为啥？

他又把一杯酒一饮而尽。酒已过七巡，他酒量差，有些喝多了，醉眼迷离，他把瘫在塑料椅上的身子收起，一本正经起来，压低声音说，前段时候，遇到了个怪事，一个晚上，十一点多，路上没人，我满城溜达着找乘客，到天水郡和瀛池大桥相连的那块，你猜我看到了啥？

啥？

有个人朝我的车走来。

没碰上吧？

没，擦着车帮子过了。

没碰上就好，然后呢？

然后就啥也没有，我后视镜里看，压根就没人。

估计是你眼花。

这不是关键，关键是对面来的那人是谁，你知道不？

不知道。

菩萨。

菩萨？！

嗯，头顶着白色方巾，穿白色衣裳，有蓝色的花边，手里捧着宝瓶……

逆行菩萨！

……

那晚，我朋友彻底喝大了，我把他背回了家。此后，他再没开出租车，改行当保安了。我呢，也搬离了莲亭。

会动的房子

我在罗玉小区住过一段时间。罗玉小区，是个老居民区，虽叫小区，实则是一大片区域。十来栋楼聚一堆，成为一个独立聚集区。独立聚集区互相牵扯在一起，又如棋盘一般。每个聚集区，用铁栅栏围了起来。下面砌了水泥墙，齐膝高，呈连续的半圆形造型，上面栽栅栏，栅栏刷过天蓝色油漆，可已斑驳模糊，栅栏顶端做成矛头，许是防盗，时间一久，矛头有些不翼而飞，有些耷拉着，有些挂着塑料袋、胸罩、饮料瓶等。虽用栅栏围着，可大多地方已被人拆毁，用来出行，图个方便。小区没有物业，业主又都年迈，自然无人修补。每个聚集区，大门倒是有，不过四季敞开，通行无阻。门房都有，拥拥挤挤住着一家人，也未见日常管理，形同摆设。

我住的那个小区，买东西需到门口，门口有几家商店。我买东西，喜欢去黑脸胡那里。一是跟黑脸胡略微熟知，二是多少对其有所同情。

说黑脸胡没有商店，不准确，说有，也不大准确。黑脸胡的商店（姑且叫做商店）不是沿街铺面，也不是地摊，而是一个铁皮房子。外面刷草绿色油漆，一侧开一个十六开纸张大小的窗户。风吹日晒，油漆暗淡下去，呈灰白色。有些地方，油漆剐蹭掉了，露出铁皮本色，淋雨后，又生了锈，锈迹暗红，如眼泪滴垂下去。房子顶，怕漏雨，加了一块石棉瓦，一端撑起，呈斜坡，雨水可顺流而下。房子一侧，开了门，门总敞着。进门，屋里挂一只白色节能灯，不知电从何处接来。灯仅是晚上开，白天不开，节省钱。借着那小窗和门口的光线，房里一切勉强可见。房子颇为局促，面积只有一张双人床大小。靠窗一边，支一块仅可容身的木板，上面铺着被褥，用来睡觉。门口一角，即床头，撑一案板，放着电磁炉、锅碗勺筷，和半颗氧化发黑的洋芋，几根蔫兮兮的韭菜。床下、案板下，放着几个纸箱，里面堆满杂物。除此之外，其余地方，用铁条焊成货架，拥拥挤挤四层。货架上，摆着各种日用杂货，虽非应有尽有，可也能勉强满足人们日常所需。饮料、矿泉水、啤酒、卫生纸、方便面、火腿肠、烟、打火机、袜子、手套、作业本、中性笔、把把糖、泡泡糖、小玩具……有段时间，他还零卖过避孕套，只是所售无几，亏本了，也便作罢。许是人们羞于在众目睽睽之下购买，许是这里居住的年轻人很少，需求不大。货架挂在铁皮墙上，杂货层层堆码着，真是五花八门，五颜六色。

我买东西，不进房，只站在门外，最多站在门口。想进也进不去。货架和床之间，不足一尺，一个人行走，都得侧身。于是，我说，买包方便面。黑脸胡欠着身，伸长胳膊，从货架上够来一包方便面，很是吃力，随手拿起旧毛巾，擦一下灰土，递过来。当然，对于货物在哪一块，他早已熟稔于心，闭上眼，也能够来。只是地方实在狭窄，让他略显短小的身躯难以伸展开来。

买完东西，闲来无事，我会跟黑脸胡闲聊几句。大都是天气的雨晴，或者政府无休止的挖路修路，或者小区里某个老人的病症和死亡，或者从他人处道听途说而来的旧闻，或者传说中罗玉小区的拆迁，等等。当然，他也问问我的情况，顺嘴说说自己的旧事。

黑面胡六十八岁，他说人不说九，虚岁七十。他说他本姓胡，脸不黑，倒是红，酱红那种。可怎么就成了黑脸胡呢？不知道。起初，听这绰号，他极不满意，可又堵不了人们的嘴，只得任人叫，听久了，也便顺耳了。至于他的原名，人们倒是不记得了，可也不要紧，反正平日也用不上。

黑脸胡年轻时，在罗玉小区旁那个工厂当工人。他是老天水人，在西关原本有个小院。年轻时，托亲戚，走后门，进了工厂。那时进工厂很吃香，人人羡慕。他的工作是加工机械零件，他觉得枯燥，每天守着机器，极不自由，还两耳噪音，两手油污。

后来，厂里新买了辆大卡车。他平时就爱车，爱到骨子里那种。一有空闲，就在车跟前打转。不过瘾，提着酒去巴结司机，一口一个哥，狗皮膏药一般，黏在人家身后，让他开一下车。司机好酒，加之经不住软磨硬泡，最后同意了，给他开了车门。他坐在驾驶室，握着方向盘，志得意满，幻想着在马路上御风驰行。可老靠幻想，也不过瘾。有次，他和司机一起喝酒，司机虽好酒但不胜酒力，二两下去，倒下了。他摸出钥匙，来到车边。把车打着，爬进车里，脚踩油门，开了起来。他毕竟不会开车，没有丝毫经验。拧着方向盘乱转，拐到了一条下坡路上，不知所措间，错把刹车当成了油门，一脚踩下去，出了大事。

一个刚从厂房出来骑自行车下班的工人被他撞飞了。他眼一黑，木在了驾驶室。接着，眼又一黑，他感觉自己像块石头，破碎成了粉末。车头扎进围墙，熄了火。车顶盖翻卷起来，耷拉着，形同被蜜蜂蜇肿的嘴皮。他自己竟安然无事。至于那个工人，被抢救了过来，可瘫痪了。

他被工厂开除了。那人的医疗费、陪护费等和卡车的维修费，一分不能少。他哪来的钱？只得变卖了院子，拿着钱，心里滴着血，填了那两个"窟窿"，才算了事。自此，他原先还算白皙的脸，便日渐红了起来。上色一般，一年红过一年，包浆似的。那个司机呢，被工厂从正式工降成了临时工，从司机变成了打扫卫生的。他满心惭愧，难以释怀，也无脸再见人家。

后来，他媳妇带着娃跟人跑了。他孤家寡人一个，无处落脚。又托人，在我住的那个小区当起了保安。说是保安，也啥事不管，只是住着那间门房，不至于流落街头罢了。再后来，有自称物业的人来找他，说罗玉小区门房要整治，现在的保安起不到任何作用，小区屡次被盗,所以,要全部清退。没有办法,他便从门房搬了出来。搬出来,无处可去。在罗玉小区住久了,一切都是轻车熟路,换个地方,人生地不熟。于是,他就在罗玉小区捡垃圾,饮料瓶、硬纸板、废旧家电,多少能换点钱。晚上,睡到自助银行大厅,冬天还有暖气,挺好。有次,有个小厂拆除,里面堆着杂物,小厂老板让他来清理,不给清理费,不过卖的钱归他。其中六块厚铁皮,卖了可惜,他寻思着利用起来,想了好久,最后决定焊个房子。他在工厂干过多年,焊房子并非难事。

铁皮房子焊成了,也算有了立锥之地。他把房子摆到小区门口。他熟悉那里,也能看到对面门房,说是新来了保安,全是谎话,一个老头住了进去,跟他一样,啥也不管,后来,老伴住了进去,孙子住了进去,俨然成了他们的家。这让他心里窝火,可又无能为力。他知道,那定是某个小领导的亲戚或老乡。

有一次,他捡破烂,在垃圾桶里拾了个保温杯。杯子还是新的,包装也在。他如获至宝,终于可以把那个满是污垢的罐头瓶扔掉了。也感慨有钱人,真是饱汉不知饿汉饥,崭新的杯子,就这么不要了,多可惜。拿回铁皮房子,晚上,他打开杯子,准备用起来。拧开杯盖,倒入开水,水很快溢出来。他很是奇怪,拿到房子外面,倒掉水,迎着路灯灯光一看,确实有东西。他伸指头夹出来。一看,天啦,是钱,整整一卷。他压着狂跳不止的心,回到房子,关了门。一数,整一万。他差点眩晕过去。他把钱揣进贴身衣服,抱着保温杯,没吃没喝,睡了整整两夜一天。

第三天,他决定用这笔钱开个商店。钱要用活,让钱生钱。再说,拾到钱也是老天睁眼不想断他生路。所以,不能坐吃山空,要干点事,日子还长得很呢。思来谋去,还是开个商店,有地方,成本小,能度日,是个正经事。

不久,他的商店就开起了。人们吃惊、困惑,黑脸胡哪来的钱,竟能开起商店。很长时间,此事都是饭后谈资。不过日子一久，说着说着，也便索然无味了。人们也适应了黑脸胡的商店，人们甚至觉得黑脸胡就应该有个商店。

他的生意，不好不坏。养活他一人，没有问题。

那时候，罗玉小区管理宽松，沿街全是小摊点，多以吃食为主。随意搭个彩条布的棚子，支上锅灶，摆好桌椅，就可营业。也有临时摊点，多卖衣裳鞋帽。每到晚上，罗玉小区烟火升腾，人声鼎沸，异常热闹。黑脸胡的生意会略好一些，主要是买烟和矿泉水的人。据说，那些固定摊点，给相关部门缴了场地费，可常年使用。黑脸胡没缴过，他不知道相关部门是何方神圣。当然，城管偶尔也来找麻烦，他一边哀求，一边把整条烟塞进对方怀里。城管便睁一只眼闭一只眼。有时整顿，会把临时摊点清理一番了事。而他的，城管说是固定摊点，不在清理范围。他又一次感谢了城管的大恩大德。

我在罗玉小区住了一段时间，便搬离了。临走时，我到黑脸胡的商店买了两瓶啤酒。我打开，一人一瓶。他推托不喝，我说我请你的，硬塞进他手中，他才勉强接住。我们坐在他的小马扎上，边碰边喝，也随口闲聊。

我问，以后就长期在这儿？

他抹掉嘴角的沫子，说，我这黄土埋到脖子的人，还能去哪儿，就在这混日子罢了。许是下午，太阳西沉，国槐树罩在头顶，落下阴影，他的脸红里透黑，甚至，跟这阴影融为一体，如水波，在黄昏里晃荡着，虚幻起来。

……

我离开罗玉小区后的某一天，不知何事，再次路过那个小区，却发现黑脸胡的房子不见了。那块地方，空荡荡的，落着树叶和麻雀，风吹，麻雀成了树叶，树叶成了麻雀。很快，都被清洁工扫进了垃圾桶。

再后来的一次，我去罗玉小区，发现黑脸胡的房子又出现了。

我颇为好奇,走过去。门开着,黑脸胡正在下挂面,听见脚步声,问,要个啥?我说啤酒。他抬头,一看我,有些吃惊,也有些欣喜,说,搬了吗?好长时间不见了。我说搬了。我问,你前段时候怎么不在,今天怎么又出现了?他摇摇头,苦笑道,打游击呢。

前些日子,这片小区的城管换人了,要整顿我的房子,我咋求情下话,都不听,送东西,也不收,脸硬得很,限我一周之内搬走,不然,他们就拆掉了。这可是我的饭碗,咋能让他拆掉。愁得我,几天没睡。有一天,看着路上一个拉架子车送货的人,心里一咯噔,有了主意。他跟我一样,都是讨一口饭吃,他的饭碗是架子车,我的是铁皮房。他的能拉着走,我的也应该能拉着走。于是,我想了办法,给这房子安了四个轮子,绑了根拉绳。这样,它就能走了。城管一来,我拉着走掉,找个偏僻巷道藏起来。城管一走,我又拉回来……

他说着说着,独自笑了起来,只是笑声沙哑,且带着苦涩之味。我扭头,看到房子下面确实多了四个橡皮轮子。

我问,能拉动吗?

他说,我这把老骨头,还有点力气,勉强能拉动,房子里,小百货,也不重,喝个啤酒吧。

我还有事,顾不上喝。跟他告别后,便离开了。

此后好久,我再未去过罗玉小区。后来,罗玉小区拆迁,我住的那个小区也被拆掉了。拆掉后,卖给了房地产,盖起了一栋栋高楼,光鲜亮丽,直插云霄。那些低矮的楼房、破烂的围墙、烟火升腾的摊点、年迈衰败的老人,以及那个还未被生活熏染发黑的青年,以及他的记忆,统统灰飞烟灭了。陌生、疏离、排斥、光怪陆离、傲慢浮夸,像另一个世界强行安插在了这片土地上。曾经的一切,被涤荡干净,片甲不留。好像那些旧屋旧人旧事不曾存在过一般。只是罗玉小区这个名字,还像一颗痣,长在这片土地的额头上。

黑脸胡的房子，自然也没有了。我不知道他和他的房子去了哪里。城市如此之大，城市又如此之小。他会去哪里，又能去哪里。

再后来，这座城市要创建文明城市，街边摊点、临时搭建物，统统被拆除了。马路上，除了麻雀，一无所有，就连一片树叶在落下的一瞬间，都立即被清理掉。黑脸胡那么大的房子，停在路上，定然影响市容，定然是不文明的，定然是不能存在的。他又会去哪里，又能去哪里。

有一天，我做了一个梦，梦见黑脸胡拉着他的房子，在城市的街道上奔跑着，后面，是成群的人，在追赶他，仿佛一群狼正在追逐一只羊。黑脸胡跑着跑着，便跑不动了，他的嗓子里发出了巨大的喘息，如同狂风的呼啸声，再跑，他就要气绝而亡了。他看到了我，朝我招招手，示意我拉着他的房子跑。我换下他，拉着房子跑了起来，我听见身后的喊叫声、怪笑声，越来越近，越来越近，我跑啊跑啊，我的嗓子里开始冒烟，我的肺开始起火，我的骨架开始掉螺丝，我的眼睛黑透了。

在梦中，我累死了。

瀛 池

天水城西，有地名叫天水郡。天水郡西北方向，有个地名叫瀛池。

西汉元鼎三年（公元前114年），析陇西郡地置天水郡。天水之名的由来，《秦州志》载"郡前有湖，冬夏无增减，故有天水之名"。《水经注》载"五城相接，北城中有湖水，是湖，风雨随之。故汉武帝元鼎三年，改为天水郡"。也有传说，得名于"天河注水"。某夜，狂风呼啸，雷电交加，一道金光闪耀于地上。顿时，大地震动，巨响中，地面裂开一条大缝。只见天上河水倾泻而下，注入缝中，形成一湖，名曰"天水湖"，"春不涸，夏不溢，四季滢然"。后来，汉武帝听说此事，便起名"天水郡"。当然，也有学者认为，天水之名由天河（银河）而来。

这些史料、传说，均与水有关。瀛者，大海。瀛池，大海之池。可见水多。西北人，鲜能见海，遇到大水，便觉得是海。那么，瀛池，是否便是那史料和传说中的湖呢？

或许是吧。

我不善考证，也不求甚解。只因生长于天水，对此名好奇，略闻一二。至于其中真相，留给有心之人吧。

如今，天水郡仅是一个街区，马路、高楼、立交桥。跟湖、水已毫无瓜葛。而人们提及瀛池，便是指一处果菜批发市场。两个地名，它们的古典意义和历史意义消失殆尽，仅是时间的遗骨，被人们把玩着，消磨着。

我在莲亭租住时，步行去单位，要途经瀛池市场。

市场在西大桥南端，大门在桥头一侧，四季敞开，门顶焊有八个红色大字——瀛池果菜批发市场。门口，停满三轮车，车上都撑有一把大遮阳伞，或蓝或绿或红。三轮车里，卖着馒头、面条、蔬菜、粉条、豆制品等。也有批发日用小杂货的，铺一张塑料，就地摆摊。市场门口人来人往，或零散提着果菜，或整袋肩扛，拥挤不堪。加之大货车常在侧门进出，卷着尘土，碾压而来。两车往来相抵，难以避让。后来紧随而来的轿车、三轮车、摩托车拥在一起，和桥头涌来的车汇聚起来，于是交通堵塞，如一团乱麻，塞住了管道，难以疏通。于是货车的倒车声、小车的喇叭声、摩托上的咒骂声、行人的抱怨声、菜摊上喇叭里的叫卖声，市场溢出的吆喝声……混在一起，如一锅杂烩，洋芋、豆腐、粉条、白菜、肉块……大火激荡，肉菜翻滚，汤汁沸腾……

进了大门，左右沿墙根两侧各一排平房，对面另搭一排活动板房,均以售卖各种调料、肉、豆制品和活鸡活鱼为主。房间里,摆着货物,摆不下,溢到门口,挨挨挤挤。调味品的麻辣味、孜然味、辛辣味、酸味、咸味,混合,勾兑,形成了某种难以言说的味道。肉摊上,白的油脂、红的血水,肉剁成块,一一铺着。摊贩坐在凳子上,一边打盹,一边举根竹棍,竹棍顶端绑一塑料袋,赶着苍蝇。塑料袋一晃,苍蝇应声而起。摊贩一打盹,苍蝇见缝插针,落在肉上,大快朵颐。豆制品摊上,大块的豆腐、老豆腐、水豆腐,成棒的素鸡,叠成层的豆皮,薄如纸的千页豆腐,成捆的腐竹。水中还泡着鸭血、鸭肠、海带丝、黄花菜、毛肚、黄喉……豆制品,散发着豆腥味。水中泡的食材,散发着咸味。活鸡在笼中,七八只,挤在一起,羽毛蓬乱、稀疏,眼神满是哀伤和恐惧。笼子下面,堆积着粪便、鸡毛和粮食。鱼拘在大铁皮水槽中,氧气管子插在水里,咕嘟嘟响着,水冒白花。黑鱼、鲫鱼、草鱼、鲤鱼、鲟鱼……青幽幽的水,青幽幽的鱼背,晃荡着,晃荡着。杀鸡人,从笼中揪出鸡,如探囊取物,一刀割开脖子,血喷出来,鸡身一抽,一哆嗦,都没有来得及挣扎,甚至一声哀嚎也没有,便魂飞魄散。鸡杀死,塞进一个桶状设备中,机器转动着,鸡毛在下面翻滚出来,赤条条的鸡,浑身白腻,很快,被提出来,开膛破肚,掏出内脏,水中一冲,便兜售给顾客。杀鱼的人,捞出鱼,摁在案板上,迎头一棒,鱼身扭动,尾巴摔打,腥水溅满杀鱼人一脸。接着,电动工具鸣叫起来,鱼抽搐几下,奄奄一息,又死不瞑目。鳞片四溅,泛着银光,簌簌落下,像一个人正被割去皮肉。杀鱼人拿剪刀顺着鱼下颚刺啦一声剪下去,如拉链拉开,掏出内脏,丢入脚下垃圾桶中,血肉模糊,污秽不堪。一手捏鱼身,水中一涮,丢入盆中。地上,血水混合,四处横流,腥味弥漫。

过了这些平房,往里走,便是一些蓝顶大棚,码满了成捆成包的蔬菜。大库房、大闸门、大货车、大磅秤、大捆菜、大生意、大钞票,大声喧哗,大声算账,大声讨价还价……

每天凌晨四点,这些蔬菜就被菜贩子用电三轮批发去,运往城市的大街小巷,大商场小商店。

瀛池市场,以批发为主,兼及零售。关于瀛池市场,网上有这么一段简介,录于此:

> 瀛池市场位于甘肃省天水市秦州区西郊,占地面积4万平方米,各类经营铺面250间,建筑面积8000平方米;交易大棚2座;遮阳雨棚2000平方米,电子地磅秤、水、电、停车场等配套服务设施较为齐备,并建有蔬菜果品信息网站和价格信息采集发布机构,实现了全国联网。市场服务管理机构健全,成立了蔬菜果品运输协会和农产品营销组织,有营销经纪人上千名,已发展成为陕甘两省,尤其是陇东南及陕甘毗邻地区的核心品牌市场。
>
> 市场自2002年开办以来,依托天水市区域优势和丰富的农林特产资源优势,充分发挥农产品批发市场的带动作用,吸引了全国各地的客商前来洽谈交易。已成为天水市农产品外销的主要渠道,社会效益和经济效益十分显著,较好地显现出大市场、大流通、货源足、品种全、销量大、价格稳、交易广等显著特点,有效地促进了天水市及周边地区农业增效、农民增收,带动了农业产业化的发展。同时对调控物价,丰富菜篮子,提高城乡人民生活,减轻就业压力,以及消除马路市场,改善城市管理等方面都起到了积极作用。已成为甘、陕、川毗邻地区规模较大,辐射力较强的大型农产品批发市场。

我去过两趟瀛池市场采购东西。平日虽常经过,但很少进去。即便跟别处相比,这里的菜能略微便宜一些,可提着菜,走回去要好一段路，我嫌麻烦。

第一趟去买菜，是祖母过世后。

按西秦岭一带习俗，人过世一般家中停灵三天，第三天择时送丧（出殡）。第一天，主家要通告亲戚，请阴阳、帮忙之人、厨师，搭建席棚等。厨师请来，他会开一张采购单，让主家安顿人去购买。他和帮忙的人在院角和泥，用土坯、砖块砌灶。院中人来人往，已异常忙乱。总管在廊檐下，边写执事单，边调拨人。偶尔有亲戚来，提着金银斗（祭祀用物），香蜡冥币，一路长哭，脚下蹒跚。主家接到屋中，亲戚跪在灵前，泪洒草铺，悲恸欲绝。

按总管安排，三爸开车，带我跟一个堂哥去城里采购。

第二天一早，凌晨四点多，我被三爸叫醒。天色乌黑，如浓墨，难以化开。村庄寂静，偶有山鸟在林中啼叫，叫声骇人。天寒，我们打着手电，瑟缩着，到大爸家门口。三爸有辆货车，常停于大爸家门外一车棚中。车发动，倒出来。我和堂兄挤在副驾驶位上。

车沿着山路颠簸前行。车灯呈扇形，铺在路上，往前推移。灯光虚幻，疲弱。远山如伏兽，风起处，脊梁隐隐耸动。

我们坐在车里，大多时候，沉默不语。我们心怀悲戚，如这暗夜，辽阔而沉重。祖母的音容依然浮在眼前，那般慈祥。祖母一生清苦、节俭，拉扯子女，忙于庄农，在故乡这片黄土中流尽汗水。她对我们这些孙子异常疼爱，家中有好吃的，总会留给我们，或用衣襟兜着，给我们送来。每至冬天，我们那里吃两顿饭，早上九十点一顿，多是馓饭、拌汤，下午四五点一顿，多是面条。我们在学校念书，上午不放学，早饭自然不能回家去吃。九点多，祖母端着饭缸，从学校前的陡路上下来，给我们送早饭。冬日的草木枯萎，落满白霜，祖母藏蓝色的身影在洋槐树梢间忽隐忽现。祖母一辈子都是藏蓝色的身影，在我们贫瘠的日子里忽隐忽现。可自此以后，我们再也见不到她了。

山路崎岖，加之货车车速慢，到瀛池市场，已是早上七点。停好车，我们随便吃了一点。三爸掏出采购单，带我们进到市场。市场里已挤满了人和三轮车。人们满脸倦意和寒气，正和裹着军大衣的摊主，讨价还价，挑拣菜品。地上，成堆的烂菜叶，落着霜，冻得硬邦邦。有流浪狗进来，围拢一起，啃着菜叶。有人经过，狗受惊吓，夹着尾巴溜掉了。我们先采购了调料、肉类、豆制品，还有一些零散食材。每购一些，我用笔在单子上划掉，以免遗漏。购买一堆，借来推车，驾到上面，送到车前，装进车斗。最后，拿着单子去买蔬菜。大库房中，堆着各种菜。菜已被贩子们在半夜购走了大半，剩余的很是散乱，横竖躺着。上面丢着破棉絮、旧被褥、烂地毯等，用以保暖。门口生着煤炉，炉中塞着泡沫、塑料、葱蒜干皮等，黑烟升起，散发着怪异味道，摊主抱着炉子取暖，脑袋缩在衣领中，油腻蓬乱的头发如同油毡。

我们在库房前来回挑拣，货比三家。最终，买了蒜苗、蒜薹、白菜、大葱、大蒜、胡萝卜、菠菜、香菜、芹菜、辣椒、萝卜等，都是成捆成包称好，付了钱，推车运到车前。单子上的菜名全被划掉了，一张纸，被我捏得软兮兮、汗津津。菜是按照十全配的，五荤五素。最后，补买了酱油、白糖、红绿丝等。

采购完毕，已是十一点，家里来电话，说厨师已在催促。我们上车，把菜重新码放好，满满一车，花了七八千元。我们得赶着回家。冬日的城市和乡村，雾蒙蒙一片，罩在半空。太阳炽白，晃荡着，如一汪水，泛着冷意，浇在车上，浇在我们脸上，也浇在我们悲伤的心坎上。

第二趟去，已是多年以后，那时老大（大是父亲的意思）刚刚过世。

老大非祖父亲生。老大父母和我祖父母是同辈，属亲戚。老大年幼时，丧了父母，成了孤儿，衣食无着，很是可怜，祖父把他接到我们家，养活起来，成了我们家的一口人。老大在农业社时期当饲养员，生产队有骡子，脾气暴烈，又踢又咬，少有人敢近身，更别说驾驭起来耕种。可老大也是犟人，将骡子拾掇得服服帖帖。老大养了一辈子骡子。骡子属大牲口，性烈，一般人家不敢养。后来，老大去了另一个村庄生活。其中原因，我也未搞清楚。那个村庄离我们村很远，但都属于同一个乡镇。步行需两三个钟头。骑自行车，也得一个钟头，且多山路，时骑时推。每逢春节，初五六，我们要去给老大拜年，因路途遥远，一去一天，所以我们得提前一天商量定。第二天一早，吃毕早饭，快快出发。我们喜欢去老大家，一则沿路多陌生村庄和山野，很觉新鲜，二则可以挣得一块两块压岁钱，三则可以见到堂哥堂姐，跟他们玩耍。

老大的媳妇，即老娘，是祖父张罗的。婚姻是大事，老大孤身，我们家是他的靠山。逢年过节，老大总会带着堂哥、堂姐来。我一直以为老大就是父亲的亲兄弟，长大后，才知不是。可父辈们和老大的感情，和亲兄弟一般。

老大得了癌症，说是肺癌。从听说这事，到老大过世，仅一月时间。父母去看望了老大，说人躺在炕上，难以翻身，也瘦弱不堪，脱了人形，身上青一块紫一块。父母在老大身边哭了一场，老大也哭了。可生死由命，无法抗拒。人在这样的病症前，异常脆弱，犹如风推墙倒。

老大过世了。我最后一次见他，或许是某个节日，他来看望祖父。他戴着蓝帽子，穿着蓝布衫，青裤子。他似乎一年四季都穿这种颜色。冬天，也是，穿个棉袄，袄上套蓝布衫。他和祖父盘腿坐在炕上，说些家务事。他人清瘦，不苟言笑，嘴角两边的法令纹很深。他对子女很是严格，堂哥、堂姐都怕他。他和祖父说了什么，我已忘了。只记得他说他找风水先生给我们家看坟（我们家老坟已满，需择新址，祖父让老大留意此事），风水先生看了老坟，说你们家孙子辈（我这一辈），还能出个厉害人物。祖父指着我们几个在地上闲耍的孙子，笑着说，就他们几个，打牛后半截的料（指弄庄稼当农民），能有啥出息。老大也笑了。

老大过世后，我请假到他们村，帮忙料理丧事。其实农村丧葬习俗，我不大了解，加之又是别村，人生地不熟，帮不上啥忙，仅是打打下手，或跪在灵前，焚化一些冥币，供他在那个世界使用，以表孝心。

第二天，我还是跟着三爸去瀛池市场，帮着采购席上所需食材。

瀛池市场还是老样子，一成不变。依然是照着单子购买，依然是熙熙攘攘的人，依然是来来往往的车，依然是翻捡挑选，依然是讨价还价，依然是菜叶子、血沫子、肉腥味、鸡毛蒜皮。只是节令已是五月，草木浓稠，暑气即将席卷而来。

第三天，我们送了老大。田野纵横，多被撂荒，蒿草起伏不定，山鸟出没于林间。黄土万里，寂寥而深沉，就如这人间生死，寂寥而深沉。

我最近一次去瀛池市场，是某个正午，阳光倒扣过来，像一只碗，罩住这座城市。

我是有意要去瀛池市场的。我想看看它最后的样子。

那八个红色大字，依然高悬，那门那路甚至那平房大棚，也依然是往日模样。只是门口，少了进出之人，也没有了轰鸣不休的货车。只有几辆三轮车停着，卖着面条、馒头和豆制品，也有人在地上堆了洋芋、嫩玉米，在卖。除此，再无其他。门可罗雀，或许言过其实，可顾客屈指可数，并不为过。那些摊贩，面色黝黑，嘴唇干白，目光空洞，表情凝重。他们坐在三轮车框上，或坐在水泥台阶上，很多时候，昏昏欲睡。没有人来打扰他们，没有人来购买。他们的日子，此刻塌陷下去，悬崖一般。在刺眼的阳光下，他们虚幻、模糊，甚至多余。他们被不远处的车流和喧哗遮蔽，也被日渐困顿起来的境况淹没。

瀛池市场那偌大的门，敞开着，可他们无路可走。

进门，市场里，空空荡荡。那些库房闸门拉下，紧锁着。有个别开的，闸门拉到一人高，里面横七竖八堆着一些蔬菜，蔫不兮兮，多是洋芋、洋葱等耐存放的。门前空地上，垃圾一堆接着一堆，风吹过，白色红色塑料袋，飘来荡去。那些流浪狗，早已不知所终。

我在市场里走了一圈。寂静，冷清，甚至有某种孤独，在身体中蔓延。往日异常热闹的市场，人来人往，手提肩扛，车进车出，鸡鸣狗叫，批发零售，酸甜苦辣，算计比较，大捆的蔬菜，大声的喧闹，都是烟火人间的寻常景象，可此刻，这些烟火，熄灭了，成了灰烬，而后，大风起，灰飞烟散。

行到门口，那排平房还在，个别铺面开着，依旧摆着各种调料。摊主们坐在躺椅上，沉默，发呆，想着心事，言语稀少。铺面前，仅有我经过，他们似乎来了精神，半起身，撑开眼皮，瞅着我，看我从他们那需要买些什么。我什么也没有买。他们失望，甚至带着嫌弃，纷纷躺回椅子。我如芒在背，快速逃离。我像一个闯入者，冒昧，鲁莽，刺激他们，又让他们失落。

在后门口，有五六个男人，或坐或站。有人脖挂大金链子；有人光着膀子露着蛇缠剑文身；有人拿牙签剔着牙缝，嘴咧成烂鞋帮；有人把玩着自己的手表；有人戴着白手套搓磨珠子；有人头发打了发胶梳到后面，光可鉴人；有人倚在墙上侃侃而谈。他好像在说自己养的鸽子值多少钱，又说参加什么大赛挣了万把元，又说某个大老板出五千元买他一只信鸽他没出手……我从他们眼皮下经过，他们对我视而不见。他们是干啥的？我不知道。天空空无一物，没有鸽子飞过，唯有灰蒙蒙的蓝。

我离开了瀜池。有些人早早离开了瀜池。有些人或许因利益牵扯，暂时还未离开瀜池。但终究，人们都会离开瀜池。连同那些生计，那些喧闹，那些回忆，那些起早贪黑，那些鸡毛蒜皮，那些一座城市的饭桌上的四季和饥饱。

瀛池市场要搬迁了。我看到一则公告：

经××××××人民政府研究决定，现就瀛池果菜批发市场片区土地储备项目房屋征收范围公告如下：

一、征收范围

东至莲亭棚改项目用地，南至×房地产开发的居住项目用地，西至瀛池路，北至国家电网公司用地（具体以规划红线图为准）。

二、禁止实施的行为及法律后果

自房屋征收范围公布之日起，房屋征收范围内的任何单位和个人不得有下列行为：

（一）新建、改建、扩建房屋；

（二）改变房屋用途；

（三）分割转让和分户，户籍迁移（法律另有规定的除外）；

（四）房屋租赁；

（五）其他不当增加费用的行为。

有上述行为之一的，不予补偿。

三、入户调查登记时间

征收工作人员于2023年2月20日开始对征收范围内房屋等基本情况入户调查登记，被征收人应当予以配合，并有义务提供被征收房屋的相关证件。

特此公告

某一天，我又看到一则留言板的咨询和答复：

网友咨询：

各位领导好：有关瀛池蔬菜市场的搬迁，现搬地址是四十里铺，因现在搬迁的地址偏远，对于这些卖了一辈子菜的农民来说，这是家里唯一经济来源，现在搬到四十里铺，这里的进蔬菜的人都得半夜两三点从家出发，路上也没有路灯，搬迁那么远，进菜不仅困难了，菜价也会涨，希望政府部门能关注一下此事，多为基层老百姓，尤其是没有经济来源的农民考虑一下，谢谢！

官方回复：

网友，您好！您的留言已收悉。现答复如下：

天水瀛池果菜批发市场位于天水郡片区，现有的天水瀛池果菜批发市场与当前城市空间布局不协调、与城市规划不相符，违反《中华人民共和国城乡规划法》相关规定，极大制约着城市发展。为严格落实城市规划发展需要，加强城市规划管理，改善城市环境，提升城市形象，全面推动区域中心城市核心区建设，促进全区经济社会高质量发展。经研究，拟对天水瀛池果蔬批发市场片区开展征收工作，目前，房屋征收各项工作正在依据房屋征收法定程序实施中。您反映的问题，房屋征收工作人员已现场做过解答，如有质疑可向该项目房屋征收办公室咨询。经办部门：×××城乡更新服务中心。

感谢您的留言，欢迎您继续提出宝贵意见和建议。

这两则公告和答复已将事情说清了，我无须再赘言。新的市场，在西四十里铺，我没去过，太远，我也没有机会去。去了又如何，我又不会批发，零买又嫌远。瀛池市场没有了，另一个四十里铺市场就会出现，太阳照常升起，那些菜贩要么重操旧业，要么另谋出路，生活还在继续。一座城市的饭桌上，那些富足和拮据、温饱和饥寒、笑谈和打骂、庸俗和雅致、权谋和散淡、粗茶淡饭和暴殄天物,依然上演,日复一日,并未因一处市场的消失而停滞,甚至出现细微的偏差,不会的。

瀛池市场终究会消失的。这世间,没有永恒,就如此刻,这几千文字,它们在时间面前,终究难逃被"搬离"的宿命。市场会被高楼替代。那些烟火旧事,会被钢筋水泥和灯火霓虹替代。记忆也会被另一些记忆替代。某一天,人们偶尔谈及,这里曾有一处市场,整整开了二十年;人们偶尔谈及,某个人故去后,曾在这里采购过食材,活着的人,吃过这里的菜后,把他送往了另一个世界。

人们终究不会再谈及瀛池。这块从历史中飘落而来的遗骨,终将在某个大雨如注的夜晚,被闪电击穿,被这个时代决然研磨成灰。

历史的遗骨,和一片菜叶,殊途同归。

远眺及未达之境

我立于窗口。十六楼,五十米高,在西北小城,足以居高临下。可我不喜欢俯瞰,俯瞰让人眩晕、恐惧,甚至生出几分傲慢和偏执。远眺。我喜欢远眺,它让视线拉长,让空间放大,让一个人心胸开阔,向往未达之境,对世间怀有幻想,甚至好高骛远。

此刻,我从十六楼将目光送出,穿过马路,越过人行道,便是藉河。河道内,芳草萋萋。河流细瘦,如青蛇,穿梭于草丛中,时隐时现。若有阳光照射,显现处,波光粼粼。它从深山而来,一路奔波,一路吸纳其他细小支流,呼朋唤友一般,向东而去,行程八十公里,投入渭河,最后在遥远之地,成为黄河的一部分。

过河道,便是高速公路。向西,它过定西,直达兰州,再向西,穿越河西走廊,可到新疆。向南,它过陇南,可到湖北、四川,挺进西南。向东,它过宝鸡,直抵西安,再向东去,便是北京、上海。这段高速，曾叫宝天高速天水过境段，尔后，十天高速与其衔接，不知如今该作何称呼。它像一段枢纽，把大地串联起来；像一处交汇点，四面八方汇聚而来，凝在一起；像一个源头，生发扩散开去，走向更广阔的天地。

可一条路，终究比一个人要走的更为遥远。在这条路上，我仅去过定西、陇南、宝鸡，再远便是兰州、广元、西安。它们是我在这条路上能抵达的终点，是我所到达的未到之境。

每有闲暇，我便立于窗前，远眺那高速，故作深沉。它呈"C"字形，如一条胳膊，把一些楼群和远山紧紧揽在臂弯。楼群簇拥，远山紧凑。它的一端，隐没于高楼，另一端，消失于树林。我目所能及的，只是它漫长之途中的一个片段、一个瞬间、一个细节，可它依然是一条路不可分割的部分。没有它，这座城市，甚至这片辽阔的陇东大地南来北往、东去西归的意义将大打折扣。没有它，于一个立于窗前以远眺之态观望世间的人，便失去意义，失去其幻想和好高骛远的价值。

网上查资料，说：这条高速公路全长36.8公里，起点位于天水市麦积区甘泉镇，与宝天高速公路相连，终点位于天水市秦州区玉泉镇，与天定高速公路相接。后又在秦州区皂郊镇修了出入口，与十天高速衔接。它是国家高速公路规划网中连霍高速公路的重要路段，也是甘肃干线公路网"四纵四横四重"主骨架的组成部分。它的建成，标志着甘肃东大门全面打开，实现了兰州与西安之间完全高速公路相连。

这条路修成于2011年12月，迄今，已过十年。想来这路所修之时，我依然存有印象，似不久之事，可却十年已过，让人感慨时光易逝，如那藉河之水，日夜东流不息。

记得十多年前，我二十来岁光景，在电视台当记者，曾采访过这条高速公路，其正在山中挖掘隧道。具体哪个标段，已完全忘记。只记得采访毕，天降大雨，我们困于山中，时值中午。标段上的人邀我们跟他们一起去工地用餐。采访顺畅，又是宣传报道，他们欢喜。加之大雨淋漓，无法施工，他们可完全闲暇消遣。我们也完成工作，再无忧虑。于是，便安心吃饭。饭菜可口，荤素搭配。凉菜中有一碟干果，后来才知是腰果。那是我第一次吃，真香，恨不得全盘端来，一一下肚，可终究碍于面子，不好下手，只是筷子颇为勤快，不停夹着。吃饭期间，上了酒，好像是牛栏山二锅头。我那时年轻，虽不胜酒力，可在酒桌上却有几分鲁莽冲动之劲，好主动打关，可拳不赢人，几番过后，便是头昏眼花。醉眼蒙眬中，侧头一望窗外，雨水涟涟，如银色帘子，挂于活动板房搭建而成的屋檐上，远处，是雨水淘洗过的苍山，迷蒙，葱茏，沉静，在雨雾中隐现不定。

十多年以后，当我立于窗前，再次回想那个正午，它依然美好，像绣在时光褴褛外套上的一朵花，或者，像波澜不惊的藕河中，有人投入石子，而溅起的一朵水花。好多年过去了，一个人在远眺和回忆中，回到那个正午，可筑路之人又在哪里。那些雨水，那场酣畅淋漓的酒，终究消匿于时间中。只是，一条路依然存在，未改其道，模样依旧，若有破损，修修补补，它还如刚修筑完成时那般。一条路终究比记忆持久。记忆难以修补。

可为什么时间的高速一筑成，便不复存在，更无人能修补。我们无法把一条现实的，用水泥、沙子、沥青修筑的路搬到时间里，来弥补那不复存在的部分。它们是两条路，背道而驰。每想到此，都让人无助，且多感慨。

眼前的高速，双向，四车道，跑满了轿车、货车、客车、挂车等。

它们穿梭在这段高速公路上，来来往往，川流不息。轿车灵巧轻便，如鱼在水。客货车大都憨笨，中规中矩，如龟在水中。挂车大都载满送往西北以西的轿车，一路奔波，发出轰鸣之声。

我常想，这些车，从何而来，又将去向何处，车中人要去干什么。我难以知道，他们在漫长的高速中，仅是途经这段，恰巧被我看见。他们载着我的未知，向东或向西而去。

某个午夜，我从梦中醒来，睡意渐消，揭起窗帘，本想瞅瞅天色是否下雨。窗外漆黑，如一团墨水，难以化开。天阴，想必大雨将不期而至。楼下，路灯亮着，一盏接着一盏，如在夜色中捅出的洞。路灯散发着橘黄光线，疲惫而潮湿。马路上，空无一物，倒显得异常宽阔，甚至寂寥。不远处，便是那段高速公路。我想，午夜，那喧腾了整天的高速公路，也该睡着了吧。可没有，它依然醒着，眼皮耷拉，困乏至极，依然强打精神，让自己挺直"腰身"，"腰身"上，竟偶有车辆往来。不是客车、货车，也不是挂车，是轿车。

轿车……轿车……像困于黑暗之网中的剑鱼，挣脱出来，以时速一百二十公里游过这段路，尔后，又落入黑暗之网。那往日异常繁忙、拥挤的路面，此刻，空荡荡的，就像那空荡荡的口袋，悬在黑夜里，风吹，它就要鼓荡起来了。一条会鼓荡的高速公路，会是什么样子？那偶尔驶来的车辆，会不会被抖落掉呢。或许不会吧。一只蚂蚁爬行于树枝，树枝晃荡，而蚂蚁并未跌落。一辆车就是一只蚂蚁。

午夜，我只是那个突然醒过来的人。而那高速和高速上的车、车中的人，一直未眠。于是，我便好奇起来。这些车从何而来，又将去向何处，车中人要去干什么，他们为何要匆匆赶走这夜路，为何要在凌晨三点大地的梦境中穿行，为何像一条剑鱼把夜色划出波澜甚至血迹、疼痛。好奇，疑惑，未知，最后，便觉得这些皆是多余的。他们定然有着故事，或者事故。否则，他们会在白天，混迹于车流中，再奔赴远方。他们自有原因。只是他们拥有的，我一无所知。我是旁观者罢了。

另一个午夜,是大年初一,凌晨两点,接连不断的烟花鞭炮的爆裂声让我难以入眠,我再次立于窗前。城市在打盹,突然而至的巨响,在天空炸开,让城市猛然惊醒,随后又打起盹来。团圆、欢愉、嬉闹、祝福、酒水的余波还在荡漾。我想,大年初一,劳碌奔波一年,众生定然已全部归于家园,万事放下,团聚一起,把酒言欢。高速公路上,定然是空无一物的。可我没想到,凌晨两点,高速上依然有很多车在奔波。那些炽白的前灯叼着路面,猩红的尾灯拖着风声,在路上奔驰而过。一辆车衔着一辆车。车比平时竟然还多,车速自然也比往日要快。

于是,我又好奇起来。谁会在大年初一的凌晨赶路呢。他们是要回家,是要走亲戚,是有要事处理,是要去追讨债务……他们要去干什么,我不知道。他们是这欢愉中的闪电和碎片,是一个人对这世间难以理清的空白和未知。

看着看着,那高速公路就成了河道,而车辆,便是流水。一条名叫宝天过境段的高速和一条名叫藉河的河流,并肩而行,日夜不息,它们都奔赴远方,它们都是大地上的筋脉。一条河,和一条路,不分彼此,甚至本是一物。它们在暗夜里,模糊起来,消融起来,成了难以看到的部分。

后来,我收回目光,躺在床上,再次睡去。那段路上,依然有车往来。它们穿梭过我的梦境,带着我的未知,驶向远方。

他们是谁?从何处来?去往哪里?梦里,这些反复被叩问的问题依然没有答案。只是那些驶过午夜的车,载着我,抵达了未到之境,将我对世间怀有的幻想拉长了千百公里,甚至让我有了好高骛远的秉性。

好吧,做一条好高骛远的鱼,而窗外是透明的无尽的鱼缸。无尽的世界,带着无尽的未知,盛满在窗外。我就是那个攀在缸沿上、好高骛远的不会游泳的鱼。一条鱼,学会眺望了,多荒谬啊。它又能游多远呢?

东城壕

巷道名东城壕，南北走向，步行三百余步。东城壕，顾名思义，东边的城壕。至于城壕何等样貌，如今已难觅踪迹，要去遥想，也因毫无凭据，如同空穴来风了。

我住在东城壕，常于巷道中进出。巷道两侧，两排老旧居民楼，八层高，灰旧墙面，老式窗户。居民楼一楼，全改成铺面，门口朝着巷道。铺面一家挨着一家。因为人为分割，面积大小不一。从张掖路进东城壕，有幼儿园一所、麻辣烫店一家、烟酒回收店一家、彩票店一家、小商店两家、理发店三家、烧烤店两家、水果店一家、戏曲服饰售卖租赁店一家、鲜花店一家、弹被褥店一家、计生用品店一家、米面油店一家、面食店一家、某工作室（取名、预测、择日、婚配、地理、安葬）一家、装饰店（安铝合金、钛合金门窗）三家、废品收购店两家、广告印刷店一家、裁缝店一家、蛋糕店一家、蔬菜店一家、中医养生店一家等，三十余家，皆与巷道中居民生活息息相关。

我在巷道中吃过几次麻辣烫，菜切成大块，颇有西北人的豪爽，盛在盆中，想吃什么，夹到塑料篮中，秤上统一一称，按斤付费。十来串菜，一份红薯粉，就能吃饱。二十五六块钱，相比天水，略贵。也去理过发。理发店不大，陈设陈旧，墙上安两面玻璃，两把皮椅。一个中年女人，化浓妆，染着黄发，脸上皱褶明显。店里弥漫着某种难以言说的理发店特有的气味。洗、剪、吹，二十元。剪得中规中矩吧。她多给巷道中的中老年理发，定然中规中矩，不搞什么造型。也在两家商店中买过方便面、雪糕、水、卫生纸等。其中一家商店店主，是个中年男人，四十来岁，人精瘦，头发顶端梳起，打了发胶，鬓角周围剃光，可见青白头皮。穿着也颇为讲究，牛仔上衣，紧身裤，高帮鞋。大多时候，站在店门口吸烟，或跟人闲聊。他的店实在窄小，长条形，有单人床一般大小。摆满货物，仅可容身。他一个正值壮年之人，守着这么个小店，真是不可思议。

我还去过哪些店？一家烧烤店，名叫"洞子烧烤"。店面不大，两栋楼之间加了顶子，砌了前后墙，仓促而成。门口做成窑洞形，刷了黄漆。我和朋友进去，店不大，隔成几块区域，每块区域有一门，门也是洞形，进去，摆四张桌子。墙面坑洼不平，刷了白漆。不知是墙壁本就不平，还是故意这般设计。屋顶极低，颇为压抑。墙面贴着海报，挂着饰品。整体风格，难以说清。老板是两个年轻小伙，二十来岁，穿着打扮很是时尚，打着耳钉，脖子挂着装饰链子。店里还有两个年轻姑娘，衣着夸张，露肩露肉，玩着手机，许是他们女友吧。小伙子一人负责烧烤，一人招呼人。

我们要了啤酒，点了烤肉。店里人不多，两三桌。大声说笑，混合着劲爆音乐，整个封闭压抑的室内似乎要胀破，随时都会砰一声，如气球，碎片乱飞。烤肉上桌，味道勉强。肉颗偏小，烤得略干，嚼劲有余，嫩味不足。可能是电烤缘故，火候难以把握，容易烤过头。吃喝完毕，十一点多，我和朋友出店门，各自散去。店里灯光雪亮，彩灯闪耀。没有客人招待，小伙子们和女朋友坐在一起说笑闲聊。

洞子烧烤店整个上午关门，下午四五点，打开门，小伙子们收拾完毕，坐在门口玩手机。晚上，他们在店里忙着，客人不多，总是两三桌，生意虽算不上萧条，也绝非兴隆。

后来，便是疫情，断断续续两三年。他们的店，时开时关。再后来，我于夜晚经过洞子烧烤店，却发现店门紧锁，店内黑灯瞎火。再过了一段时间，门头的店名被拆掉了，只是里面的桌椅还那样摆着，像某一天小伙子们还会来营业一般。

时间久了，我确信，烧烤店倒闭了。

巷道中段，有一家花店。叫什么名，我已忘了。三级水泥台阶，台阶上，两扇玻璃门。玻璃擦得异常干净，纤尘不染。店里，也有一个台阶，将店面一分为二。我搞不懂这间铺面为何会如此结构。

每经过花店，我总不由自主朝里张望几眼。略一看，店内绿意葱茏，花草繁盛。因隔着玻璃，花仅能看到大体，多是我所不识的，可能是名贵之花吧。只有门口花架上数十盆多肉倒是醒目。新玉坠、莲花掌、魔南景天、玉露、钱串、生石花、瓦松、观音莲等，坐于花盆间，静若处子。花盆颇为素雅，以白、灰、淡蓝为主色。而同样素雅的是台阶上面的花店老板。三十岁左右，面容姣好，头发梳起，绾在脑后。穿白短袖，灰蓝牛仔裤。或在店中打理鲜花，洒水、掐叶，擦拭泥土。或坐于桌前，临帖习字。或给一缸鱼喂食。或翻几页书闲看。

我租住于东城壕，仅是一过客，养了花，他日要搬离，必是累赘。加之我仅在每周一至周四晚上住那房子，早出晚归。周五下午下班后回天水。偶尔出差，一去数天。养花，一则难以照顾，要么无法浇水被干死，作践了生命。二则没有时间观赏，任它开花凋零，着实可惜。我曾于花店前徘徊片刻，心想要不要养一两盆，添添生气，可转念一想，又作罢了。

我自然没有进去过花店。我不是顾客，也没有胆量贸然进去跟那姑娘搭讪几句。我只是想，在这般逼窄、破旧，也多住着衰老之人的巷道中，有没有人进她的花店去买花呢。人们忙于生计，在昏昏然中推天度日，生活想必也捉襟见肘，谁会去花大价钱买一盆花供养呢。吊篮、绿萝、芦荟、绣球、菊花，这些常见花草可能更适合东城壕那陈旧、狭促、昏暗的房子。她的花店，在东城壕的巷道中，在旧民居中，真是格格不入。

总之，在我所有途经花店的时刻，是没有看到一个客人的。或许有吧，只是我没有看到。否则，她如何维持日常所需呢。但也未必,或许,她本就不为生计所累,仅是想开个花店。想过那种诗意恬静的日子,由着性子,照顾花草,养鱼翻书,多好,至于生意,她也不大在乎的。她就像砖砾泥土中那株栀子花,随风摇曳,随意,随性。在闹市中,在陈旧处,在日子皱褶里,她于宁静之姿,和她的花们一起绿着,盛开着,凋零着。

她是夹在世俗小说中的一枚书签。

我想,这世间,如此慌张、纷扰、功利,总得留那么一条缝隙,让清风吹进来,让明月落下来,让花草有穿行于其间的路径,让一个人有退路,有回到自己身边的可能。

我这般想着,她若在东城壕长久地存在下去,该多好。后来,疫情便来了,洪水一般,一波接着一波。封闭,困于出租屋,或回到天水,又是封闭,困于家中。深深地无奈、无力和无助,似乎陷入井中,疲惫、昏暗、惶恐,罩在头顶。真是自身难保,于是,也就忘了那花店。似乎日子中那些花,那个花店老板,都是多余之物。

后来,疫情结束,可自由穿行于巷道中时,我又想起那花店,我觉得日子中还是应该拥有那些花和那个花店老板的,毕竟都是某种美好事物,都是某个念想和明媚之处。可,那花店终究不在了,取而代之的是一家卤肉店。那个肥胖、低矮的老板,有油腻的光头,油腻的光膀子,油腻的肚腹,油腻的菜刀,油腻的案板,油腻的二维码牌子,油腻的锅碗瓢盆。他上身仅挂一件黑皮肚兜,更是油腻腻的,泛着油光。

猪耳、猪蹄、猪肚、猪肝、猪尾、猪舌……一律的酱红色,配着男人酱红色的面庞。他煮肉。他切肉。他坐在台阶上,抽烟闲聊,腔调粗鲁。他刷着抖音,不时发出嘎嘎笑声。

时间久了,我也忘了那花店和花店中的姑娘,似乎那些花和她压根就不曾存在过一般,似乎一切都如栀子花,是某个月夜的梦境,它盛开,随后便凋零了,无人知晓,只有我记得,只是时间过去久了，我此刻想起，那花瓣落下来，树枝空荡，如伤口，难以弥合。

在巷道南端，有一家店，没有门头，仅在门口挂个纸板，上面用毛笔写着"弹棉花、缝被褥、制作三件套（被套、床单、枕巾），本店出售荞皮"。卷闸门拉上去，卡不牢，有些耷拉，两扇铝合金玻璃门总是敞开着，透过门看里面，黑乎乎的，一颗节能灯照着，也不够亮。

我那东城壕的出租屋，卧室有一大床，客厅支一小床，比单人床略大。床上被褥从天水带来，可给小床没有合适的褥子。铺毯子，得对折为二，但又铺不满，留着一尺宽床沿，三合板和大红色棕垫裸露于外，很是尴尬。可不铺，一则在客厅，实在难看，二则有亲友来，临时睡觉，没个褥子，自然不行。

我看巷道中正好有店可缝被褥，便钻了进去。店里依旧昏暗。店后面，一台机器，喷过绿漆，日子一久，油漆剥落，粘满污垢和机油。这应是弹棉花的机器。机器两边，码着蛇皮袋，袋中鼓鼓囊囊，装满棉花。还码着各色布匹。立着几个袋子，装满荞皮。店铺门口，一侧是缝纫机，另一侧是锅碗瓢盆等。墙角处，支一张床，堆满杂物。

店主是两口子，中年人，男人留长发，似乎少有打理，油腻腻，乱蓬蓬。头发灰白，落着棉花丝，用手扒拉梳理一番，似乎能绾出一个棉花团。女人中等个，头发扎于脑后，圆脸，憨厚面相，穿一身夜市随处可见的大花长袖。听口音，他们是外地人，哪里人，我听不来，但不是甘肃人。

他们问我，要啥？我说褥子。他们问，长宽多少？我迟疑了片刻，我并未量过那小床，只得说，长度就是普通床，宽度呢，可能就一米吧。那就长两米、宽一米。行呢，咋缝？包工包料，一百二。我问，棉花咋样？放心，新疆棉花，都是新的。我付了钱。

几天后，我取来褥子，虚哄哄的棉花，厚而轻。只是褥子面用了粉色布料，很是扎眼。布料虽光滑，可质量一般。我拿到房子，带着几分欣喜，铺上床，却发现宽度不够，短了二十公分。粉色褥子，红色棕垫，妖娆显眼。两者搭配在一起，也是够滑稽了。我想要不要再续半截，可嫌麻烦，又生凑合之心，遂放弃了。

此后，我再未去过这家店里。两口子每日在店里劳作。机器偶尔响着，男人在机器前弹着棉花。女人坐在缝纫机前，垂头弓腰，忙着缝布料。

一切都是昏暗的，昏暗中，飘着棉絮，让昏暗多了一层暖意、旧意。日子就这么过着，如同那缝纫机的针头，牵着线，哒哒哒，哒哒哒……于日复一日中，于阴晴雨雪中，于他们的指缝间、头发上、口音里，于他们的小日子里，流水一般，消失了。

我不知他们在这里开店多久了，我也不知道他们生活的细节。我不过是他们某个微不足道的顾客，是一个旁观者，是时光里那个揣着几分执念的人。

但我知道，某一天，他们不在了。是生意寥落，难以维系？还是家中有事，盘了店回了老家？还是另谋了新址，发财去了？我不知道，就像我不知道他们去了哪里，他们能去哪里。

他们不在了也便不在了。在与不在，似乎与东城壕没有关系。人们还是出进于巷道，还是聚在一起打牌闲聊，还是在屋子里做饭熬药晾晒发霉的日子，还是为坏掉的老旧门锁电线插板水龙头暖气片犯愁。他们似乎不需要棉花被褥三件套。

后来，那店一直空着，空了许久，有一家房屋中介装修一番后，搬了进去。

在东城壕，想起两个小伙的烧烤店、一个姑娘的花店、两口子的弹棉花店，或许是无意义的，就如同一个人想起黄河中的某片波澜，是无意义的。流水的日子，走马灯似的人，来来往往，纷纷攘攘。在这巷道中，还有很多店铺像他们一般，曾经存在过，后来，没有了。只是我不知道。以后，也还会有很多店铺存在着，后来，也终会没有的。

一切都是过客、浮云，或者流水。那些铺面，装过各种繁杂、悲喜、心酸的故事，人们为了生存，租来一间房子，心怀发财梦想，想要出人头地，或有所作为。有人挣了钱。但大多仅是勉强度日，在这里租店，食之无味，弃之可惜，常年累月捆绑着，一天天过去了。也有人前功尽弃、赔本折兵、一败涂地，离开了伤心之地。

东城壕，就是那条破旧的河床。所有人，如同流水不息，来了，去了，仅是途经，而河床依旧。我，只是那河流中一片不务正业，且沉湎于梦境、幻觉、旧事的波澜。

28号楼

有人干咳不止。有人摸到瓷碗豁口。有人正敲打孩子，哭声唢呐一般，嘶哑，悲情。有人锁上铁皮门，撞击之声让整栋楼抖动。有人在长睡中醒来，日光煞白，如同置于窗台的白色药片和沾满枕巾的衰老。有人用手机直播，唇红齿白，满脸脂粉，裸肩露胸，故作娇嗲之态。有人拧坏水龙头，手足无措。有人往门口贴换锁小广告……

东城壕28号楼。

这是午后，或者黄昏，或者早晨。时间千篇一律，毫无意义。

有人钻进单元门洞。楼道漆黑，需喊叫一声或跺脚才能惊醒一颗休眠的灯泡。节能灯，灯罩不翼而飞，只留灯头。光线昏黄，陈旧。沾满蛛网、灰尘，以及油腻之物。

借着光，能看清墙壁、台阶、护栏，以及每层楼中每户人家的窗口。

墙壁上，原本粉刷过，多年后，已泛黄，且斑驳，脱落。黑色广告，盖章一般，烙在墙上，密密麻麻。网线、电视线、电线，蛛网一般，挂在墙壁，凌乱如麻，有些线头耷拉着。报纸箱、奶瓶箱、线盒，多已废弃，落满尘土，也塞着塑料袋、卫生纸、烟头。台阶，水泥砌成，人踩踏处，异常光亮，不曾落脚处，尘土和水渍织在一起。护栏呢，铁的，之前应是刷过红漆，铁和铁的焊接处还残存着红漆的痕迹。老楼，多老人，且多老兰州人。没有电梯，八层，层层步行。腿脚不便，抓着护栏，三步一歇缓，犹如登天，胸口发出粗重的啸音，似乎再用力，肺便要裂开缝隙。护栏抓得多了，便显得光滑，有汗水和油渍包浆之感，灯下，竟是乌黑发光。

窗户里，是厨房，玻璃上挖个坑，老式油烟机的塑料烟管伸出来，吭哧作响，油垢滴答。玻璃、窗台，被油污和尘土糊着，厨房里一片模糊。模糊，如同不期而至的沙尘暴，总是席卷而来，遮蔽一切，于是，天空模糊，楼房模糊，树木模糊，飘浮而来的面孔，更是模糊。

借着光，我还能看清什么。四楼，楼道中间的红轮椅。且叫它红轮椅吧。它的框架、轮子、扶手，均是黑色，轮椅上的帆布倒是红色。它刚买来时，应是大红。如今，蒙着尘埃，红色黯淡下来。若无灯光，这红色，也是很难辨认的。

它被折叠起来，立在墙上。如一条老狗，毛色灰暗，靠在墙角，昏昏欲睡。

我住进28号楼时，它便在那里立着。我未来之前，它定然也在那里立着。立了多久，没几个人知道。它是谁的轮椅，没几个人知道。知道也毫无意义。

就像我不知道靠着轮椅的那间屋子住着什么人。知道也毫无意义。他们的灯，总是亮着。偶尔有厕所倒水的声响，哗啦——咕隆——水流声在下水管中淌到楼下。偶尔能见有人在厨房做饭，身影发虚，难以辨认。水油相见，四处溅开，刺啦有声，可闻不来做什么饭。屋里，鲜有人语。枯寂，沉默，昏暗，如同楼道中的灯光。

红轮椅就那样存在着。很长一段时间，它于我有了另外一层意义——标志。我住六楼，上楼，看到红轮椅，便知已到四楼，再上两层，就是我的出租屋。每层楼都面目相似，几无区别，好在有红色轮椅，它是一个标志。标志一个楼层，也标志一栋旧楼的日常和未知，也标志一个不可见的人的残疾、病症和旧事。

借着光，我还能看清什么。三楼，东边，一户房子。一扇绿漆大铁门，门上留有方框，报纸大小，框中用铁条焊着菱形图案。老式门，方框用来从屋里往外看，等同于防盗门的猫眼。自然，也能从外看到里面。老式门，自然是老心思，虽然设法防盗，但也敞开口子，坦诚相见，面目清晰，不如猫眼看人，好似来者皆为宵小之辈，遂拒之门外。

我透过方框，可见里面的红漆木门。这跟我的出租屋一样，铁门套木门，除个别住户改装了防盗门，其余大都如此。

一年四季，绿铁门锁着，红木门关着。门两侧贴着红对联。除了落着浮土，对联倒是艳红，字是印刷字，规矩，呆板，甚至冷漠。方框下面，贴着几张小纸条，上面有字。我也好奇，遂前去看过。

是暖气催缴单。

从2014年开始欠费，直到2023年，九年，每年1175.5元，共计10579.5元。单子上还写着每年供热时间5个月，收费标准5.00元/月·㎡，请于2023年3月18日前缴费，可扫描二维码通过微信公众号进行缴费。云云。

这让我不解，在我一天早出晚归的时间里，绿铁门一直锁着，红木门也一直关着，应是长期无人居住的空房。近十年了，这间房子一直没有缴暖气费，或许还将继续欠下去。门口沉积的尘土，已厚厚一层，没有落下一个脚印，无人进去过。九年了，它的主人呢？九年，那房子就那么每年白白热五个月。因是老楼，管道未有改造，供热公司自然无法停暖。这些年，供热公司的人每年都来贴一张单子，贴给一个不曾理会甚至不会存在的人，他们例行公事一般，贴上即可，几年下来，或许已成了某种惯性。

一切不得而知。

这个世界有太多的不得而知，就如四楼那玻璃背后模糊的人影。他们只给我留下红色轮椅，好似某种暗示。其实只是一室一厅的屋子，逼窄，堆满杂物，红色轮椅无处可去，遂顺手置于门口。它没有暗示，只是我的某种自以为是。

借着光，我还能看清什么。二楼，那个坐在台阶上的人。头发蓬乱，灰白，久不梳洗，灯光下显得油腻不堪。黑夹克，很旧了。两只衣兜掏出来，耷拉着，跟狗吐舌头一般。裤子也是黑色的，裤裆拉链半开，露着灰色线裤，腰带一头从夹克下别出来，撑在身后，像一根肋骨。脚上，一双粉红拖鞋，粘满黑色污垢。

很长时间，他把头埋在夹克衣襟里，难以看清。他就在第一级台阶上坐着，靠近护栏，另一侧，留出空间，供人行走。他像一只茧，裹着自己。在昏暗的楼道中，他独自起着霉斑。但他也并非一成不变地枯坐，他也唱歌，总唱一首——《黄河的水干了》，也只唱其中四句，无限循环。

> 早知道黄河的水干了
> 修他妈的铁桥是做啥哪
> 早知道干妹妹的心变了
> 谈他妈的恋爱是做啥哪

他唱得并不好，嗓音低沉，如水底石块，没有韵律和节奏，如流水，波澜不惊。我很多次听过这首名叫《黄河的水干了》的歌，赵牧阳的版本，抒情、撕裂、无助、怅然。这些他都没有唱出来，他只是按着自己的调那么唱着，抑或说哼着，一遍遍，最后有些哼摇篮曲的味道了。

我不知道他从何时就坐在台阶上唱歌的。但似乎有规律，每周一三五，上午。我上班时，总能定时看到。

他应该是这层楼的住户。一层四户，至于哪一家，我不知晓。就如我不知晓三楼催缴单后面的事。这个世界有太多的无从知晓，可知晓了又有何意义。这世界，多是空白，空白处，又多是伤心事，不提也罢。

我就这么进出于东城壕28号楼，在603，一室一厅的老旧房屋里一个人生活。屋子破旧，墙皮脱落，我买了油漆，本想粉刷一番，可滚筒滚过，墙面潮湿，墙皮大片剥落，噼里啪啦落了满地满床，遂作罢。三个木门上本想喷漆，可劣质油漆，味道异常刺鼻，让人恶心，胡乱喷了一两遍，遂作罢。墙上本想贴墙纸，倒是贴了一番，可墙纸黏性不够，加之墙壁多灰尘，边角总是翘起，也遂作罢。我不过是这屋子暂时的寄居者，有个落脚之处罢了。何必去修饰呢。

我就这么上下于楼道，听咳嗽声、哭喊声、撞击声、卖萌声、流水声……时间久了，我也便成了28号楼的一部分，陈旧、生锈，落满尘土。

我想这一切都会长久如此，不会改变了。就如同这日子，千篇一律，长短一致，冷暖相似。

可某一天，黄昏，下班回到东城壕，钻进楼道。一边走，一边咳嗽跺脚试图吵醒楼道中的灯泡。我不知走了几层，我感觉应该是六楼，可站到门口发现不对。我一时恍惚，分不清这是不是我租的房子。犹豫片刻，我还是在门上一些细节处辨认出这不是我租的房子。我租的房子，门口被我浮皮潦草地刷过几下，门框上没有太多开锁的小广告，那副去年因要回家提前于腊月二十八所贴的对联已破损。等等。

可我为什么会走错楼层？我已在这楼上生活了一年多。

我下到一楼，重新走了一遍。到四楼，发现那把红色轮椅竟然不见了。没有标志，是我走错楼层的症结。它常年立在那里，再立下去，就要被尘土覆盖了。可突然消失了。它消失于何时？因何而消失？是那个有腿疾的人痊愈了，是那个年迈需要轮椅的人过世了，是那户人家搬离了，是人家觉得轮椅碍事无用丢弃了，是被捡杂物的人提走了，是于某个午夜它自己撑开轮子摇摇晃晃下楼梯逃离了……

我无法判断一辆闲置的红色轮椅的去向，正如我无法判断那厨房里不再亮起来的灯和不再做饭的人影，去了哪里。

不知所终。

不知所终的还有三楼，那门上的催缴单。一年了，它一直贴在那里。绿门、白纸、黑字、红章，以及所欠的一万多元。时间一久，它成了门上的一部分。似乎生了根。似乎那扇门就该贴一张单子。

可它不翼而飞。而门依旧锁着，未见有人进出的踪迹。它消失于何时？因何而消失？是自行剥落被人扫走，是房主缴了费用撕了单子，是被顽童揭去，是有人觉着碍眼故意剥掉，是有人顺手撕下以作吐痰之用而后团成疙瘩扔掉了，是有人要记东西扯过来写好后装走了，是它从门上挣脱下来自己去了缴费大厅，是它从门框里翻进去查看屋内究竟有没主人去了，九年了，它失去最后一丝耐心……

不知道，只是它确定不在了。门在那里，发着呆，胸口没了纸条，很是突兀，甚至虚幻，飘忽。

不知所终。

不知所终的还有二楼，那个定期坐于台阶偶尔唱歌的人。有次，我下楼，出小区，忘了拿东西，又折回去取，那个人刚好坐下。他欠欠身，给我让了上去的空间。而后，看起头，看了我一眼。他并不苍老，虽然眼角堆着皱纹。只是短粗的络腮胡子久不打理，如割过的麦茬一般，直愣愣戳着。而他的面色黑而红，如焦糖一般。从他的眼睛里，我看到了苦，如药一般，熬了很久，开始浓稠起来。再苦，便焦干了。

有一天，下楼时，我突然想起好久没有见这个人了。我想，可能过几天，他又会出来，坐于此，哼他的《黄河的水干了》。可没有，他再未出现。

他如同另一粒尘土，黑色的尘土，在二楼楼道飘着飘着，便了无踪迹。

他消失于何时？因何而消失？是他离开这里去别处生活了，是他生了意外已离世了，是他躺在床上再也无力起来了，是他租的房子到期后走掉了，是他在某个正午离家出走去流浪了，是他把自己丢掉了，是他像一滴水那般被黄河带走了，还是他压根就不曾存在过，一切只是我的错觉……

后来，我上下楼梯，再也见不到那个人了。我心里颇为失落，好像是我把他弄丢一般。那台阶空着，似乎不曾有人坐过。我依然还会想起他哼的歌，低沉而散淡，如众生头顶的光阴。

  早知道黄河的水干了
  修他妈的铁桥是做啥哪
  早知道干妹妹的心变了
  谈他妈的恋爱是做啥哪

黄河并未干，妹妹心有所属，至于那个人，不知所终。

这世间，多是不知所终的事。我站在楼道，没有制造声响，灯灭着，楼道漆黑，我也是黑的，我是黑的一部分。如果某一刻，灯亮了，我是否也就不知所终了……

多余之物

一

夜晚。大雨撤退。青年北路。银杏树枝叶繁密。灯光挂在树枝上，昏黄，破旧，疲倦，如另一场雨，飘忽不定。叶尖偶尔有水珠滴落，如图钉，把夜色摁在地上。

大雨过后，路上满是积水。车辆稀少，溅起积水，扬长而去。水面破碎，混沌，晃荡，如一场暴动。不久，一切又破镜重圆，映着灯光，寂静而沉闷。商场、酒店、高楼，灯火渐次熄灭。更深的夜，正在袭来。马路上，行人稀寥，或是身感寒意，大都紧缩脖子，裹着衣衫，面色僵硬，如生铁一块，匆匆走过。这是某个夏末。

青年北路。

细瘦的青年北路。长满细瘦的银杏树。果实葱绿，有苦涩之仁。

我途经青年北路，已是十点。我是那个道貌岸然、酒足饭饱之徒。我拖着油腻之躯途经青年北路，脚下深浅不一，难以自持。

在两棵银杏树中间，我看到了那个老人。他蹲在沿街铺面的台阶上，头戴一顶草帽。草帽用麦秆编成，刚买来时，定然挺括，金黄，如一朵蘑菇。在乡下，夏秋时节，大地上总是飘满这种"蘑菇"。只是此刻，这顶草帽已陈旧不堪，加之雨水不久刚打湿，在灯光里，衰败不堪。草帽下，藏着老人，六七十岁，苍老已让人难以辨认他的年纪。粗布衣衫，粗布鞋，藏蓝色，或黑色，在昏暗之中，难以辨认。他的背上，披一张透明塑料纸，两端扯到脖子下，系成疙瘩。这张塑料纸是他捡来的，还是讨要来的，抑或为一场雨提前准备的，不得而知。

他就那样蹲着，看着偶尔驶过的车辆，偶尔经过的脚步。他还能看到什么。他像另一棵枯朽之树，生在雨夜。

他的眼前，摆着两个圆形竹筐，筐不深，口大如脸盆。竹筐内，装着杏子。杏子不大，拇指一般。不是那种黄到发腻、大如鸡蛋的洋杏，倒像是自家房前屋后长的，或在山野随手摘的。杏子已熟透，橙黄，鲜亮，一边呈红色，如涂抹过胭脂——这是阳光的馈赠之色。杏子们挤在筐里，如乡下孩子，第一次进城，胆怯，羞涩，躲躲闪闪，总想藏于他人身后。灯光铺在竹筐里，像盛了水，荡漾着。杏子们，如井中幻影，缥缈起来。

整整两筐杏子，就那么摆着，似乎没有卖出去几斤。

车辆呼啸而来，声响刺耳，没有任何一辆车会停下，去买几斤杏子。行人匆匆离去，脚步轻浮，生怕泥水溅至裤腿，也没有任何一个人会停下，哪怕问问这些杏子的出处、价格、好歹，问问老人从何而来为何这么晚还不回家。没有。没有。一个都没有。

夏末，作为应季水果，杏子已过时，人们不再去搭理它。而此刻，又是夜晚，风雨刚过。加之本就不大的果形，又无其他水果那娇艳夸张膨大之态，定然不会引起人们兴趣。

这个城市，已不再需要杏子。在人们眼里，甚至连眼都未入，它们是多余之物。包括这个老人，都显得异常多余。犹如这城市的补丁，挂在胸口，让人尴尬。它们多余到要被剔除。幸好有雨，幸好是夜晚，城管们已下班睡觉，不再吆赶他。

就连我这个在黄土里滚爬摸打几十年，甚至身上依然沾满炊烟的农家子弟，也没有买老人的杏子。我已被城市同化，我不再需要杏子。在我这个伪市民眼里，杏子是多余之物。

我从老人身前经过时，他的电话响了，铃声洪亮，响彻街道，唱着秦腔：后帐里转来了诸葛孔明……他从贴身衣兜中摸出电话，是老年机，大如手掌，且很厚重。他接上，对方是女声。只是分不清是他的哪个亲人。她问，咋还不回来？他答：想着卖完再回来，干脆没人要。又问：明天几点去医院？答：号挂上了，九点。又补充道，卖的钱不够车费，我还打算用卖杏的钱，多抓几副药呢。又问：这么晚了，没车，咋回来？他答：慢慢走吧。他说着，声音沙哑，含混着沮丧，可又无能为力。

好多年过去了，我依然记得那个夜晚，那个老人，那些杏子。我不知他几点回家的，不知再有没人买，不知他所患何病，不知他的病看好了没。好多年过去了，那些杏子依然黄着、红着，在大雨飘摇之夜，在我梦里，如一只只眼睛，睁开来，看清了这世态冷暖。在我梦里，一颗杏和一棵银杏，都有苦涩之心，都可入药，都可疗人间疾病。可人们即便病入膏肓，也无人问津于它们。

二

上午。巷道中。阳光斜铺过来，巷道阴晴占半。而阳光橘黄，泛着微光，毛茸茸的。人们穿过巷道，睡意未消，脸色多带有隔夜的疲惫与肿胀。人并不多，这是周末，大都在家中尚未出门。

巷道两侧，成排摆着推车，挨挨挤挤，犹如战船相连。这些推车，以售卖小吃为主。但大多空着，要到临近中午，摊主才会来，摆上食品，高声叫卖。现在，巷道中，行人本就稀寥，又是上午，谁会空腹去吃麻辣烫、臭豆腐、炒年糕、烤苔皮。只有不多几个车上，售卖着早餐，葱花饼、芝麻饼、呱呱、面皮、油条、豆浆、豆腐脑、米粥等。推车前，摆一张长条桌，支几把小凳，食客背对巷道，趴在桌上，气定神闲，享用早餐。

我去巷道干什么呢，我已忘记。人过三十，记性渐差。特别是"阳"过以后，更有甚之。但我想起我干什么又能如何。人间事，大都无记住的必要。

在巷道里，两个推车之间，留有一段缝隙，许是用来摊主出进。这会儿，推车空着，更无人进出。缝隙里，坐一妇女，五十来岁，头发盘于脑后，掺着一些白发。面色黝黑，许是长期风吹日晒之故。上身，穿一件长袖衬衫，抽象红花和白色图案缠绕交织。下身，一条灰蓝色牛仔裤。穿久了，大腿面已泛白，膝盖处也有了破裂痕迹。

她坐在一把小木凳上，凳子矮小，呈酱色。她的眼前，铺一张塑料布，布上，摆着两种东西。一种是菜刀，四五把。木把铁刃，都是好刀。刀背如鱼脊，弧线流畅。刃口锋利，泛着青光。另一种是小篮子。用彩色编织带编成，大如饭碗。方底，肚腹微鼓，篮口呈圆，做工精致。两根提手，如耳朵翘着。地上摆着七八个篮子，红、绿、黄、紫、白等方块相间，颜色各异，细看，不同色彩组成不同图案，像花、星、四边形、菱形等。也有用纯白编织的，中间用粉色简单点缀。

菜刀和篮子，或躺或坐。阳光挪来一尺，落在菜刀上，刀身凌厉之气减了五分，倒是温和起来。那种砍骨切菜的杀气，被阳光抚平。几把刀，温和后，变得稳重，如浪子回头一般。阳光也落在篮子上，那彩色越发明艳，如花草，似乎要生长出来一般。篮中，盛满阳光，似盛着整个秋末的暖意，又似礼物，要赠与我。

女人坐在木凳上，全神贯注，编着篮子，似乎坐在自家炕上，安闲，随意，认真。巷道中一切事物于她皆是身外之物。彩色编织带在她手中穿梭，如鲤鱼，游于指端。阳光再挪上一尺，爬到手上了，那"鲤鱼"便如入水中，越发灵活自由了。

这么早，巷道少行人，她已出门谋生。即便整个上午也无人问津，她依然要出门摆摊。我想起家中有把菜刀，还是我租房时网上购买，刀本是生铁，用得一久，刃口迟钝，切菜得割，勉强凑合，切肉如同老牙啃在骨头上，拉来扯去一番，肉纹丝未动，让人束手无策。我决定买一把菜刀。我问价格，她并未抬头，随口说八十元。我说便宜呢？她说，就这个价。我蹲下，拿起刀，刀真是好刀，拿在手里，刀把瓷实，刀身稳重。弹一指头，有嗡嗡之声。她听见声音，说，加了钢的，好用。我又掂量一番，她见我诚心要刀，抬起头，停下手中活，说，好就拿上，常用呢，能碰到就买上吧，我这地摊子不固定，今天在这，明天不知道又去哪。我应了声，问，哪里的菜刀？岷县。她答，看着我，眼中有了几分期望。我定是她今天的第一个买主。岷县菜刀有名。我又问，刀是哪来的？我家掌柜的打的。那她自然也是岷县人了。岷县离天水二百五十公里左右。为了生计，她在二百多公里外讨生活。

二百多公里，是一个女人和生计的距离。

我买了她的菜刀，没有讨价还价。我觉得这把菜刀值八十元，甚至超值。

我又问她，生意如何？她笑着，很苦涩，攀上嘴角的阳光，如一碗药。说，不行，菜刀呢，没几个人要，人都到网上或超市买。我又问篮子一个多少钱？她说十几元二十元，价钱不等，按大小。我问，有人买吗？她嘴角的笑愈加苦涩了。说，比买菜刀的还少。说完，便低下头继续编了起来。

记得年幼时，在乡下，我家曾有一个编织带编成的篮子，呈长方形，提手由钢丝箍成，缠了破布条。白色编织带，用了许久，被污垢涂抹成黑色，但依然结实。我们提着篮子，装满东西，赶集，走亲戚，下地，用了好多年。后来，破了底，母亲用布块缝补一番，我们又将就用了几年。最终，篮子漏了底，无法再用，闲置于厢房，不了了之。

她的篮子自然是小的，装不下多少东西，更像一件工艺品。可如今，在城市，它是多余之物。人们提东西，有塑料袋。女人们有专门的包，用来装化妆品。拿到家中，鸡蛋也装不了几颗。摆在置物架上，在一众玻璃塑料中，显得不伦不类。它像乡下孩子，混进城市，虽衣着鲜艳，却格格不入。

它是多余之物啊。在追求所谓奢华高档的时代，朴拙，甚至带有农耕痕迹的物品，已被人们抛弃，就如同抛弃那些笨拙又温暖的旧时光。

我提着菜刀走了。阳光终究会涌满巷道，流水一般，把那个女人淹没。

总有流水会让一把刀锈迹斑驳，如同她的生活，锈迹斑驳。总有流水会让一个篮子空空如也，如同我的生活，空空如也。

三

正午。天桥上。盛夏，阳光如钉，尖锐，刺眼，钉在人们身上。

五月初三，端午临近。草木如海，呈深邃之色。而烈阳炙烤，墨绿疲惫，渐成灰白之色。马路上，车流汹涌，不舍昼夜，堵塞也是常见之事，在拥堵中，有人咒骂，有人抱怨，有人犯痴，有人念诵佛经，有人指点江山，有人预约饭局，有人贿赂他人，有人打情骂俏，有人一本正经……人行道上，路人零散，或步行，或骑共享单车，拖着墨黑影子，面色赤红，慌张而过，汗水在脖颈滴答。身着黄色、蓝色的外卖小哥，横冲直闯，见缝插针，随波逐流。

这是一个世界。

便桥上，是另一个世界。没有行人。或许桥高，桥上光线比马路上更加刺眼、炽热，让人有眩晕的错觉。橡胶桥面，被太阳烤得松软，再烤，似乎就要化成泥浆。橡胶散发出刺鼻的气味，在空气中升腾。

在天桥中间，我遇到了一个摆摊的女人，五十岁左右吧。

她靠着天桥护栏坐着，脸色黑中泛红。面前铺一块布，布上摆着她售卖的东西。我瞟了一眼，有鞋垫、手款。女人穿一件布马甲，咖啡色，带有白色方格。看做工，像自己缝的。里面套一件长袖，淡粉色，袖子挽起，手中忙着什么。我没有在意她卖的东西，只是想：她到底热不热呢。她定是很热，可阴凉处，没有生意，天桥下，有城管。天桥上，是她唯一可以临时摆摊的地方。快下天桥时，我突然想起我需要买几根手款，给妻子和孩子戴。我又折回身。

我挑拣了四根手款，每根长约尺许，一端绑着三个镀银铃铛，摇起来，有细碎声响。年幼时，每逢端午，都是要戴手款，听大人说可以防蛇蝎等毒虫。那时的手款，用彩色丝线自己拧，拧好，剪成段，一人四根，手脚都有。花花绿绿，煞是好看。现在，都是机器做成，倒是精细，可没有了那种仪式感。女人的手款也是机器货。我问她，一根多少钱？她看了看，说，一块五，四根，六块。我扫二维码付了十块。我想，十块可以让她吃一顿牛肉面，牛肉面八块，如果可以，两块还可以买瓶水。天如此热，她的每一分钱，都是在烈日下熬出来的。

我看清了她布单上的货物。除了手款，还有两沓鞋垫。鞋垫是机器缝的，看上面花样，很是僵硬死板，应是进的货。手款鞋垫后面，是沙包，十来个，大小不一，用不同颜色的布块缝成。她手中正缝着一个沙包，四块布已缝到一起，正缝下面一块布。小时候，沙包是我们必备的玩具。打沙包，也是最开心的游戏。孩子们的沙包，多是姐姐或母亲所缝。缝沙包，简单，裁剪出六块布，大小一样，每块布沿着里子缝，六块布缝在一起，留一洞，再翻出面子，装入荞麦皮，把洞口缝合即可。荞麦皮最好，轻重适宜。我问女人，沙包里装的啥？她说，荞皮。她抹掉额头的汗，活动一下手腕，许是缝太久，手酸。

我问，生意咋样？她笑着，摇摇头，说，不咋样。沙包有人买不？偶尔有，也卖不出几个。价钱咋样？大的十五，小的十块。我不知道贵还是便宜。我说，现在的城里娃都不会玩沙包。她嗯了一声，又低头缝了起来。

在她的腿前，有个塑料袋，里面装满东西，我细看，是晒干的蒲公英。蒲公英蜷缩着,已呈灰白色,再晒,就要冒烟着火。这一袋蒲公英也是卖的。买回去,凉水一泡,用来煮茶,或做菜。腿的另一边,堆着大包小包,鼓鼓囊囊,不知所装何物。包很陈旧,堆在一起,和她一道,与这城市似乎格格不入。她和包,甚至她的手款、鞋垫、沙包、蒲公英,在这光怪陆离的城市,如疤痕,如补丁。

我要离开时,有一女人走来,打着遮阳伞,戴着墨镜,短裙,黑丝袜,高跟鞋,也是五十岁左右,可皮肤白皙,涂脂抹粉,浑身散发着香水味。她们都是女人,可好像来自两个世界。她驻足,看了看女人的手款,问,一根多少钱?一块五。又问:鞋垫呢?一双十块。又问:这啥东西?晒干的蒲公英。她哦了一声,说:都没用,还那么贵。说完,打着伞走了,高跟鞋在桥面上敲打着,不可一世。

那女人笑笑,笑中有蒲公英一般的苦涩味道。她给我说,也不贵……其实,这些卖不了几个钱,可不卖又能干啥呢……

我无言以对。

她和她的包,她的手款、鞋垫、沙包、蒲公英,是这座城市的疤痕、补丁,是多余之物。多余之物啊。

后来,我离开了。那个女人,顶着烈日,还在那里坐着。我想,再坐下去,她会不会和她的货物一起融化了。烈日灼心。烈日轰鸣。烈日如巨浪,拍打着城市,拍打着人间冷漠,也拍打着那个女人鲜有人问津的日子。

四

这人间,曾经那些日常之物,或者必需用品,不经意,都沦落成了多余之物。这人间,已不再需要它们,它们只在某个人的回忆里活着,活得陈旧、昏暗,活得精疲力竭。

日子过了好久,我依然记得那个老人,他的杏子;那个女人,她的菜刀和篮子；另一个女人，她的手欵、鞋垫、沙包、蒲公英。我久久难以释怀。可这人间，还有很多被人们遗弃的东西。诸如那个傍晚卖甜醅的男人，诸如那个站在路口买用高粱秆扎成的笤帚的老人，诸如那个蹲在小区门口卖土鸡蛋的女人，诸如那个拉着板车穿梭于街道卖玉米秆的外地人，诸如那个巷道拐角处卖爆米花的人，诸如那个弹着自制三弦卖艺换钱的人……

或许某一天，像我这般执拗、恋旧之人，也会成为多余之物。那就做一个多余的人吧，和一颗杏子、一把菜刀、一根手欵、一个沙包站在一起，站成这个时代的背面，站成人间陈旧而温暖的部分。

你在凌晨醒来

你在凌晨醒来。三点，四点，或者更晚一些。你总是莫名醒来。屋子温热。铸铁暖气在窗台下，九片，镀了银漆，日子一久，发青。妻子和女儿正在熟睡。女儿在中间，防止跌落。你和妻子在两侧。三个人，呈"川"字。她们微微的呼吸，轻薄、细微，像一朵雪落在一片雪上。女儿翻身，嘴里呓语一句，含含糊糊，又接着睡去。被角落在一边，你伸手，摸索着盖在女儿身上。此刻，隆冬腊月，寒冷在黄河两岸鼓荡。

抬眼，西墙安有玻璃窗。四块，两方两长。当时，朋友送来的陈旧窗帘尚未挂上。于是，抬眼便能望到窗外。窗外，冬天的夜空幽蓝，而深远。夜空是一口方方正正的井。井水沉寂，毫无波澜。星星自然不可见。城市的灯光、浮尘、尾气等，将星星遮蔽。星星是潜藏于夜空下的伤疤。好在还有月亮。除了云，似乎没有什么在夜空里能长久遮蔽月亮。

冬天的月亮。上弦月、下弦月、满月，或许都有过。你总在不同的凌晨醒来，于是不同的月亮贴在窗户上。月亮是一枚图钉，摁着一家三口聚少离多的日子。也或许吧，月亮是一枚创可贴，贴在冬天童年的冻疮上。冬天的月亮，微黄，带着细细光芒，刺猬一般，在夜空蠕动。

月光从窗口照进来，落在窗台上，落在床上，床是一只小船，在梦中游走。落在被子上，蓝色被面，粉色花朵，盛开在田野里，田野空旷。落在妻子和女儿的脸上，你侧身，看到了她们静谧的面孔，在月光里沉淀着，沉淀成了一缕气息、一摊水迹、一份揣在心口的疼。

以前，在天水，你很少在凌晨醒来。可此刻，在兰州，在三四百公里以外，那高出的四百米海拔，将你举起，暴露在河西走廊以东，暴露在黄河以南。四百米，让你莫名醒来，感觉鼻孔干燥，如戈壁滩。四百米，让你对这座城市的陌生和不适，暴露无遗。你守着月亮，月光安静。月亮和老巷道一样安静。月亮和一栋老旧之楼一样安静。月亮和逼窄的出租屋一样安静。月亮，把一个离乡之人的窘境和愁绪翻开来，一遍遍默诵，直到再一次，睡意弥漫开来。

你睡着了，月亮呢？它在你睡去之后，寸寸西沉，卡在楼缝间，直到腾挪很久，才沿着墙壁溜下去。

另一个凌晨，你再次醒来，应该是五点。你没有看到月亮？你是被车辆的轰鸣吵醒的。你没有见过那辆车，但可以想象。一辆垃圾清运车，藏蓝色。庞大的车体，从巷道口小心翼翼挪进来，再倒进无人看管的小区大门。小区内随意停着私家车，司机不停倒来倒去。倒车声如同牛哞，一声接着一声。在叫声里，整个巷道似乎也被惊醒了。巷道呼吸急促，浑身一抖，四肢微蜷，一时茫然无措。待稍平复，而后，侧耳倾听，是清运垃圾的来了。

车停好位置，车后设备伸出"手"，先后抓住四只绿皮垃圾桶，举起来，一一将垃圾倒进车载箱内。垃圾撞击箱体，发出轰隆之声。就像有人在后背捅了几拳，不疼，但让你愈加清醒。偶尔会有玻璃倒入箱里，发出一连串破碎声，尖锐、锋利、寒光闪闪，最后成了一堆渣滓，混在了各种垃圾中。你想不明白，为何这老旧小区会有如此多的玻璃。每一次玻璃破碎的声响，就像这小区的骨折声。

十几二十分钟，垃圾倒完了。清运车再次轰鸣着，小心翼翼，从小区门口挪出去，再挪出巷道，长舒一口气后，扬长而去。

巷道安静了，小区安静了。老旧楼伸开手脚沉沉睡去。似乎刚才的一切不曾发生一般。

可你，却失去了睡意。你陷入冥想，或幻想。想到旧日时光。想到一事无成。想到妻子儿女。想到生死疲劳。想到某一页书的残缺。想到某个小说的人名。想到工作中的疏忽。想到那些未曾出现的仇人。想到此刻寄居在此，如漂萍一般。想到日子凉水一般劈头盖脸泼来，待水退去，却已奔向四十岁的羊肠小道。于是觉得活着的仓促和虚妄，于是想到某一天终究要在人间消失，恐慌、绝望、下沉、昏暗……漫过全身，呼吸都困难起来，甚至无法分清此刻躺在床上的肉身是谁……最后，在混沌中拼命挣扎，终于逃脱出，回到了现实，一摸额头，汗珠已密密一层。

人呢，切不可在凌晨惊醒。只是那辆清运车开向了何处，你并不知晓。有没有一辆清运车，也会把凌晨醒来的冥想或幻想拉走，填埋掉呢？

在另一个凌晨，你又一次醒来。如此频繁地醒来，让你也觉得手足无措，甚至荒诞，像某人在夜色里给你讲了一个冷笑话。你没有笑，讲笑话的人也没有笑。在黑夜里，笑并不为人所见，笑毫无意义。

你醒来，听到了滴答声。滴答，滴答，滴答……声音清晰，均匀，如在耳畔。

一声，两声，三声……滴答声持续下去，像钟表指针，将要永远转动下去，毫无休止。起初，你以为下雨了。大块雨滴从高空落下，砸在铁皮屋顶，或阳台挡板上，就会发出这种响声。

以前，租住在城中村，你曾听过很多次这样的滴答声。雨滴敲打屋顶，一声挨着一声，渐渐地密集起来。更多的声响，汇聚而成，如溪水，如流沙，在屋顶淌着。雨越下越大。城中村陷入昏暗和潮湿，人们在梦里，收拾晾晒的衣衫，而后关闭门窗，在枕头上，听见雨水的针脚缝补着日子的破洞。那些针脚，也在缝补着人们勉为其难的生计。下雨了，世界被紧紧抱住，卑微的人，心稍有安稳。

可此刻，你听了一会儿，知道不是雨声。这声响，不慌不乱，很有规律，似乎能滴答到天明一般。在兰州，雨是稀少的。一年到头，也仅有屈指可数的几场，且匆匆而来，慌张而去。你常说，在兰州，拥有一把雨伞是多余的。你起身，来到窗口，窗外有马路上渗进的灯光，落在旧楼上，楼房隐约可见。对面的楼，亮着三户人家的灯。从窗口望进去，一户灯光煞白，一户微黄，另一户，在黄白之间。

煞白灯光的屋里，坐着学生，还在学习。你不知道此刻是几点，或许一两点吧。很多次醒来，你都看见那个学生的侧影。你甚至怀疑自己眼花，那本就不是一个人。可定睛再看，确实是一个学生。他要学习到几点才肯休息呢？这么努力，他定然成绩很好吧？长久如此，某一天，他有过懈怠之心吗？

微黄灯光的屋里，那个女人穿着粉色睡衣，头发垂下，抱着孩子一边轻轻拍打，一边来回走动。孩子尚小，可能也就几个月。他（她）偶尔传来的哭声，还是婴儿腔调，像猫儿叫声，在夜里断断续续。他（她）哭几声，又止住。女人刚要坐下，哭声又起，她只得再次起身，来回走动。如此循环，不知她要抱到何时。孩子要么睡反了觉，要么极度缺乏安全感，放不下。她一个人带孩子吗？男人呢？再没人帮她吗？她是一个背负着什么故事的女人？

黄白灯光的屋里，什么也没有，只有白窗帘拉了一半。那屋子的灯，彻夜亮着，某次你在六点醒来，看到那灯依然亮着。在微曦里，彻夜苦熬的灯光，昏昏欲睡，疲惫不堪。似乎再亮下去，就要"自杀"了。房子的主人是谁呢？他（她）为何彻夜不关灯？他（她）害怕黑暗吗？他（她）是否在灯光下早已沉沉睡去？

这些问题，你都不知道，就如此刻的夜色，涌在院子里，涌在巷道中，你不知道这夜色里还有多少被淹没的爱恨、悲喜、苦涩和悲恸，甚至无助和坚韧。最终，你确认那不是雨滴。是楼顶的空调里滴落的水，水打在楼下的窗台上，发出了清晰、均匀的声响。不过是一场水滴制造的骗局，不过是凌晨的滴答声，让你产生了错觉。你回到床上。那个学生，是否也上了床，该休息了。那个婴儿的哭声渐渐熄灭，他（她）的母亲是否也可以上床躺一会儿呢。那盏难以说清颜色的挂灯，是否趁着主人睡去也可以闭上酸涩枯燥的眼，稍作休息呢。

或许吧。只是那滴答声还在延续，有着滴水穿石的倔强，也有着一任阶前、点滴到天明的无奈、决然，直至萧索和空空如也。

你在盛夏的凌晨再一次醒来。

这间出租屋，三四十平方米，破旧，狭窄，每月需要支付一千元房租。两间房子附带一间厨房、一间厕所。两间房子支一大一小两张床。两间房，两扇窗户，均朝西。每至夏季，过了下午三点，太阳便穿透玻璃，直射进来。到五点多，才被对面的楼顶遮住。这刺眼、灼人的光线终于收敛起来。晒了两个多钟头，房子如同蒸笼，装满热气，翻滚蒸腾，墙壁、桌椅、镜子、被褥、地面，每一寸地方似乎都被晒焦，冒着热气。

夏天，你从大卧室挪出来，睡到客厅小床上。小床靠窗，你想，万一有风迷了路，钻进窗户，也能凉快一分。然而，毕竟是奢望，没有风。风被高楼、街区、汽车、人流，切割成块，又吸纳进肚腹，排出来后，便是灼人的热浪和难闻的气味。晒热的褥子、床单,躺下去,如同温水在身下翻腾,很快,浑身冒汗,燥热不安。可你终究熬过了酷暑,秋天来临之际,余热依然让你难以入眠,你从网上买了凉席。铺上,躺下,背部虽不像水煮,但汗水粘住席面,一起身,犹如撕开两块粘在一起的胶带,滋啦有声。可无论如何,凉席也算救了你差点熬成鱼干的命。即便那种救助在某种意义上是心理安慰。

另一个酷暑如期而至。妻子和女儿来,住了一段时日。太热,真是受罪。下午最热时,你在单位。可妻子女儿无处可去,得披着阳光,一寸寸挨过去。到了下班,潦草吃顿晚餐,逃到黄河边去乘凉。后来,太热,实在难熬,妻子女儿便回了天水。出租屋,留下了你。

你害怕回出租屋,害怕一进门,迎面袭来的热,将你抱起,摔倒在地,百般蹂躏。害怕坐着纹丝不动,汗水也在身上冲刷而过,留下被炎热刻画出的沟沟壑壑。害怕凌晨被热醒,一摸头,额头、两鬓、脖颈,满是密密麻麻的汗水,如头顶大雨刚刚回来。你抹一把汗,甩到一边,汗水如鞭炮,噼啪有声。你又顺手摸来短袖,在脸上胡乱一擦。而枕头上,早已被汗水浸透。你揭掉枕巾,丢在一边,接着躺平,像一块石头,沉重、焦躁,又昏然、绝望。一块石头,总是擦不完身体里渗出的汗水。它在河里,被水包裹,毫无出路。

你醒在凌晨,醒在燥热难熬中,又听到了巷道中的声响。巷道南侧,有一家烤肉店,门口台阶上,摆着几把深蓝色塑料椅。夏天,店里热,客人不大进去,都坐路边。喝酒、吃肉、打掼蛋、说闲话、吹牛逼、东拉西扯,喧哗嘈杂,醉意汹汹,又自以为是,偶尔言语不和,啤酒瓶、桌子腿提起来,操着粗鄙之语,就往对方头上砸。这是兰州城的盛夏特色。好在治安已大有转变,那种红白刀子相见的场面已少有了。

许是凌晨,没有其他声响,那些喝酒划拳、大声吹嘘的声音;

玻璃杯碰击的声音；桌子腿在地上摩擦的声音；啤酒瓶哐当倒地的声音；甚至女人们在酒桌前红嘴白牙的咒骂声和尖叫声，都异常清晰，甚至刺耳。

这是一座城市的禀性。禀性难移。如果是你，你也会瘫在那塑料椅中，制造刺耳的声响。

酒桌上的喧哗嘈杂你知道是从下午六时许开始的，但会持续到凌晨两三点，并且一直持续下去，直到清晨五六点。那些桌上，人换了一茬又一茬，毫不间断。也有的人，甚至从吃饭开始，一直坐到第二天五六点。五六点了，他们才依依不舍地离开。五六点，环卫工人就开始打扫卫生了，他们带着醉意和不甘走掉了。老板忙着收拾杂物进屋。

嘈杂戛然而止。从昨天下午五六点一直持续到第二天早晨五六点的嘈杂被掐断。巷道、院落，瞬间安静，安静到能听见啤酒沫子破碎的声音，安静到一时让人无所适从。但你又好奇和不解，那些人熬到天明，在啤酒、烤肉和黑暗中，难道不瞌睡吗？难道不乏吗？难道第二天无事可干吗？难道家人不管不问吗？在你的好奇和不解中，你擦掉汗水，睡意又来，迷迷糊糊睡了过去。

你在这些凌晨醒来，你看到月亮和妻子女儿的面庞，你看到学生的侧影和抱着婴儿的母亲，你听到垃圾清运车的轰鸣，你听到空调的滴水声把夜色滴穿，你听到喝酒划拳的声响在巷道中激荡拍打。自然，你还看到、听到了其他，但毕竟是凌晨，浑浊的大脑已难以记清什么。可在另外一些凌晨，你并没有醒来。那些未曾醒来的凌晨，于你，是大片的空白，如同乡野之地，大片的荒芜，荒芜，一直荒芜到清晨七八点。一天又开始了，隔夜的喜怒、爱恨、哭泣、慈悲、幻觉、烦躁、喧哗、狂傲，都带着酸腐味，如同那些啤酒瓶，破碎了。

你还会在某个凌晨醒来，可你又不会在每个凌晨醒来。

你想起那些午夜的面孔、灯光、怀抱、泪水、酒水、诉说、吹嘘时，挂在墙上虚无的指针，就把它们跟白昼黑夜一道缝合起来。每一针，都带着疼。

后 记

2021年10月，因工作变动，我到了兰州。如今，我已在这里生活了两年多。时间真快，尚未眨眼，便已消逝，让人感慨，亦让人慌乱。

少年时，从麦村出来，到了天水求学、工作，后又回到秦岭小镇当老师，再回到天水工作，如今，北上到了兰州，也因家庭和亲人，奔波于兰州、天水、宁远三地，其中艰辛，如鱼饮水，唯有自知。这么多年，我如浮萍一般，在命运之水上，随波逐流，飘来荡去，甚至被生活的漩涡裹挟着，无能为力，也不知所向。

我想这世间，如我一般的人，定然很多很多，我们皆是浮萍。诸如瘦老板、卖擀面皮的女人、存在或不存在的菩萨、黑脸胡、菜市场里的摊贩、高速上奔波的人、东城壕开铺面的小老板、28号楼的住户、凌晨未眠的人……他们飘来荡去，最后，不知所终。他们存在过、悲喜过、挣扎过，后又没了音讯，就如同不曾存在过、悲喜过、挣扎过，只给我的记忆，留下了大块的空白，难以修补。

我们都是平凡如尘埃的人。我们都是一粒粒盐，浑身是生活的咸。

看到这里，这本书就到此为止了。

生路、出路、前路、归路、陌路、歧路、狭路、悲路、筇路……世间所有的路，是我的路，也是你们的路，更是所有活着人的路。

甲辰年正月定稿

图书在版编目（CIP）数据

世间所有的路 / 王选著 .—北京：作家出版社，2024.7

ISBN 978-7-5212-2763-5

Ⅰ . ①世… Ⅱ . ①王… Ⅲ . ①长篇小说—中国—当代 Ⅳ . ① I247.5

中国国家版本馆 CIP 数据核字（2024）第 063632 号

世间所有的路

作　　者：	王　选
责任编辑：	刘潇潇　单文怡
装帧设计：	书游记
出版发行：	作家出版社有限公司
社　　址：	北京农展馆南里 10 号　　邮　　编：100125
电话传真：	86-10-65067186（发行中心及邮购部）
	86-10-65004079（总编室）
E-mail:	zuojia @ zuojia.net.cn
http:	//www.zuojiachubanshe.com
印　　刷：	唐山嘉德印刷有限公司
成品尺寸：	152×230
字　　数：	233 千字
印　　张：	18
版　　次：	2024 年 7 月第 1 版
印　　次：	2024 年 7 月第 1 次印刷
ISBN	978-7-5212-2763-5
定　　价：	58.00 元

作家版图书，版权所有，侵权必究。
作家版图书，印装错误可随时退换。